新潮文庫

アニバーサリー

窪 美澄著

新潮社版

10296

目次

アニバーサリー

第一章

「ほら、食べなさい」

そう言いながら、晶子《あきこ》はタッパーを妊婦たちに差し出した。

缶詰の鮭《さけ》を中骨ごと入れた卯《う》の花炒《はない》り、仕上げにレモンを搾《しぼ》って鮮やかな色に仕上げた、さつまいもの甘煮《うまに》、若い妊婦にも食べられるようにベーコンでこくを出したひじき煮。タッパーに詰められたおかずは、すべて晶子が作ったものだった。

マタニティスイミングとベビースイミング、その指導員になって、すでに四十年近い年月が経《た》とうとしていた。七十五歳になった今は、担当するクラスは週に一度のマタニティスイミングだけになったが、スイミングのあとに、妊婦を集めて近くの区民会館の一室で行う「昼食会」も変わらず続けていた。昼食は妊婦たちそれぞれに用意してもらうが、それに加えて食べてほしいものを、毎回、数種類用意した。

栄養士の資格を持っている晶子は、クラスのある金曜日、朝五時に起床し、三、四品のおかずを作る。タッパーを入れた鞄《かばん》は軽く五キロを超える。それを晶子は横浜の自宅から運んだ。季節の野菜、根菜や乾物、海藻など、身近な素材をつかって、お金をかけず、忙しい産後も簡単に作ることのできるレシピ。それを妊婦に伝えたくて、晶子が今所属しているスポーツクラブに移ってきてから始めたことだった。

「子どもがいつまでも泣きやまなかったら、殴ってやろうかなんて産後は誰でも思うんだからね」

「やだ、先生、あたし、そんなこと絶対に思わないですよ」

斜め前にいる妊婦が声をあげる。プールからあがったばかりとは思えない完璧《かんぺき》な化粧をして、口をとがらせる。彼女は確か、長い不妊治療を経てやっと妊娠したはず。三十九歳、初産、妊娠八カ月。クラスに参加している妊婦のデータはすべて頭のなかにあった。

「あなたみたいな人がいちばん危ないんだって。赤んぼうや子育てに甘い幻想しか持ってない人が」

虐待《ぎゃくたい》の話だけでなく、目の前に迫る「出産」のことで頭がいっぱいになっている妊婦たちに話しておきたいことが、晶子には山ほどあった。例えば、マタニティブルーズやセックスレスのこと。みんなで同じものを食べながら聞けば、それほど深刻にならずに受けとめてもらえる。

近隣の区から通ってくる妊婦がほとんどだったから、「昼食会」には、核家族の子育てで産後に孤立しないように、妊婦同士を結びつけておくという役割もあった。

希望者だけの参加だったし、クラスのあとに仕事に戻るという妊婦もいるので、出席者の数は流動的だったが、その日は六人の妊婦、そしてスポーツクラブ専属の助産師が、晶子を中心に大きなテーブルを囲んでいた。なかには二人目の出産を控えた妊婦もいた。スポーツクラブに併設された託児室に上の子を預け、クラスが終わると子どもを引き取り、「昼食会」に参加する。

早々と食事を終えた数人の子どもたちがテーブルのまわりではしゃぎ、妊婦たちからは笑い声が絶えない。それがいつもの「昼食会」の風景だった。

「鉄分足りないからって、サプリ飲んでるだけじゃだめよ」

そう言いながら、晶子は隣に座る三十代前半の妊婦のお弁当箱の蓋《ふた》に、ひじきの煮物をのせた。

「ひじき、苦手なんですよねぇ」もそもそと口を動かす彼女は高校生にしか見えない。

話をしながら、妊婦たちの様子をさりげなく観察するのは、晶子の長年の習慣だ。

スイミングを終えたあとの顔色、体調の悪そうな妊婦はいないか、口を閉ざし続けている妊婦はいないか。その表情を見る。

ずかずかとプライバシーに踏み込んで、無理に聞き出すことはしないが、話の流れで、妊婦たちの家族構成や、仕事をしているかどうか、産後に育児を手伝ってくれる人はいるかどうかなども把握するようにしていた。特に、母がいない妊婦には、子どもを産んだ産院までわざわざ見舞いにでかけた。「どうしようもなくおせっかいだ」自分のやっていることに苦笑しながらも、晶子はそれを無償で続けていた。

「最初の子ども作ったときさぁ」

向かいに座っていた二十代前半の妊婦が大きな声をあげた。彼女のひざには二歳の女の子が座り、小さなクマのぬいぐるみをいじっている。

「子ども作るなんていったらだめよ、子どもの前で。おだんごこしらえるのとわけが違うんだから。授かりものでしょ」

そう言った瞬間に揺れを感じた。

妊婦たちの箸《はし》と口が止まる。

すぐに収まる地震だと思っていた。ガラス窓の外に目をやると、本格的な春にはまだ早い三月の薄青い空。隣接するマンションのベランダにはためくタオル。いつもと同じ風景が広がっている。

けれど、揺れは次第に大きくなっていく。ガラス窓がガタガタと聞いたことのない音をたてる。部屋に視線を戻すと、壁にかけられた大きな油絵の額縁が揺れ、天井からは細かいほこりがぱらぱらぱらと降ってくる。晶子はあわてて、タッパーウェアに蓋をかぶせた。長く続く大きな揺れと、急に口をつぐんだ大人たちのただならぬ気配に、テーブルのまわりを駆け回っていた子どもたちもおもちゃを手に、天井を見上げる。今までに感じたことのない揺れだ。しかも、段々強くなっているような気がする。妊婦たちをどうするか。そう思っているうちに、さらに揺れが大きくなった。そばにいた一人の女の子が、こわいー、と声をあげて泣き始めた。

「みんな、かくれんぼよ！　テーブルの下に隠れて！」

晶子がわざと楽しい遊びに誘うように言うと、子どもたちは我先にとテーブルの下に隠れる。おなかが大きくて隠れられない妊婦たちとテーブルを支えた。

揺れる。揺れる。揺れ続ける。いちばんの気がかりは、このなかに五日後に出産予定日を控えた妊婦がいることだった。もし、この建物が崩れて、家にも病院にも帰れなくて産気づいたら。けれど、幸運なことに今日は助産師の山田さんもいる。いちばん近い救急病院はここから歩いて五分のところにある……。そんなことを考えていると、少しずつ揺れが収まってきた。一人の妊婦が携帯を見ながら声をあげた。

「震源地、三陸沖だって……」その言葉を聞いた瞬間、晶子の頭に「津波」という文字と瓦礫《がれき》に埋まった町の風景が浮かぶ。

昭和三十五年。NHKに勤務する夫、遼平《りょうへい》の転勤に伴って仙台で新婚生活を始めていた。今のようにテレビの仕事も細分化していなかったから、遼平はカメラマン兼ディレクター兼ミキサーとして、日々奔走していた。

そんなある日、遼平と連絡がつかなくなった。

当時のことだから、もちろん携帯電話などない。仙台に来た当初、夫と連絡がつかなくなるたびにおろおろする晶子を見て、「家を出たものと死んだものはあてにならないんだから」と、舎宅に住む一回りも年上の奥さんはくりかえし言い聞かせてくれた。それがテレビという新しいメディアに携わる夫を持つ妻の心構えなのだと。

どうやら三陸にいるらしい。

連絡がつかなくなった翌日、同じ舎宅に住む報道記者の奥さんが、仙台市内をながすタクシー運転手から情報を得て、遼平の居場所がやっとわかったのだった。

その日の新聞は、チリの大地震によって起きた津波が、宮城、岩手を中心とする三陸海岸沿岸を襲ったことを報じる記事が一面に載せられていた。

チリで起こった津波が、一日かけて太平洋を渡り、到達したのだ。震源地が三陸沖なら、津波は瞬《またた》く間に三陸沿岸を襲うはずだ。仙台には三男の家族が住んでいる。孫のちさほは、明日、中学校の卒業式を控えているのだ。

フラッシュバックのように、その三年後、昭和三十八年の仙台の町が晶子の脳裏に浮かぶ。七夕まつりの最終日だった。浴衣姿《ゆかたすがた》のカップル、赤んぼうを連れた家族連れ、笑顔でまつりを楽しむ人の波、波、波。色鮮やかな七夕飾りに目をやることもなく、仙台の町を駆け抜けた。腕には、ぐったりとした生後六カ月の次男を抱えて。今、その町にちさほがいる。もう家に帰っているだろうか、それとも。

「早くここから出てください。この建物、老朽化していて何が起こるかわからないから」

部屋に駆け込んできた区民会館の男性職員の声で晶子は我に返る。手早く荷物をまとめ、妊婦や子どもたちと区民会館を出た。その間にも余震は続く。幸にもその日の参加者はここから二、三十分も歩けば帰れる場所に住む妊婦たちがほとんどだった。

晶子はもう一度、彼女たちの顔色をチェックする。体調の悪そうな妊婦はいないが、なぜだかみんな晶子のそばを離れない。三歳くらいの男の子が、さっきから晶子の手をぎゅっと握ったままだ。

「母親がこんなことでひるんでちゃだめでしょ！　とにかくいったん家に戻りなさい！」

妊婦たちに向かって晶子は大きな声を出した。その声で男の子の体がびくっとした。

晶子はしゃがみこんで言った。

「ママの手を絶対に離したらだめだからね」神妙な顔で男の子が頷《うなず》く。

区民会館の前で妊婦たちと別れ、歩いて中野駅に向かった。すでに電車は止まっており、自動改札口も閉じられていた。サラリーマンやリクルートスーツを着た大学生、ベビーカーに子どもを乗せた若い母親、杖《つえ》をついた老婦人。駅前はたくさんの人であふれ返っていた。

余震が来るたび、すがるような表情で隣にいる他人と顔を見合わせている者も多かった。さっきまで青かった空には、不穏な灰色の雲が広がり始めている。

とにかくまずは渋谷に出よう。晶子はやってきたバスに乗り込んだ。

約一時間後、晶子を乗せたバスが渋谷駅に到着した。中野駅とは比べものにならない人の波。地面が見えないほど人で埋め尽くされている。横浜までの足である東横線もすでに運転をストップしていた。

さて、どうしよう。軽くなったタッパーの入った鞄が急に心許《こころもと》なく思える。まずは食料調達か。足はまっすぐデパートの地下食料品売り場に向かった。

夕方に近い時間なのに、買い物をしている人は少なかった。弁当屋で炊《た》き込みごはんの入った弁当をふたつ、総菜屋でさんまの梅干し煮と大根と豚バラの煮物を買い、財布を斜めがけにした鞄の中にしまおうとすると、携帯のＬＥＤが点滅をくり返していた。

遼平からのメールだった。

「仙台とはまだ連絡がとれない。電話も通じない。電車止まってるんだから、目白まで行けよ」

普段の口調と同じ、ぶっきらぼうなメールだった。読みながら、義姉が住んでいる目白の実家に帰ることなど今の今まで考えていなかったことに気がついた。

それなら、自分はどこに行こうとしているのか。東横線に乗れない、とわかったときから、一人の、元生徒の名前が、晶子の心に日光写真のように浮かび上がっていた。

携帯が震えた。

「先生、だいじょうぶですか？」

マタニティスイミングに通っていた生徒の一人だった。早産の傾向があると言われ、妊娠八カ月に入ったときから、クラスは欠席していた。それでも、体の状態や近況をまめにハガキに書いて送ってくれる生徒だった。確か、あの子と、同じ時期に通っていたはず。

「ねぇ、あなた平原さんって」そこまで話すと電話が切れた。充電切れ。一瞬にして黒くなった画面を見て、自分に言いきかせるように思った。気になるんだったら行ったほうがいいのよ。確か、渋谷から歩ける距離だったはずだわ。晶子は鞄の中から小さなメモ帳を取り出した。

表紙をめくりながら、カバーに挟まれた一枚の写真を見る。桃色のベビーウェアを着た赤ん坊。プリント写真は随分色が褪《あ》せている。その写真の下にあるのは、すっかり黄ばんだ新聞の切り抜き。忘れてはだめだ。自分の生徒だった妊婦と子どもにはできるだけのことをする。いつものように、晶子は自分に言い聞かせる。

残り少なくなったページには、妊娠中に体調の変化があって入院した生徒、生まれた子どもがＮＩＣＵに入院した生徒など、気がかりのある生徒の名前と住所がびっしりと書き込まれていた。平原真菜《まな》。昼食会に来るものの、晶子が差し出すおかずに一回も箸をつけたことのない生徒だった。友人に連れられて無理に参加している様子で、笑顔も口数も少なかった。その友人が先に出産してクラスを卒業したあとは、平原真菜も二度とやってくることはなかった。

確か、もうすぐ臨月のはず。長年の勘で、なんとなく危うい妊婦というのは直感的にわかる。妊娠という事実を、おなかにいる子どもを、受け入れようとしないかたくなさ。そういう雰囲気のある生徒には、晶子は積極的に声をかけるようにしていた。また、おせっかいすぎる、って言われるわ。でも、ここからすぐそこだもの。もし平原さんがいなくたって渋谷までなら歩いて帰ってこられる。晶子は地上に出る階段を上がりはじめた。

人の波と喧噪《けんそう》が渦巻く渋谷の駅前を離れて文化村の方へ向かった。駅前よりは少ないが、それでもいつも以上に人が多い。白いヘルメットをかぶって歩くサラリーマンたちとすれ違った。山手通りを越え、東大の駒場キャンパスが近づくと、細い道の片側に緑が少しずつ増えていく。

仲の良い友人が住んでいたので、このあたりは晶子にも見覚えのある場所だった。普段は人通りの少ないところだが、学生を中心に足早に歩く人が道を塞《ふさ》いでいた。

いつの間にか電柱の住所表示が目黒区に変わっていた。番地を確認しながら、折れ曲がる細い道を歩いて行く。両脇《りょうわき》にコンクリートブロックの塀が続く路地の先に、平原真菜のマンションはあった。外壁を塗り直したばかりなのか、遠くから見ると新築に見えるが、中に入ると、相当の築年数がたったマンションだとわかる。エレベーターは止まっていたので階段で三階まで上がり、部屋番号を確認しながら廊下を歩いた。ドアの表札で平原、という名前を確認してから、チャイムを鳴らしたが反応はない。何度押しても応答はなかった。けれど、ドアの向こうでかすかに音が聞こえる。ドアノブに手をかける。施錠《せじょう》されているはずと思い込んでいたドアはあっけなく開いた。玄関に入ると、奥のリビングから大きな音が聞こえてくる。晶子は声を張り上げた。

「平原さーん。スイミングの吉川《よしかわ》よ。突然ごめんね。近くまで来たもんだから」

反応はない。

晶子は耳をすませた。一瞬すすり泣くような声が聞こえた気がした。

「ごめんね平原さん。あがらせてもらうよ」そう言いながら、晶子はショートブーツを脱いだ。暗い廊下を歩き、リビングに入る。まず目に入ったのは倒れている背の高い本棚だ。散乱する本やＣＤの上に、本棚が普段は目にすることのない裏側をさらして倒れている。背の高い観葉植物の鉢が倒れ、こぼれた土がフローリングの床を汚していた。左に目をやると、真菜がソファの前に立ちつくし、テレビの画面を凝視していた。

「だいじょうぶ？　けがはない？」

真菜は晶子の顔を見ようともしない。近づいて、真菜をソファに座らせた。触れた腕が、ずいぶんと細いような気がした。真菜はそれでもテレビから目を離さない。マグニチュード8・8、仙台、名取川、という断片的な言葉が耳に入ってくる。男性アナウンサーの声が一段と大きくなった。晶子も振り返ってテレビの画面を見た。微妙に色の違うパッチワークのような田園、道路を越え、何かがものすごい勢いで移動していくのが見えた。真菜の腕をつかんだまま画面を凝視した。それが瓦礫の浮かんだ激しい水の流れだ、とわかるまでに時間がかかった。瓦礫、ではない。家や車や人だ。津波が、家や車や人をのみこみながら、地面をなめるように走っていくのが見えた。

晶子が覚えているいちばん最初の記憶。それは黒塗りの馬車だ。

まだ小学校に通う前、早朝の目白通りを、二頭立ての馬車が通ることがあった。あの馬車には、「偉い人」が乗っていらっしゃるのだから、じっと見つめてはいけない、二階から見下ろしてはいけない、通りにいたら頭を深く垂れること。母はくり返し、子どもたちに言い聞かせた。

母がそう言っても、子守りのよねは晶子を抱っこして、店のまわりをぐるりと囲む高い黒塀の裏に度々隠れた。どちらかといえば、馬車が見たいのは、晶子ではなく、よねのほうだったが、よねに抱かれた晶子も、その塀の隙間《すきま》に顔を近づけて、馬車がやってくるのをおとなしく待った。

あっという間に馬車が通り抜けたあとには、馬糞《ばふん》がほかほかと湯気をたてていることもあった。

「今日は落としものが多いなぁ」

気がつくと、小学校に通う晶子のすぐ上の兄、正隆《まさたか》が晶子を抱っこしたよねの隣に立って、塀の向こうを見つめていた。

「そんなとこで何、油売ってんだ！」

背中のほうから父の声が聞こえた。いけね、と言いながら、兄が塀の向こうに走り出る。

よねも晶子を父に渡して頭を下げ、小走りで母屋《おもや》に向かった。

「お馬さん、見えたかい？」

父が腕の中にいる晶子に聞く。頷く晶子を見て、父は顔をほころばせる。そんな顔は他の家族や使用人にも見せたことはなかった。

晶子は手を伸ばして父の顎《あご》に触れる。そり残した鬚《ひげ》がちくちくと指に触れた。


昭和十年、両国で花火大会が開かれた日、晶子は東京目白にある藤本質店の長女として生まれた。

晶子の父、正一《しょういち》は神奈川県、平塚にある酒屋の長男だったが、酒は一滴も飲めず、においを嗅《か》いだだけで顔が真っ赤になるほどだったので、店を弟に任せ、親類の質屋で小僧として長年修業を積み、暖簾《のれん》分けをしてもらって目白に自分の店を持った。

晶子が生まれたころには、千駄ヶ谷と大崎にも支店を持ち、目白の本店では小番頭、中番頭、大番頭と、たくさんの使用人たちに囲まれながら、店を切り盛りしていた。

店の中に塵《ちり》ひとつでも落ちていようものなら、すぐさま大きな雷を落とすので、使用人たちからは、朝から晩まで口やかましく小言を言う落語の主人公「小言幸兵衛《こうべえ》」と陰口をたたかれていた。

そんな父が最も怒りをあらわにするのは、三人の兄たちが使用人に対して口幅《くちはば》ったい物言いをしたときや、分をわきまえない甘えた態度をとったときだった。父は容赦なく兄たちを怒鳴りつけた。

まだ晶子が生まれる前のこと、一番上の兄と、二番目の兄が、キャラメルを買ってきてほしいと、父や母に隠れて、店の者にこっそり頼み事をしたことがあった。けれども瞬く間に父にばれ、

「おまえたちの使用人じゃないんだぞ！　店のために働いてんだ」

と、兄たちに大きな雷が落ちた。

晶子の家族、使用人を合わせると十八人の人間がひとつ屋根の下に暮らしていた。

それだけの人間が暮らしていれば、日々何かしらの問題は起こる。父は家長や雇い主として威厳を示しながら、皆の気持ちを取りまとめ、小言を言ったり、雷を落としたりしながら、その問題のひとつひとつを解決していった。

晶子の母、ハルは、日本橋生まれの生粋《きっすい》の江戸っ子。家族も使用人たちも、母の素顔や、寝乱れた髪を見たことがなかった。夜明け前、小番頭や子守りが動きだすころにはすでに、うっすらと化粧をして、髪をきれいに結い上げたハルが、暗い台所でかつおぶしを削っている姿があった。

父に厳しく叱《しか》られた使用人たちをかばうのもこの母だった。店に隣接した母屋のなかまで響くような父の怒鳴り声が聞こえたあとには、暗い廊下の隅に、赤く目を腫《は》らした小僧の手に小銭を握らせ、やさしく声をかけている母の姿があった。

晶子の上には一回り年上の長男、壮一郎、十歳上の次男、健二、そして、四歳上の三男、正隆。末っ子として生まれた晶子は、両親や兄たちが待ち望んだ女の子だった。

お産を終えた母が日本橋の実家から戻ると、母と晶子の布団《ふとん》のそばには、必ず兄たちの誰かが正座をして、生まれたばかりの妹をじっと見つめていた。

三男の正隆が泥だらけの指を伸ばして、水蜜桃《すいみつとう》のような晶子の頬に触れようとすると、その手を次男の健二がはたく。そういう健二も小学校から帰ってくるなり、学帽とランドセルもとらずに、白い産着《うぶぎ》を着せられ、お地蔵さんのような顔をして眠る晶子を飽きもせず眺めていた。

そこに長男の壮一郎が走って部屋に入ってくる。廊下をかける足音と、勢いよく襖《ふすま》をあける音に驚いたのか、晶子が袖《そで》をひらひらさせて、子猫のような泣き声を上げると、壮一郎は晶子の耳元で覚えたばかりの「かなりや」を歌う。

「兄さん、音痴だなぁ」

口をとがらせてそう言う健二の言葉が聞こえないふりをして、壮一郎は歌を続けた。そんな子どもたちの様子を、母は晶子の隣の布団に横になりながら、やさしい眼差《まなざ》しで見つめていた。

ものごころついたころから、晶子には、「よね」という子守りがいた。よねは、青森の貧しい農村の生まれで、二年の女中奉公を経て、十四になった年、子守りとしてこの家にやって来た。まだ、少女といっていい年齢なのに、大人以上に気働きのできるよねを、母は可愛《かわい》がり、信頼を寄せていた。店や家のことで毎日忙しい母に代わり、よねは晶子の世話をあれやこれやと焼いた。

小学校に上がるまで、自分一人で履き物を履いたことすらなかった。朝、母が台所で作るみそ汁の香りで目を覚ますと、襖が開いて、よねがぬるま湯を入れた金だらいを枕元《まくらもと》に持ってくる。ぬるま湯にひたした手ぬぐいをぎゅっと絞ると、よねは晶子の顔をやさしくぬぐった。

寝間着から着物に着替えさせるのも、市松人形のようにまっすぐに切りそろえた黒い髪を櫛《くし》ですくのも、よねの仕事だった。簞笥《たんす》の上にある人形をとってほしい。もう歩きたくないからおんぶをしてほしい。一人前に言葉が話せる年齢になっても、晶子は自分がしてほしいことを口に出したことがなかった。よねはいつでもそばにいて、気持ちを察し、望むことをなんでもしてくれた。

料理上手な母が中心になって作る三度の食事は家族、使用人とともにとった。使用人たちは箱膳《はこぜん》、母と三人の兄、晶子は丸いちゃぶ台を囲んで。父だけは襖の向こう、掛け軸のかかった床の間のある和室で一人、四角い座卓を前に食事をしていた。

父には家族に出されるおかずのほかに、必ず一品多く添えられていた。父が今にも口に入れようとしているはしりの鰹《かつお》の刺身を晶子がじっと見ていると、視線に気づいた父がそっと手招きをする。呼ばれた晶子が音も立てずに近づくと、父は晶子の口に刺身の一切れを入れる。晶子は父のそばに立ったまま、刺身をのみこむと、また、音を立てずに自分の場所に戻るのだった。

晶子が父から特別扱いされていることに対して、三人の兄たちから文句が出たことはなかった。兄たちもまた、兄妹《きょうだい》のなかでただ一人の女の子である、末っ子の晶子をひどく甘やかした。おやつのカステラが一切れあまっていれば晶子に与えたし、家の階段を登るときには、兄たちが競うようにして晶子をおんぶした。

晶子もまだおぼつかない足取りではあったが、家のなかでは兄たちの後ろをついてまわった。三人のことが大好きだったし、兄たちの言うことならなんでも聞いた。「晶子、右を向いてろよ」と言われれば、「やめていいよ」と言われるまで、いつまでも右を向いたままでいた。そんなお人形のような子どもだった。自分の気持ちや意志を、言葉や態度であらわしたこともなかった。よねだけでなく、父や母や兄たちも、晶子がしたいことを我先にとかなえてくれたから。

食事どきも、隣によねが座り、焼き魚の小骨をきれいに取り除いてから食べやすいようにほぐし、湯のみに注がれた熱いお茶も、よねがふーふーとふいて、のみごろに冷ましてから晶子に与えた。

家族や使用人たちのなかでいちばん幼い晶子は、夕飯の途中で満足に食べもしないうちに、うとうとと眠ってしまうことがあった。よねは、箸を手にしたまま、おかっぱ頭で船を漕《こ》ぐ晶子の体を揺すって起こし、小さな口に小指の先ほどの白飯を入れた。

「晶子、寝ながら口をもぐもぐさせてるぞ。こいつ、ほんとうに食いしん坊だなぁ」

次男の健二が大きな声をあげた。

確かに晶子はこの家のお姫様で、ふわふわの真新しい真綿でくるまれるように家族の愛情を一身に受けて育った。

幼いころの記憶には、不安も不満もひとつもない。あふれんばかりの愛情を糧《かて》に、幸せな思い出だけが小さな体のなかに堆積《たいせき》していった。

そのなかでもいちばんの思い出は、千葉県、外房にあった別荘で過ごした日々だった。夏になると、父は同じ質屋を営む者たちと共に購入した別荘に家族を連れて行った。同業者の三家族も同じ時期にやってくるので、大人と子ども合わせて、四十人近くの人間が、海辺の夏を満喫した。

三人の兄たちは、この外房の海で泳ぎを身につけた。毎日、熱心に指導してくれるのは、目黒で質屋を営む謹三郎おじさんだった。

別荘のある場所から海までは、かなり距離があったので、専用の船着き場から船頭さんの漕ぐ船に乗って川を行く。海に出ると、

「ほーれ、泳がないと、溺《おぼ》れるぞ」

そう言いながら、謹三郎おじさんは兄たちを順番に海に放り投げた。まだ泳ぎも下手だったころは、腕を振り回し、あぷあぷと必死になって泳ごうとする兄たちの頭を謹三郎おじさんは竿《さお》で小突いたそうだ。

乱暴な教えかたではあったが、謹三郎おじさんは日本泳法、水府《すいふ》流、免許皆伝の腕前。そのおかげで、三人の兄たちはめきめきと泳ぎの腕を上げ、一番上の兄、壮一郎

はK中学の水泳部で全国大会に出場するまでになったのだった。

まだ幼い晶子は泳ぐことはできなかったが、海岸で声を張り上げ、腕を奇妙な形に曲げながら、兄たちを指導する謹三郎おじさんの後ろにくっついては、見よう見真似《みまね》で腕をぐるぐる回していた。

このころ、晶子にはお気に入りの遊びがあった。晶子のために、謹三郎おじさんが考えてくれた波乗り遊びだ。謹三郎おじさんの背中に乗ると、おじさんがサーフィンのように一気に波を滑り下りる。九十九里浜に近い外房の波の荒さは相当なものだったが、ふだんはお人形さんのように、大人や兄たちのすることをただ黙って見ている晶子も、その遊びには夢中になった。

「晶ちゃん、少し休憩しようか」

謹三郎おじさんが肩でぜーぜーと息をしながら音を上げるまで、

「もっかいもっかい。もっかいね」

と何度もせがんだ。

朝から存分に泳いだあとは、昼食をとりに、また河口から船に乗って別荘まで戻る。波乗り遊びで疲れていた晶子は、船のいちばん後ろの縁《へり》に腰を下ろし、船頭さんが櫓《ろ》を漕ぐ規則的なリズムに身をまかせていた。

真夏の太陽が川面《かわも》をきらきらと輝かせている。思わずまぶしくて目を細める。長い時間、海に浸《つ》かった心地よい疲れと、体をやさしく撫《な》でる川風に吹かれるうち、瞼《まぶた》は自然に閉じていった。

姿は見えないが、川辺の草むらにいるハマシギの群れから聞こえる、濁った鳴き声が次第に遠くなる。晶子の頭はゆらゆらと前後に揺れはじめ、後ろ向きのまま、川に落ちてしまった。

ぼちゃんという水音に最初に気づいたのは健二だった。

「あ、晶子が落ちた！」

その声に船頭さんが船を漕ぐのをやめ、大人たちが川面に目をやると、水面に晶子の細い足首と、白い足の裏が見えた。

咄嗟《とっさ》に壮一郎が川に飛び込み、浴衣姿の晶子の体を引き上げる。大騒ぎをすると幼い晶子が余計に怖がると思ったのか、大人たちは声をあげることもなく、きょとん、とした顔の晶子を見て、安堵《あんど》の表情を浮かべただけだった。濡《ぬ》れた晶子の顔を手ぬぐいで拭《ふ》きながら、謹三郎おじさんが尋ねる。

「晶ちゃん、何か見えたかい？」

「うん。お魚がいっぱいいいた」

濡れねずみになった晶子がけろっとした表情で答えた。

「へぇーっ。ふだんは晶ちゃん、おとなしい子なのに、水のなかはちっとも怖くないんだな。女の子なのに、こりゃ、たいした度胸だ。兄さんたちとはえらい違いだ」

謹三郎おじさんが感心したように言うと、皆が声をあげて笑った。

目白の家では、家のなかでよねといっしょにままごとやおはじきをするのが大好きだった。近所にいる同年齢の子どもたちのように、細い路地を駆け回って遊ぶこともなかった。

そんな晶子がただひとつ、自分から夢中になったのが、水のなかで遊ぶことだった。水と交わることの楽しさは、晶子のなかに、しっかりと刻み込まれていった。

料理好きの母は、海水浴についてくることは少なかったが、別荘にいるときは、家の雑事と子どもたちの世話、店の仕事から解放されて、よりいっそう手の込んだ食事を作った。目白の家で母が作ってくれる、かつおだしのきいた具だくさんのみそ汁やだし巻き卵も晶子の大好物だったが、別荘で作る洋食の味も格別だった。

例えば、鰯《いわし》や鮫《さめ》のフライ。黄金色にかりっと揚がった衣にかけるウスターソースも、たまねぎや人参《にんじん》、干ししいたけや煮干し、こしょうや唐辛子など、さまざまな素材を、くつくつと煮込んで作った。海水浴でおなかをすかせて帰ってくる育ちざかりの子どもたちのために、母は雑誌「主婦之友《の》」の付録などを参考に洋食の作り方を学んだのだった。

別荘で過ごした夏、母が作ったもののなかで、晶子がいちばん好きだったのは、おやつに出してくれる茹《ゆ》で小豆をかけた白玉だった。

謹三郎おじさんや兄たちと、思いきり海で遊んだあとは、小豆の甘さが体に染《し》みとおるように美味《おい》しかった。真ん中をへこませ、井戸水で冷たく冷やした白玉は、つるんとしたのどごしで、いくらでも食べられる。

あっという間に自分の分を食べ終えてしまい、匙《さじ》を口にくわえたまま、物ほしそうにまだ食べている兄たちのガラスの器を見つめていると、

「もう、これでおしまいだからね」

と、母は笑いながら晶子の器に二粒、白玉を入れてくれるのだった。

おやつのあとは昼寝をするのが日課だった。添い寝する母が晶子の体を手のひらでやさしくたたく。そのリズムに誘われ、晶子はいつの間にか夢の世界にいた。

海のなかで晶子は色とりどりの魚たちと泳いでいた。息継ぎをしないのに、いつまでも泳いでいられた。

「お魚さん、いっぱいいるねぇ」

「晶子、寝言いってる」

長男の壮一郎がひそひそ声で言う。

隣の部屋で宿題をしていた兄たちが、いつのまにか昼寝をする晶子のそばにいた。

「……しらた……ま……」

「こいつ、食いしん坊だなぁ」

健二がほんの少しあきれた声で言った。もぐもぐと動く口もとをみて、三人の兄たちは声を殺して笑った。

幸せな夢のなかにいる晶子は、こんな夏の日々が、いつまでもずっと続くと思っていた。


「質屋さんってどういうお仕事なのかしら?」

「お扇子持ってらっしゃらないのね。今日はこんなに暑いのに」

教室の一番前の席に座っていても、小鳥のさえずりのような級友たちのひそひそ声が聞こえてくる。

七月に入ったばかり、梅雨の晴れ間の直射日光が窓から照りつけて、教室のなかは蒸し蒸しと暑苦しい。

自分のことを噂《うわさ》しているんだろう、ということはなんとなくわかったけれど、それに対して、どういう態度をとればいいのか、晶子にはまったくわからなかった。質屋という父の商売が具体的に何をするものなのかよくわかっていなかったし、お扇子を持ってくるのは学校の決まりじゃないんだから別にいらないんじゃないかしら、とぼんやり思ってはいた。けれど、それを面と向かって級友たちに言う勇気はまるでなかった。

一人で机に向かったままの休憩時間は居心地が悪くて、別にそれほど行きたくはないのだけれど、洗面所に行っておこう、と、椅子《いす》から立ち上がった。教室の後ろに歩いていくと、ひそひそ話をしていた級友たちは、まるでおしくらまんじゅうをするように体を寄せ合い、扇子を扇《あお》ぎながら、晶子をちらりと見やった。彼女たちの側を通ったとき、かすかな薔薇《ばら》の香りがした。

昭和十七年、晶子はN女子大学付属初等学校に入学した。

「家からいちばん近いから」

それだけの理由で、父の正一が決めた学校だった。紺のセーラー服に、臙脂《えんじ》色《いろ》のスカーフ、黒いワンストラップの革靴。そんな服装で学校に通えることがうれしくて、晶子は毎朝、よねの前で、スカートの裾《すそ》をつまみ、くるくるとまわってみせた。

「お嬢様、なんて素敵なんでしょう」

その姿を横目で見ながら、よねはランドセルの中身を確認する。その日に授業のある教科書や帳面、筆箱、裁縫道具。晶子が自分で用意すると、必ず何かしら忘れ物があったし、取り出し忘れた学校からの手紙が、ランドセルの底でくしゃくしゃに丸まっていたりすることが度々あったからだ。

三人の兄たちに囲まれ、商いをする家で成長してきた晶子にとって、小学校での生活は、それまでとはまったく違うものだった。成長期の兄が三人もいると、家の中は何かと騒がしい。ばたばたと廊下を歩く足音も、兄たちが互いを呼び合う声も、生まれたときから聞き慣れた生活音だった。

けれど、たくさんの女生徒がいるはずの学校の中はいつも静かで、教師も生徒も物音を立てずに廊下を移動した。慌《あわ》てて走り出したり、大声を出す生徒もいなかった。のんびり屋の晶子に輪をかけたような、おっとりとした同級生たちばかりだった。

というのも、晶子の同級生は、会社社長、大学教授や弁護士、医師、軍人の子女ばかり。なかには台湾のお姫様だ、と噂されている生徒もいた。

晶子のような、商家の子どもはほとんどいなかった。「自分の家は質屋だ」と言ったことはなかったのに、通学途中の道沿いに店はあったから、晶子の家が質屋である、という事実は、入学して間もなく、クラスのほとんどの生徒に知れ渡っていた。

誰が始めたのか、上級生を真似しているのか、定かではなかったが、夏が近づくにつれ、クラスの多くの生徒が、扇子を持って学校に来るようになっていた。休憩時間になると、教室のあちらこちらで、小学校に入ったばかりの小さな手が優雅に扇子を動かしていた。

扇子を持っている生徒は複数でかたまっていて、手だけでなく、その小さな口も絶え間なく動かし、おしゃべりに時間を費やした。そして、なぜだか扇子が動くたびに、薔薇の花のようないい香りがするのだった。

小学校に入学して三カ月が過ぎても、まだ親しい友人はいなかった。それ以前に、級友たちと話したことがなかった。寂しいわけではないけれど、ほかの生徒のように、いい香りのする扇子を持っていない自分、それだけでなく、質屋の娘である自分は、なんとなく級友たちに距離を置かれている、ということを感じはじめていた。

翌朝、学校に行く前に、晶子は母の和室に忍び込み、桐《きり》箪笥の中にある細長い紙の箱を開け、その中にあった母の踊り用の扇子を取り、スカートのウエスト部分に隠した。おなかを押さえながら革靴を履いている晶子に、「おなかの調子でもお悪いんですか？」と、よねが尋ねたけれど、何も言わずに首を横に振り、ランドセルを背負って家を出た。

一時限目の授業が終わったあとに、晶子は机のなかにしまっておいた扇子を出して、椅子に座ったまま振り向き、教室の後ろにかたまっている級友たちに見えるように、ゆっくりと扇子を左右に振った。

級友たちが、ぎょっとした顔でそれを見た。一人の生徒が、隣の生徒に耳打ちをする。くすくす笑いながら、みんなが近づいてくる。

「藤本さんの、そのお扇子……」

一人の生徒が晶子の手をそっと持ち、扇子に顔を近づけた。頭を横に振ってからこう言った。

「ずいぶん派手なお扇子なのね」

晶子は自分が手にしている扇子を見た。その舞扇は朱色の地に金箔《きんぱく》の色紙が散らされた六骨扇。ほかの生徒が持っている竹の骨に絹や和紙が張られた華奢《きゃしゃ》な夏扇子と比べると、どこか無骨で垢《あか》抜けない。

「それになんだかこの……」

そう言われて晶子も扇子に顔を近づけた。それは扇子がしまわれていた簞笥の樟脳《しょうのう》のにおいだった。うつむいているうちに、生徒たちは晶子から離れていった。顔が恥ずかしさで赤くなっていく。扇子をこそこそと机の中にしまおうとすると、「藤本さん」と声がした。

振り返ると、同じクラスの桜田千代子が立っていた。透けるように白い肌。まっすぐに切りそろえた前髪の下からのぞく、黒目がちの大きな瞳《ひとみ》が晶子を見つめていた。

「ねぇ、今日だけ私とお扇子交換してくださらない？　私、藤本さんのお扇子、一日だけお借りしたいの」

何を言われているのかもわからず、返事もできないままでいる晶子の机の上に、千代子は自分の扇子を置き、母の舞扇を持って、自分の席に戻っていった。

「あ、あの……」

背中に小さく声をかけたものの、担任の先生が教室に入ってきたので、晶子はその華奢な扇子を慌てて机のなかにしまった。

授業中、斜め後ろに座っている千代子のほうに目をやると、黒板を見つめていた千代子がその視線に気づいて、一度だけ晶子に微笑《ほほえ》みかけた。口もとに、真珠のような小さな歯が光る。桜田千代子という生徒をそれまで意識したことはなかったが、なんてきれいな女の子なんだろう、と晶子は思った。

放課後、誰もいない教室で、千代子の扇子をゆっくり広げてみた。紫がかった薄い水色の地に蔓《つる》を伸ばした朝顔の絵が描かれている。扇ぐと、やはり、かすかに薔薇の香りがした。どうしてみんなの扇子から同じ香りがするのか、晶子にはわからなかった。晶子はその扇子を再び自分の机の奥にしまった。

翌日、千代子が晶子の席にやってきて、母の舞扇を机の上に置いた。

「扇いでみて」

千代子が言った。舞扇を広げて、ゆっくり扇いでみると、ほかの生徒と同じ、薔薇の香りがした。

「うわぁ」と大きな声をあげた晶子の顔を見て、千代子は微笑んだ。

「このクラスに斉木さんっていらっしゃるでしょう。お父様が化粧品会社の社長さんの。そこの薔薇香水の香りなの。みなさん、それをお扇子につけているのよ。私の母もその香水を持っているから……」

母の舞扇からほかの生徒と同じ薔薇の香りがすることが、晶子はたまらなくうれしかった。

「勝手なことをしてごめんなさい」千代子が頭を深く下げた。

「ううん。……ありがとう」それだけ言うのがやっとだった。

薔薇香水の香りを確かめるように、何度も派手な舞扇を扇ぐ晶子を、千代子はまるで幼い妹を見守るような目で見た。

その日から二人は友だちになった。千代子はクラスで勉強が一番でき、級長をしている生徒だった。遠巻きに晶子を見てはひそひそ話をしていた級友たちも、晶子のそばにいる千代子を見ると、皆、口をつぐんだ。

千代子は晶子にとって、生まれて初めてできた友だちだった。学校のなかでは、いつも二人で行動した。教室から講堂や体育館に移動するときは、手をつないで歩いた。よねに用意してもらうにもかかわらず忘れ物の多い晶子が、授業に必要な墨やものさしなどを忘れたときには、千代子が「ここにあるわ」と、自分のものをそっと差し出した。

晶子は学校でも、千代子という姉のような友だちを得て、幼いころからの甘えんぼうの性格はそのままに、少しずつ学校生活に馴染《なじ》んでいった。

けれど、それとは裏腹に、晶子のまわりの世界は次第に、戦争の色に濃く染まりはじめていた。

「忘れずに持っていくように」

母に持たされた紙袋の中には、お米が入っていた。学校では保健食と呼ばれる昼食が出されていたが、二学期、三学期と進むたび、品数が減っていき、今では、ご飯、おみそ汁、漬け物だけになっていた。保健食で出されるご飯も、各家庭に配給されたお米を生徒たちが持ち寄ったものだった。

「ごめんね、今日はお米がなくてね」

晶子が二年生になると、袋の中身は、うどんや小麦粉、じゃがいも、さつまいもになった。

家の食事でも、自分の分を減らして家族に食べさせようとする母の姿を見ていた。母のすまなそうな顔をなるべく見ないようにして、晶子は袋をランドセルに詰め込んだ。

食糧事情が悪くなっていくと共に、家にたくさんいた使用人も、故郷に帰るもの、兵隊にとられるものがいて、櫛《くし》の歯が欠けるように減っていった。

使用人だけではない。一番上の兄、壮一郎は、医師になるため東北の大学に入学。仙台で学生生活を過ごしていた。二番目の兄、健二も、陸軍士官学校に入学し、目白の家を離れていた。晶子のそばには、三番目の兄、国民学校初等科六年の正隆だけが残ったが、思春期の難しい年頃を迎えて、幼いころのように、晶子をからかって遊ぶこともなくなった。

学校から帰り、家の階段の手すりに触れるたび、晶子は寂しい気持ちになった。手すり部分には、元々、真鍮《しんちゅう》飾りが施されていたが、金物供出のため、そこだけが乱暴に剝《は》がされていた。兄たちは、よく学校に入る前の晶子を抱えて、そのつるつるする真鍮部分に乗せ、「すべりだいだぞ」と言いながら、遊ばせてくれた。棘《とげ》が刺さりそうなざらりとした感触の、木の手すりに触れると、兄たちに遊んでもらった日々が胸のなかに蘇《よみがえ》って、せつない気持ちになるのだった。

晶子が、神奈川の西生田にある学校の寮に疎開《そかい》をすることになったのは、小学三年生の終わりのことだった。母やよねは、時に涙を浮かべながら、荷物の準備を慌《あわ》ただしく始めた。けれど、晶子は、大人たちの心配をよそに、千代子とずっと二人でいられることのほうがうれしかった。晶子にとっては、疎開も、仲の良い友人と遠足に出かけるような出来事でしかなかった。

「お嬢様、どうかお元気で」

布団や衣類などをまとめた大荷物を担《かつ》いだ父と母と共に、西生田に向かう晶子の両手に、よねが小さなみかんを三つ、のせてくれた。

晶子を見送ったあと、よねは故郷に帰るのだと、朝食を終えたあとに母から聞かされたばかりだった。ぎゅっと、胸のあたりをつねられたような痛みが走った。

いつものように、ちゃぶ台の上の食器を手早く片付けるよねに、何かを話しかけたかったけれど、なんと言っていいのかわからなかった。ちらりと見たよねの目は真っ赤に腫れていて、それを見ると、今にも大きな声で泣いてしまいそうだった。晶子はただ、じっと我慢した。

そんなふうに泣くことを我慢したのは生まれて初めてのことだった。いったん泣き始めてしまうと、今日、父や母と別れること、よねと別れることに、小さな子どものように駄々をこねてしまいそうだったから。

父と母と三人で、目白駅に向かって歩き始めた。家のほうを振り返ると、よねが心配そうな顔でこちらを見つめていた。

「少し待っていて」

父と母にそう言うと、晶子は今歩いて来た道を走って戻った。吐き出す息が白く煙る。頬をなでる風はひどく冷たかった。

「今までどうもありがとう」

晶子がそう小さな声で言った途端、よねの目から、ぽろぽろと涙がこぼれた。晶子はよねのかさかさに乾いた手にそっと触れてから、頭を一度下げ、また、父と母の元に走った。

駅が近づくにつれ、鼻の奥につんとしたものがこみ上げてきたけれど、それには気づかないふりをして、うつむいたまま、父と母と共に、やってきた電車に乗り込んだ。

翌朝は廊下で先生が鳴らす鐘の音で目覚めた。もそもそと布団から起き出す同室の生徒たちの目が赤く腫れている。

家族と離れて生活することが初めての生徒ばかりだったから、昨夜は遅くまで、すすり泣くような声が聞こえた。晶子も、布団に入った途端、寂しさがこみ上げてきた。掛け布団の中に顔をつっこみ、父や母、兄、よねの顔を思い出しては声を押し殺して泣いた。

けれど、そんな不安も、雨戸を開けに来てくれた先生の「雪が積もっていますよ」という一言で、どこかに消えていった。

昨日の夜は黒々として怖いようだった山の景色が、すっかり雪で覆《おお》われていた。木々の枝にふわりと積もった雪を見て、晶子が思わず口にした。

「氷あずき食べたいな」

「私は氷いちごがいいわ」

隣に立っていた生徒が声をあげた。ふふふ、と笑いあう晶子たちに、同じ部屋の生徒が、「早く支度しないと先生に叱られてしまうわ」と声をかけた。

晶子は慌てて慣れない手つきで布団を畳んだ。いつでも防空壕《ごう》に避難できるように、洋服は着たまま寝たが、洗顔も、髪をとかすのも、生まれて初めて一人でする朝の支度はもたもたして上手《うま》くいかない。また、よねを思い出して泣きたくなったが、なんとかこらえた。

規則的な寮の生活の合間にも、空襲のサイレンは鳴った。

防空ずきんをかぶり、山に掘られた横穴防空壕に避難する。そんなときは必ず千代子を捜して、その隣に座った。同室にはなれなかったけれど、同じ寮に千代子と疎開していることが心強かった。暗やみのなか、警報が解除されるまで、晶子と千代子は互いの小さな手をずっと握りあっていた。

寮にやってきて、三週間が経《た》ったころ、夜中に騒ぐ大人たちの声で目が覚めた。無理矢理に雨戸を開けると、寮のそばにある小さな山の上で、先生や寮母さんたちが、東の空を指さしていた。ほかの生徒も不穏な気配に気づいて目を覚まし、寮を飛び出して、まだ雪の残る山道を駈《か》け上がった。先生たちが指さす東の空が、暗赤色にぼんやりと霞《かす》んで見えた。

「東京が、燃えている……」

いつの間にか、隣に立っていた千代子が小さな声でつぶやいた。

三月十日。

晶子たちが西生田の学寮から見た暗赤色の不穏な夜空は、木造家屋が密集する東京の下町を焼き尽くした東京大空襲によるものだった。

空襲はその後も日増しに激しくなったため、晶子たちは西生田の学寮を出て、昭和十九年の八月から軽井沢にある学寮で疎開生活を始めていた約百人の生徒たちと合流することとなった。

一日だけ自宅に戻り、翌日すぐに軽井沢に出発するという慌ただしさだった。迎えに来た母の腕に晶子は飛び込んだ。一カ月ぶりに見る母は、髪が乱れ、化粧もせず、やつれた表情をしていた。そんな母に手を引かれて晶子は目白に戻った。

家のまわりは、池袋からの火が迫ってきたものの、なんとか焼失を免れていた。けれど、母と同じように父も三番目の兄も、ひどく疲れた顔で口数は少なかった。

暗幕を垂らした電灯の下、母のひざまくらでうとうとしていると、端切《はぎ》れで作ったお手玉を、母が目の前に差し出した。

「どうしてもおなかが空《す》いたらね。この中にいいものが入っているから」

家に戻ってきた安心感と、疲れと眠気に包まれた晶子は、母の言っていることがよくわからなかった。けれど、何も言わずに頷《うなず》いた。母はそのお手玉を晶子が明日持っていく柳行李《やなぎごうり》の中にそっとしまった。

翌朝、母とともに集合場所の上野駅に向かった。電車を乗り換え、駅の構内を歩いているとき、ふいに強い風が吹いた。何かが焦《こ》げているような臭《にお》いが鼻をついた。

改札口の向こうに目をやると、父や母に連れられ、何度も来たことのある駅のまわりが、見渡す限り焼け野原になっていた。まっ黒焦げの木々、窓の部分だけがぽっかりと口を開けているコンクリートの建物、積み重なった瓦礫《がれき》、まだ煙が燻《くすぶ》っている場所で、呆然《ぼうぜん》と立ちつくす人たちもいた。

改札口を出たすぐそばには、古ぼけた大八車の上に乗った自分と同じ年頃の少女がたった一人、うつろな表情で地面を見つめていた。焼け焦げた防空頭巾《ずきん》をかぶった少女の顔は、炭を塗られたように真っ黒で、下は素足だった。

あの子のお父さんやお母さんはもしかしたら……。

「晶子」

母に呼ばれて、慌てて駆け寄った。集合場所にはすでにたくさんの生徒が集まっていた。

「みなさんと仲良くね。勉強をきちんとするんですよ。元気でね」

別れ際《ぎわ》、そう言って母は晶子の手をぎゅっと握った。いつもと変わらない温かな手だった。

「お母様もお元気で」晶子が言うと、母は目尻《めじり》を指でぬぐった。母が泣くのを我慢しているのがわかったから、晶子も泣かなかった。集合を促す先生の声がした。晶子は母に頭を下げ、集合場所に駆けていった。

先生が話をしている間にも、頭のなかには、まだ、大八車の上に座ったあの少女がいた。もし、東京に、この前みたいな大きな空襲があって、父や、母や、兄たちがいなくなったら、自分もあの子と同じ、一人ぼっちになる。戦争というものが自分の人生にどんな影響を及ぼすのか。その事実を、小学三年生の終わりになって、晶子は初めて自覚したのだった。

「一粒ずつよ」

そう言って千代子が、同じ部屋で生活する子どもたちに「メタボリン」というビタミン剤を配った。晶子は手のひらの上にある錠剤をじっと見つめた。ほかの生徒も、すぐに口に入れてしまうのはもったいないと思っているのか、指でつまんだり、窓からの光に透かしたりして時間を稼いだ。

そのうち、晶子のおなかが、ぐうっ、と大きな音をたてて鳴ったので、みんなで顔を見合わせて笑った。

「あまーい」

四月に入ってこの寮にやって来た新一年生が待ちきれないまま口に放り込み、声をあげた。それを見て、ほかの子どもも錠剤を口に入れた。晶子も舌の上にそっとのせた。かすかな甘みが広がる。これが本物の飴玉《あめだま》だったらどんなにかいいだろう。

千代子から、その錠剤をもらうたび、ゆっくり時間をかけて舐《な》めようと思うのだけれど、つい誘惑にかられて、がりっと噛《か》んでしまう。ほかの生徒がじっくりと甘みを味わっている間、物欲しそうにしている晶子を見て、千代子がくすっと小さく笑った。

「メタボリン」をお菓子のように楽しむのは、晶子のいる部屋だけの秘密だった。夜中になると、「おなかが空いた」とめそめそと泣きはじめる一年生をなだめるために、千代子が考えた方法だった。

「また、あの飴玉食べたいな」と、一年生が千代子に言うのを耳にして、「メタボリン」の存在は、ほかの子どもも知ることになり、どうしても空腹に耐えられないときだけ、千代子はその錠剤を皆に一粒ずつ配った。

千代子の母が子どもの体を思って持たせたビタミン剤は、お菓子の代わりとして、いくつもの口の中に溶けていったのだった。

三月半ば、軽井沢の学寮に来た当初は、一日三回出されていた食事も、四月に入ると、一日二回の日が多くなった。

晶子にとって家族と離れる寂しさは、それほどつらいものではなかった。仲のいい千代子と同室になれたし、末っ子の自分がお姉さんのように下級生の面倒をみるのも楽しかった。けれど、何より耐えられないのは空腹感だった。食べたいものをおなかいっぱい食べられない。朝、目覚めたときから、夜、布団に入るときまで、ひもじさに苦しめられた。

今日も朝食に出たのは、おかゆとたった一個の梅干しだけ。夕食までには、まだだいぶ時間がある。午後はそれぞれの部屋で自習をすることになっていたが、晶子だけでなく、育ち盛りの小学生たちにとって、空腹感を抱えたまま勉強をするのは耐え難い時間だった。

ウスターソースをかけた揚げたての魚のフライ。舌の上でとろけるような新鮮な刺身、甘い小豆をかけた白玉。思い出すたび、口のなかに唾《つば》がたまる。算数の宿題をしているはずなのに、気がつくと、晶子は帳面の隅に、母が家で作ってくれた料理を思い出しては、そのひとつひとつを絵に描いていた。

疎開生活を送る学寮は、軽井沢の愛宕山《あたごやま》を背にした場所にあり、モミやカラマツ、白樺《しらかば》の林の間からは浅間山を望むことができた。学寮の前には桑畑が広がり、鳥のさえずりが絶え間なく聞こえた。

一年生から六年生まで百人あまり。それに対して先生の数は限られ、時間割通りの授業はできなかったので、生徒たちはそれぞれの部屋で自習をすることが多かった。部屋は上級生、下級生が混じった縦割り編成。寮に来て間もなく、晶子たちは次の学年に進級した。晶子の部屋には、室長の六年生、四年生の晶子と千代子、そして現地入学した一年生の四人がいた。

四人の寮母さんがいたけれど、全員の面倒を見るには手が足りず、生徒たちは、部屋の掃除、洗濯、風呂《ふろ》を焚《た》くための薪《たきぎ》拾いなどもした。

そうはいっても、皆良家の子女ばかりだったから、子どもには内緒で使用人を寮に送り込んだ家もあった。そんな大人たちに支えられて、晶子たちの軽井沢での疎開生活はスタートしたのだった。

本格的な春がやってくると、先生たちは生徒を外に連れ出した。自然観察の授業と称して、この土地にしか生えていない高山植物を押し花にしたり、山のなかでわらびを摘んだり、誰もいないゴルフ場でかけっこをしたりもした。楽しい時間ではあったが、その分、空腹感は募る。

「おなかが空いたよぅ……」

屋外で体をよく動かした夜は、同室の一年生がしくしくと泣いた。千代子が持っていた「メタボリン」はとうになくなっていた。

みんな我慢しているのに……。隣で寝ている一年生の赤ちゃんのような泣き声を聞きたくなくて、晶子は寝返りを打った。ソバ殻の枕が耳障《みみざわ》りな音をたてる。そのとき、ふいに頭のなかで何かがひらめいた。

布団を跳ね上げ、部屋の隅、自分の荷物がまとめてある柳行李の中をごそごそと探った。母がくれたお手玉が手に触れた。裁縫箱の中から糸切りばさみを取り出し、お手玉の真ん中を裂いた。畳の上に、ばらばらと音を立てて何かがこぼれた。その音で目を覚ました生徒が、まわりに集まってくる。

晶子はその一粒を口に入れ、恐る恐る歯を当てた。大豆だ。炒《い》った大豆の味がした。晶子は思わず、そばにいる一年生の口の中に炒り大豆を一粒入れた。

「よく嚙んでね」

晶子は千代子たちの手のひらの上にも、炒り大豆を数粒ずつ置いた。

電灯をつけない暗い部屋の中に、ぼりぼりと大豆を嚙む音だけが響く。大豆くらいでは空腹は収まらなかったし、嚙めば嚙むほど唾液《だえき》がたまった。けれど、口の中に入っている何かを嚙みしめていることがたまらなくうれしかった。

気温が上がった日は、近くにある川に洗濯に行った。

泡立たない粗悪な石鹼《せっけん》を下着や足袋、手ぬぐいなどに塗りつけて、川の水でじゃぶじゃぶと濯《すす》ぐ。まだ冷たい川に足首までつかり、晶子と千代子が協力しながら、敷布を洗っていると、そばにいた二人の先生が声をひそめて話していた。

「池袋も、もうだめらしいですよ」

「……そう……」

先生たちはそう言ったまま、川の中にある石を伝って、向こう岸に行ってしまった。

その言葉を耳にした晶子と千代子が顔を見合わせた。

三月に続き、四月、五月と、東京が大規模な空襲に見舞われたことは、先生からも聞かされていた。けれど、それがどれくらいの被害をもたらしたのかは知らされていなかった。

軽井沢には、トルコの大使館、スイスの公使館などが置かれ、外国人の強制疎開地としても指定されていたから、時折、空襲警報が鳴っても、東京のような頻繁な空襲はなかった。その日も、まるで戦争など行われていないかのような晴天の青空がどこまでも続いていた。

「目白も……もう」

晶子が泣きそうな声で言うと、

「日本は負けないわ。父も兄も私たちを守るために外地で必死に戦っているのよ」

と千代子が敷布を力まかせに濯ぎながら言った。

「だから、絶対に負けないわ」

普段は感情をあらわにすることのない千代子が、ほんの少し怒ったような声になった。千代子が川の中から引き上げようとしている敷布の片端を晶子も持った。川から上がって草むらに立ち、水を含んで、ひどく重くなった敷布を二人でぎゅっと絞った。

千代子は口を真一文字に結んでいる。もしかしたら今、千代子は自分と同じように、声をあげて泣きたいのかもしれないと晶子は思った。涙の代わりに敷布からたくさんの水滴が草むらの上に落ちていった。

六月になると、勤労動員先の軍需工場を空襲で失った大学部の学生たちが、軽井沢に疎開してきた。じゃがいもやかぼちゃを植えるために、寮のまわりの荒れ地を開墾し始めた。

晶子たち小学生も、慣れない手つきで鋤《すき》を使い、土に埋まった石や枝を取り除き、苗を植えた。自分たちの手で作らなければ、満足に食事ができないくらいの状況にまで追い込まれていた。さつまいもの茎、いたどり、東京にいた頃には、食べたことのないものが、食事に出されるようになった。

季節は夏に近づいていた。太陽がじりじりと晶子の肌を焼く。授業はもうほとんど行われなくなっていた。畑を広げるために、毎日のように開墾作業が続けられた。

夏も盛りになったある日、足袋をはいた晶子の足が、何かを踏んだような気がした。一瞬、ずきん、と痛みが走ったけれど、そのままにしていた。

体に異変が起こったのは、三日後のことだった。夜中に晶子のうなされる声で目が覚めた千代子が、先生と寮母さんの部屋に走った。

「ひどい熱だわ」

額に触れる寮母さんの冷たい手が気持ちよかった。

「とにかく冷やしましょう。わきの下のリンパ腺《せん》もこんなに腫《は》れている。どこか怪我《けが》でもしたのかしら」

そう言いながら、先生と寮母さんがばたばたと部屋を出て行った。

枕元《まくらもと》にいる千代子が、掛け布団を上げて、晶子の体を調べていく。

手、腕、足首……。

「あっ」千代子が声をあげた。足の小指の先が真っ赤に腫れ上がり、裏を見ると、指の腹にできた傷がじくじくと化膿《かのう》している。

「畑仕事のとき、何か踏んだのね？」

水を張った洗面器を持って戻ってきた先生に聞かれても、晶子は頷くのがやっとだった。何を踏んだのか、いつから腫れ出したのかも記憶にはなかった。先生は寮にあったヨードチンキを塗り、包帯を巻いてくれた。

熱は一晩中下がらなかった。けれど、解熱剤《げねつざい》はない。晶子はただ耐えるしかなかった。明け方近く、先生たちが部屋に戻ったあとも、額の上の手ぬぐいを替え続けてくれたのは千代子だった。

「お医者さんもいないし、薬もないから、今は何が命取りになるかわからないのよ」

熱で瞬《また》く間にぬるくなってしまう手ぬぐいを、千代子は洗面器の水に浸し、絞った。

「怪我をしたときは怪我をした、痛いから薬を塗ってください、って大きな声で言わないと誰も気づいてくれないのよ……。晶子さんがここで命を落としてしまったら、お母様たちはひどく悲しまれると思うわ。……私だって」

千代子が声を詰まらせた。

涙まじりの千代子の言葉で晶子は生まれて初めて気がついたのだった。

自分の感じていることや思っていることは、言葉にしないと誰にも伝わらないんだ、ということに。そんな当たり前のことすら、今までの晶子にはわからなかった。

「怪我をしたから薬を塗ってほしい」と自分から言ったことは、これまで一度もなかった。体に何かが起こっても、自分より先に誰かが、母やよねが気づいてなんとかしてくれた。それが当然のことだと思っていた。

熱による悪寒《おかん》で晶子の体はぶるぶると震えた。けれど、震えているのは熱のせいだけではなかった。

千代子が何気なく投げかけた言葉が、いつまでも晶子の体のなかで響き続けていた。

晶子の熱は、それから三日間続いた。傷の腫れもほとんど引いてきた頃、寮にいる生徒全員が近くにある民家に向かうように言われた。

八月十五日。

家の縁側にはラジオがひとつ置かれていた。雑音が多く、何を言っているのかほとんどわからなかった。けれど、先生や寮母さんたちが声を殺して泣いている姿を見て、戦争が終わった、日本が負けた、ということを理解したのだった。

「父や母や兄たちにはもう会えないかもしれない」

晶子の胸にまず浮かんだのはそんな思いだった。敵国の兵隊がやってきて、女性や子どもたちは真っ先に殺される、と噂をしている上級生もいた。

上野駅で見た、大八車に乗った少女を思い出した。命を取られるかもしれないし、あの子のように一人ぼっちになるかもしれない。

それなら……。

それなら、短い間だとしても、これからは自分の言いたいことをもっと言葉にしてみてもいいんじゃないか。死ぬ前に自分のやりたいことを思いきりやってみてもいいんじゃないか。

真夏の日差しで乾いた地面に跪《ひざまず》き、声を殺して泣く大人や、途方に暮れたように青空を見上げる大人たちを見て、晶子は思った。思わず、足元にある小石を蹴飛《けと》ばすと、黒々とした縁の下の闇《やみ》に吸い込まれるように消えていった。

「多分、私はもう……、目白には通えないわ」

晶子が軽井沢の学寮を出て行く朝、千代子は言った。

学寮に疎開していた生徒たちは、家族が迎えに来た者から順次、学寮を出ることになった。

晶子は仙台で医学生として勉強している長兄の壮一郎のってで、何とか切符が手に入ったため、八月の終わりには目白に帰ることができたが、迎えにくるはずの家族の安否さえわからない生徒がたくさんいた。

戦争は、学校生活も家庭も、そして、学寮にいる生徒の人生も、すべてを激しく混乱させていた。家族を戦争で亡《な》くした者、家が焼けて地方に引っ越す者も多かった。疎開前と同じ生活ができる生徒は数えるほどしかいなかった。

「お父様はご無事だったの？」

「わからないの……」晶子の問いに、千代子は俯《うつむ》いてそう答えた。

「母もいつ迎えに来られるかわからないわ」声は今にも消え入りそうだった。

晶子はいつの間にか、千代子の手を握っていた。

「看病してくれてありがとう」

礼を言うと、千代子の目から涙がこぼれた。千代子が泣くのをその日、初めて見た。

「私も目白に通えるかどうかわからないけれど……。でも、私たち、また会えるわ。いつかきっと会えるわ。だって友だちだもの」そう言う晶子の手を千代子がぎゅっと握り返した。

「生きていればまた、会えるわね」

千代子の言葉をかき消すように、油蟬《あぶらぜみ》が激しく鳴き続けていた。

母と共に学寮を出て行くとき、門のところに千代子が立っていた。手を振ると、千代子も手を振った。振り返るたび、まだそこにぽつんと一人で立っている姿が目に入り、胸の奥がじりじりと焼かれるような思いがした。


何もかもが燃えてしまった。

爆撃によって焼き尽くされた目白の町を見て、晶子はそう思った。

それまで夏草の生い茂る高原で生活していた晶子にとって、今、目の前に広がっているのは、それとは正反対のモノクロームの景色だった。

けれど、空の色だけは東京も軽井沢も変わらない。青い絵の具を溶かしたような夏の空の下に、焼け跡の風景がどこまでも続いていた。とまる木などないはずなのに、蟬時雨《せみしぐれ》がどこからか、かすかに聞こえてくる。

晶子の自宅も、家のまわりも、瓦礫と焼けぼっくいだけが残る廃墟《はいきょ》になっていた。

「みんな焼けてしまってね」

母が、上野へ向から車中で話してくれたが、実際に焼け落ちた姿を目の前にすると、まるで夢の中にいるようで現実感がなかった。

住まいも店もなくなった晶子の家で、ただひとつ残ったのは土蔵だった。炎に包まれて、その外壁が真っ黒になっても焼けずに残ったのだ。

土蔵の前に、父と、二番目の兄、健二、三番目の兄、正隆が立っていた。

「こんなに痩《や》せてしまって」

五カ月ぶりに会う晶子の頭に手をのせて、父がぽつりと言った。そう言う父のほうがよっぽど痩せている、と晶子は思ったが、その言葉を飲み込んだ。

父が土蔵の南京錠《ナンキン》を外し、扉を開けた。父に続いて、母や兄たち、晶子も中に入った。ひんやりとした空気に、黴《かび》臭いにおいが漂い、明かり取りから入る光に、ほこりの粒子が浮かび上がる。

中にあるものは、ほとんどがお客さんから預かった質草だったが、その奥には、家族の大事な物も仕舞われていた。積み重なった木箱や柳行李、さまざまな質草を蹴飛ばさないように進むと、「晶子」と書かれた古い木箱があった。ほこりだらけのその箱を、なんだろう、と思いながら、そっと開けた。中にはさらに小さな木箱が詰まっていた。柔らかい布の包みを広げると、雛《ひな》人形があらわれた。

金色の平額《ひらびたい》に釵子《さいし》、紅をさした小さな口、十二単《じゅうにひとえ》の重ねの色目。鮮やかな色彩が目にしみるようだった。赤い毛氈《もうせん》、ほんのり甘い白酒、ひなあられ。雛人形を手にした途端、桃の節句の思い出が、晶子の中であふれそうになる。

「来年はまた飾れるわね」

後ろに立っていた母が言う。

「ちらし寿司《ずし》と、はまぐりのお吸い物と……それから」

晶子がそう言うと、

「おまえ、相変わらずだなぁ」

正隆があきれたような声を出した。

「来年の桃の節句にはおなかいっぱい食べさせてやるから。その前にまず家だ……」

父がため息混じりでそう言った。

気づくと、健二の姿が見えない。

「健二兄さんは？」

晶子が聞くと、

「家族の誰とも口をきこうとしないんだ」と、父が顔を曇らせて言った。

「あいつは一度死のうとしたのさ。終戦の報《しら》せを聞いて、宮城《きゅうじょう》に向かって。それを知ったときは、わしも一度は覚悟を決めた」

目を伏せて言う父の手のひらを晶子がぎゅっと握った。父が晶子に笑いかける。

「それでも家族六人こうして生き残ったんだ」

開け放たれた土蔵の扉の向こうに、夏の太陽に照らされた瓦礫の山が広がっている。家を建て直すまで、近くにバラックを建てて、父と健二はそこで生活をすることになった。

外房にある別荘には、各家の家族がすでに移り住んでいたため、母と兄の正隆、そして晶子は、父の実家のある平塚に家を借りて、戦後の生活をスタートさせた。


「作文にこんなことを書いてはいけません」

平塚の家から通うことになった国民学校で、いきなり担任の女性教師に叱《しか》られた。晶子は職員室の先生の机の横に立たされていた。

「どうしていけないのか、私にはわかりません」

付属初等学校に通っていたときは、先生に対して、こんなふうに口答えしたことなど一度もなかった。

先生は指でとんとんと原稿用紙を叩《たた》き、晶子をにらんだまま、何も言わずに黙っている。

「本当のことを書くのが、どうしていけないんですか」

先生は目を逸《そ》らし、窓の外を見て、また晶子に視線を戻した。同じ目だ、と晶子は思う。戦争が終わってから、大人たちはよくこんな目をする。少し前までは、こんな弱々しい視線を見たことがなかった。

「……とにかく書き直して提出すること。いいですか」

それだけ言うと、先生は立ち上がり、晶子を職員室の外に追い出そうとした。机の上の原稿用紙が風でめくれる。そこには、「にっくき米兵が落とした爆弾で私の家は焼かれました。人もたくさん殺されました」と書かれていた。

最近、学校で起こることは、不可解なことばかりだった。戦争中は、教育勅語を暗記するまで帳面にくり返し書かされた。学寮では、毎朝、宮城《きゅうじょう》の方向を拝んでいた。どんなことがあっても命を捧《ささ》げて国を守る。大人も子どもも、そう思ってつらい日々を生き抜いてきた。けれど、戦争に負けて、そんな習慣や考えは、あっという間に、最初からなかったことになった。

ある日、学校に行くと、大量の墨を擦るように言われ、先生に指示されるまま、教科書の一部分を筆で塗りつぶした。墨の下に隠されたのは、「戦闘機」や「軍艦」など、戦争に関係のある言葉が書かれた場所だった。

感情を表に出さずに、淡々と先生がその作業を指示するのも奇妙だった。

晶子は思いきって聞いた。

「先生、なんでこんなことしなくちゃいけないんですか？」

「……こうしないと進駐軍の兵隊さんに叱られてしまいますから。……ほら、ここ、薄いからもっと何度も塗りなさい」

先生はため息をつきながらそう言うと、背を向けた。まるで、もう何も聞くな、と言うように。

進駐軍と呼ばれる人たちを、晶子も平塚の駅前で見たことがあった。子どもたちがかたまって遊んでいると、どこからともなくジープがやってくる。背の高い白人の兵士が、子どもたちにチョコレートを配った。

女子どもは、見つかると米兵に殺される、と聞いていたから、その振る舞いに晶子は馴染めなかった。他の子どもたちはその場で、包み紙を破ってチョコレートを食べ始めた。けれど、外で食べ物を口にすることを母に禁じられていた晶子は、ポケットにしまって家に帰った。

「はーしー、って書いてある」

兄の正隆が、包み紙を眺めながら言った。晶子の力では割れないほど固く、厚みのあるそのチョコレートを割ってもらい、欠片《かけら》を口に入れた。

粉っぽくて、古くなった油のような味がした。なかなか溶けないチョコレートを口の中で転がしながら、こんなものより、お米をくれればいいのに、と晶子は思った。おなかいっぱい食べられない状況は、晶子が平塚の国民学校に移ったあともしばらく続いた。

給食では、毎日、脱脂粉乳が出された。表面に溶け残った塊が浮かぶ白い液体は、決しておいしいとは思えなかったけれど、空腹をまぎらすには、そんな一杯でもないよりはましだった。

母は自分や晶子の着物と引き換えに農家から食べ物を得た。

「私の着物よりも、晶子の着物のほうがいいみたい」

大人の地味な訪問着よりも、晶子が七五三で着たような派手な着物のほうが人気があった。

それでも、米は到底手に入らなかった。主食は小麦粉を団子にして作ったすいとんや麦飯。母は灰汁《あく》を抜いたどんぐりの粉に、ほんの少し小麦粉を混ぜてパンにするなど、知恵を絞って、晶子たちに食べさせた。

さつまいもも、ただふかして与えるのではなく、裏ごしして布巾できれいに形を整え、茶巾にして出してくれた。砂糖の甘みなど何もない、見た目が変わっただけのさつまいもでも、「おやつですよ」と出されれば、晶子は喜んで食べた。

ただ空腹を満たすためではなく、どんなときもひと工夫して、楽しんで食べる。食糧事情がどんなに悪いときでも、それができることを、母は教えてくれたのだった。

「おなかがすいたー」

学校から帰ってくると、晶子はランドセルを投げ出して大声で言った。

軽井沢の学寮に行く前は、おなかがすいた、と自分から言ったこともなかった。思ったこと、感じたことをすべて言葉にした。母には「女の子がそんなこと言って！」と叱られたけれど、今まで心の中にため込んでいた自分の思いを言葉にすると、胸がすく思いがした。

正隆にからかわれると、時にはとっくみあいのけんかもした。

「なんだって一体、この子はこんなにおてんばになってしまったんだろう」

母は晶子の変貌《へんぼう》ぶりに眉《まゆ》をひそめていた。

疎開から戻ってきた生徒が殺到したので、学校は午前と午後の二部授業になっていた。決まった教室はなく、時には校庭でも授業が行われた。

ある日、晶子は学校に置き忘れた上着を取りに行った。もうすっかり日が暮れていた。校庭から見ると、いくつかの教室に灯りがついている。

引き戸をほんの少しだけ開け、中をのぞき込むと、晶子と同じくらいの年齢の子どもたちが勉強していた。なかには、小さな子を背負い、あやしながら黒板を熱心に見つめている子どももいた。

帰宅して正隆に聞くと、「昼間、働いている子が夜、勉強しにくるんだよ」と教えてくれた。

自分とほとんど年齢の変わらない子どもが、仕事をしながら、あんなに真剣に勉強している姿を、晶子は初めて見た。

目白の付属初等学校と平塚の国民学校ではなにもかもが違った。通っている生徒も、その生徒が置かれている境遇も。しかし今や、晶子も彼らとなんら変わりはない。あれこれ世話をやいてくれる、よねのような人はもういないし、食べるものも、着るものも、十分にはない。

けれど命だけはある。教室も文房具もないけれど、学ぶ自由はあるのだ。

その日を境に、晶子は生まれて初めて自分から熱心に勉強をするようになった。学校から帰ったあとは、今までしたことのない予習、復習をし、わからないところがあれば、正隆に教えてもらった。

昭和二十二年の夏。

急ごしらえの家が建ち、晶子と母、兄の正隆は目白に戻ることになった。父は仕事の合間に度々、平塚の家に来ていたけれど、二番目の兄、健二が顔を見せることはなかった。

陸軍士官学校を出て軍人になる、という道を断たれた健二は、大学に進んだものの、勉強にはあまり身が入っていないようだった。相変わらず皆と口をきかないし、晶子が呼びかけても、生返事をするばかりだ。

いつもぼんやりとした表情で、縁側に座り、手回しの小型蓄音機で音楽ばかり聞いている。健二がそうしているとき、声をかけるのはためらわれたが、なんとなく側《そば》を離れがたくて、晶子は縁側の端っこに座り、流れる曲を聞いていた。

その人がやってきたのは、頭がくらくらするほど熱い午後の昼下がりのことだった。

今の家には、以前のように、店をぐるりと囲むような高い塀はなかった。目白通りからは、家の縁側がすぐに見え、通りを歩く人たちが、そこでレコードを聞く健二を珍しそうに眺めては過ぎていった。

健二がベートーベンの「交響曲第九番」をかけていたときだった。ふと気がつくと、通りの向こう、放置されたままの瓦礫に若い男が座っている。ぼろぼろの軍服にゲートル姿、顔色は悪く、頬はひどくこけていた。

額の汗をぬぐいながら、ただ、じっと目を閉じ、曲に耳を傾けているように見えた。そのあまりに真剣な様子に健二がゆっくり近寄り、声をかけた。晶子もそのあとをついていった。

「あの、よろしければ、こちらでお聞きになりませんか？」

家族の誰とも口をきかない健二が、見知らぬ人に声をかけたことに晶子は驚いた。男性は何度か首を横に振ったけれど、しつこく誘う健二に根負けしたのか、立ち上がり、ふらふらと通りを渡った。

「僕はここで十分ですから」

健二が勧める縁側には座らず、日盛りの庭の隅にその人は座った。曲が流れている間、健二も晶子も男の人も、一言も口をきかなかった。途中、健二が、傍らにあったふかしたさつまいもを手に縁側を離れ、いもを男の人に差し出した。

健二の顔を驚いたように見つめ、男は立ち上がり深くお辞儀をした。そしてさつまいもを食べずに斜めがけにした鞄《かばん》に入れた。

「ありがとうございました」

曲が終わると、男性はもう一度、深くお辞儀をし、続いて、健二に向かって敬礼をした。健二も姿勢を正し、敬礼を返した。早稲田のほうに下りていく男の背中を、健二はずっと見つめ続けていた。

戦争が終わってから健二が何を考えているのか、その男の人に何があったのか、晶子には皆目見当がつかなかった。けれど、音楽を聞き終えたあとの二人の表情はとても清々《すがすが》しく見えた。難しいことはちっともわからないけれど、音楽には人の心を癒《い》やす力がある。そう晶子は実感した。

そして、六年後、晶子は生涯の伴侶《はんりょ》となる男性と、音楽を介して出会うことになるのだった。

台所にバターのいい香りが漂う。

母にねだって買ってもらった、ガス台に直接載せて使うオーブンの扉を開けると、きつね色のチーズの焦げ目と、ぐつぐつ煮え立つホワイトソースが食欲をそそる。

学校の帰り、新宿にある食品デパート、二幸に寄り道をした。バターや乾燥マカロニ、チーズ、ナツメグを買い込み、晶子はグラタンを作っていた。

高校に入ってすぐ、調理実習で習ったのはホワイトソースの作り方だった。早速、家でも作ってみようと挑戦したものの、小麦粉をいっぺんに入れすぎて、だまになってしまう失敗を何度もくり返した。

けれど、今では、舌ざわりの滑らかなソースを作れるようになっていた。次に習ったのは、マヨネーズの作り方だった。

「この二つを覚えておけば、いろいろな洋食が作れますよ」

家庭科の先生が言ったとおり、今まで家で母に習ってきた和食に加え、晶子の料理のレパートリーは、ずいぶんと増えていた。ホワイトソースで作るグラタンやシチュー、マヨネーズで和《あ》えるポテトサラダ。晶子はくり返し作り、家族に振る舞った。週の半分は台所に立ち、父や母、そして大学に通う兄の正隆に食べてもらうことが晶子の楽しみになっていた。

「うわー、うまそう」

香ばしいにおいに誘われて、誰よりも早く食堂にやってきた正隆が、テーブルの上のグラタンを見て声をあげた。

「熱いから気をつけて」

晶子の声に耳を貸さず、正隆はとろとろのホワイトソースがからんだマカロニを口に運んでいる。

「あっつ。うまい。でも、あっつ」

目を白黒させる正隆に、晶子はあわてて、水を入れたコップを渡した。正隆が一気に飲み干して言う。

「おまえ料理うまいなぁ。おまえみたいに食いしん坊だと料理うまいんだなぁ」

正隆にどんなに憎まれ口を叩かれても、自分の作った料理を「おいしい」と言われることは、晶子にとって大きな喜びだった。

晶子の胸にこの前会ったばかりの男子学生の顔が浮かぶ。

「あの人もおいしいと言ってくれるかなぁ……」

そう思った自分に恥ずかしくなり、耳たぶがじわじわと熱を持つ。

「おい晶子。おまえ、ガスの火つけっぱなし！」

正隆が口いっぱいグラタンをほおばったまま、オーブンを指さした。

「あちっ！」

あわててガス台のほうに振り返った瞬間、熱せられたオーブンの縁に指先が触れた。指先にふーふーと息を吹きかけながら、ガスの火を消した。晶子の背中に正隆が声をかける。

「また、家燃えちゃうだろ！　やっと戦争が終わったのに。おまえ顔も真っ赤だぞ。最近なんだかぼんやりしてんなぁ……。早く冷やせ」

水道の蛇口から流れる水で指先はすぐにひんやりとしてきたが、火照《ほて》った顔はなかなか元に戻らない。あの男子学生に会ってから、自分の胸に何度となく生まれるこの気持ちは、いったいなんなのだろう。十八歳になった晶子はその感情の名前をまだ知らなかった。

小学五年生と六年生の夏まで平塚で過ごした晶子は、再び、受験をしてN女子大学付属の中学校に入学した。

入学式の日、校門をくぐるたくさんの女学生のなかから、晶子が必死に探したのは千代子だった。けれど、千代子の姿はどこにもなかった。軽井沢の学寮に疎開《そかい》していた同級生たちに、千代子のことを聞いても、首を横に振るだけだった。

中学を経て、高校に進んでも、いつか千代子が編入してくるのではないかと、晶子は心のどこかで期待していた。

思い出すのは、学寮の門で一人ぽつんと佇《たたず》む千代子の姿だった。自分が高校生になっても、記憶のなかの千代子はいつまでも小学生のままだった。

千代子に会えないさびしさを心のどこかに抱えながらも、晶子は戦後の自由な空気を胸いっぱい吸い込んで、十代の日々を楽しんでいた。

学校ではコーラス部に属し、ベートーベンやワーグナー、シューベルトの曲を皆で歌った。

「もう一回、この曲、最初から練習してみませんか？」

そう言う晶子を、後輩たちがうんざりした顔で見る。晶子は部長ではなかったが、部長以上にはりきっていて、こんな一言で、部活の時間が予定より延びることも多かった。ほかの部員たちから不満が出ることもあったが、顧問である音楽の先生は、練習に根気よくつきあってくれた。

「藤本さん。そんなに音楽が好きなら、これに参加してみたら？」

ある日の放課後、先生が一枚のハガキを差し出した。

「大学高校音楽鑑賞委員会……？」

「そう。T工大の学生が中心になって、来日した外国の演奏家に、安い料金で学生のための演奏会をしてもらう活動をしているそうよ」

黙ったままハガキを見つめる晶子に先生は言葉を続けた。

「T工大なら、藤本さんのご両親が心配するような学生はいないはずよ。私の同級生の妹さんも参加してるの。うちの高校からもどうしても生徒を参加させてほしいって、頼まれていてね。……週に一度でいいらしいから、どうかしら？」

「はぁ……T工大、ですか？」

その名前を晶子は聞いたことがなかった。

「藤本さんにぴったりだと思うの」

返事を聞かずに、先生はわら半紙にペンを走らせている。渡された紙には、最寄り駅からT工大までの簡単な地図と、代表者の名前が書かれていた。

放課後にみんなといっしょに歌っているほうが楽しいのになぁ、と思いながら、そこに書かれた吉川遼平、という名前を晶子はいつまでも見つめていた。


「ここに入る文字、もっと大きいほうが読みやすくなぁい？」

「こっちの挿絵のほうが素敵。よりたくさんの人の目をひくと思うの」

狭い部室に晶子のよく通る声が響く。またはじまったか、やれやれ、という顔で男子学生たちがこちらを見た。

T工大の建物の一画にある「大学高校音楽鑑賞委員会」という小さな札がかけられた狭い部室、その隅のテーブルの上で、T工大の学生を中心に、都内の私立高校に通う男女が額をつき合わせていた。

テーブルには、ドイツのバリトン歌手、ゲルハルト・ヒュッシュが開くコンサート用のパンフレットの原稿が広げられている。

晶子以外の女子学生は、男子学生の言うことに頷《うなず》くばかりで、声をあげようとしない。何かを聞かれても、顔を赤らめて同意するだけだった。

挿絵の位置や、文字の大きさ、ヒュッシュを紹介する文章の内容について、ただ一人、晶子は自分の思ったことを言葉にして伝えた。兄たちと話をしていると思えば、それほど親しくない男子学生が相手でも、怖くもないし、緊張もしなかった。

「私はこっちのほうがいいと思う」

大きな声を張り上げる晶子に向かって、一人の男子学生が笑いながら言った。

「藤本さん、そんなはねっかえりじゃ、いつまでたっても結婚できないぞ」

「だいじょうぶだよ。俺が結婚してやるから」

頭のすぐ上で声がした。

皆が驚いて声のするほうを見上げた。声を出したのは、鑑賞委員会の委員長、T工大三年の吉川遼平だった。

この会の代表なのに、口数は少なく、皆の話をただ黙って、聞いている。けれど、話がまとまらなくなりそうになると、二言、三言、アドバイスしては、からまった毛糸のように収拾のつかなかった皆の意見を一瞬でまとめてしまう。

「よく切れる剃刀《かみそり》みたいな人だなぁ。私とは正反対ね」

それが晶子の、遼平に対する第一印象だった。

詰め襟の学生服のなかで、まるで体が泳いでいるかのように細く、背は晶子より頭ひとつ高い。黙っていると怒っているような顔なのに、笑うと一瞬で目が細くなり、その落差がおかしかった。

遼平の一言に、誰もが黙ったままだ。一斉に見つめられた遼平は、恥ずかしそうに頭をかいている。

「あの、私のこと可哀想《かわいそう》だと思って言ってくださったんですよね。ありがとうございます。……私、お茶淹《い》れてきます」

晶子は椅子《いす》から立ち上がり、部室を出た。長い廊下を小走りで駆けた。廊下の窓からは、秋の陽が差し込み、ポプラの木の影を、リノリウムの床の上に映している。

誰もいない廊下を駆ける晶子の心臓は、いつもより速いリズムで、いつもより温度の高い血液を、体のすみずみに送り届けていた。

コンサートは日比谷公会堂で行われた。

戦争が終わり、外国の演奏家や歌手が来日する機会は少しずつ増えていた。その日も高名な歌手を一目見ようと、会場はたくさんの学生であふれていた。

鑑賞委員会のメンバーもチケットは自腹で買った。皆が手に入れたのは一番安い三百円のチケット。席は二階の、出口に近い端の席だった。隣には遼平が座っている。目の前で外国の歌手が歌うのを見るのは、この日が初めてだった。

ヒュッシュが学生のために歌ったのは、シューベルトの連作歌曲「冬の旅」だった。力強く、伸びやかな声が体を震わせる。陰鬱《いんうつ》な雰囲気をまとった繊細なメロディーが、十八歳の晶子の心の奥深くにしみ込んでいく。レコードでは何度もくり返し聞いた曲だけれど、生で聞くとまったく違った迫力があった。

本当に戦争は終わったんだ。

そんな思いが晶子の胸にわき上がった。食べたいものも食べられず、着たいものも着られなかった。亡くなった人もたくさんいた。家も燃やされた。けれど今は、食べたいものを食べられる。好きな音楽も聴ける。そう思ったらふいに涙がこぼれた。スカートのポケットを探る晶子の目の前にハンカチが差し出された。

遼平がまっすぐ前を向いたまま、ハンカチを差し出している。晶子は頭を下げて受け取り涙をぬぐった。

コンサートの帰り、遼平は目白駅まで晶子を送ってくれた。

「おい。晶子」

改札を出たところで呼び止められた。振り返ると兄の正隆がいた。大学から帰ったところらしい。遼平が正隆に頭を下げ、挨拶《あいさつ》をした。

「T工大の吉川君だろ。晶子から聞いてるよ。君、飯まだだろ。うちで食ってけよ」

「は、はぁ……」

頭をかきながら、遼平が困ったような顔で晶子を見る。そんな遼平の腕をつかんで、正隆は家までの道を歩き出した。違う大学とはいえ、同じ理工系の電気学科に通う二人だ。会ったばかりなのに、晶子にはまったくわからない話を熱心にし始めた。どんどん離れて行ってしまう二人の背中を、小走りで追いかけ続けた。

「遠慮しないで食べてくださいね」

母は、錦糸卵《きんしたまご》をのせたちらし寿司と茶碗蒸《ちゃわん》しを遼平に笑いかけながらすすめ、湯豆腐の鍋《なべ》から熱く煮えた豆腐を小皿によそった。

「吉川君、君、飲めるんだろ。ほら、熱燗《あつかん》でも出してやれ」

父が台所に戻ろうとした母の背中に声をかける。

生真面目《きまじめ》に挨拶した遼平を、父も母も、初対面だというのに気に入ったようで、あれやこれやと世話を焼いていた。

その頃、一番上の兄、壮一郎は、勤務医として福島の郡山《こおりやま》におり、二番目の兄、健二は商社勤務でいつも帰りが遅く、家で夕食を食べることなど、ほとんどなかった。たくさんの使用人や兄たちと囲んだ戦前と違って、父と母、正隆と晶子、四人だけの食卓は、なんだかわびしい雰囲気が漂う。

その食卓に、今日は遼平が交じり、まるで家族のように、皆と食事を共にしていることが、晶子はなんだかとても不思議に思えた。

「今日、とても楽しかった。ごはんも、それに、図々《ずうずう》しくお酒まで飲んでしまって」

駅までの道を晶子と遼平は並んで歩いていた。

「俺、父親を早くに亡くしてるんだ。母は働きながら俺を育てたから……。一人で飯を食うことも多くてさ。だから、あんなふうに家族そろって食べるの久しぶりで」

「そうだったんですか」

目白駅の灯りが近づいてくる。

お酒が入っているせいか、普段より遼平の口数が多いような気がした。

「もうここでいいよ。今日は本当にありがとう」

「あの……」

ん、という顔で遼平が晶子の方を見る。

「私、グラタンとかシチューとか、あと、ポテトサラダも作るの得意なんです。もしよかったら今度、食べていただけませんか？」

一瞬、驚いた顔をした遼平だが、

「あぁ、食べるよ」

と真剣な顔で言った。

「たくさん食べるよ」

そう言う目が細くなり、いつもの笑顔になった。遼平の言葉と笑顔に、晶子の胸になにか温かいものが灯《とも》ったような気がした。

「じゃあ、また」

改札を通り、コートに包まれた遼平の細い体を見ながら晶子は思った。

「自分が作ったものを、おなかいっぱい食べさせてあげたいなぁ」

振り返った遼平が大きく手を振った。晶子も笑って振り返した。

お互いの気持ちを確かめ合ったわけではないし、手を触れ合ったわけでもない。けれど、確かにこのとき、音楽と食べ物の力で晶子と遼平の心は強く結ばれたのだった。

学校では、高校卒業後の進路を考え始める時期がやってきた。晶子以外のほとんどの生徒は、そのままN女子大学に進学することになんの疑問も持っていない。そんな同級生を見ていると、目的もないまま大学に進んでいいのか、という気持ちがわき起こってくる。

晶子が心を決めるよりも前に、遼平のことがいたく気に入った父と母は、早くも晶子と遼平を結婚させるつもりになっていた。やってくる縁談も、本人に確認することもなく、勝手に断っているようだった。

遼平と結婚したい気持ちは、確かに晶子にもある。それでも、高校を出たまま、家庭に入ってしまうのは不安だった。

「子どものころの私みたいに、一人では何もできない大人になってしまうんじゃないかしら」

思い悩む晶子に遼平は言った。

「何か好きなことを身につけてみるとか」

「好きなこと……」

「うん。例えば、料理とか……。もし、料理のプロになって、栄養管理や健康管理をしてくれたら、俺はサラリーマンになっても安心して仕事ができると思うんだけど」

頭を掻《か》きながら遼平がぼそっと言った。

遼平にとって、それはプロポーズの言葉だった。
晶子はそういう意味があるとも知らず、目を見開いたまま、遼平を見つめている。
「料理……」
遼平のほうが耐えきれず目を逸らした。

料理は大好きだが、それをきちんと基礎から身につけてみようとは、今まで一度も考えたことはなかった。けれど、晶子にとって、遼平のその言葉が、高校卒業後の進路に気づく大きなきっかけになったのだった。

「私はおいしいものを食べさせるのが好きなんだから、おいしいものを作るプロになろう」

そう決めた晶子は、高校卒業後、栄養専門学校に入学し、栄養士の資格を、卒業後に調理師、衛生管理者の資格も得た。けれど、それで生活するためのお金を得たり、その技能を活かしていこうとは思わなかった。ほかの多くの同世代の女性たちと同じように、晶子も迷うことなく、妻として、母として、家庭のなかに生きる道を選んだ。

晶子が「仕事を持つ母」としての生活をスタートさせるまで、晶子自身にも、そして社会にも、さらに十五年近い年月が必要だった。

「えっ。ここＮＨＫの舎宅なのにテレビないの？」

玄関先でＮＨＫの集金のおじさんが呆《あき》れたように言った。

「はぁ……。すみません」

あやまる必要はないのに、晶子はおじさんに向かって頭を下げてしまう。なんだか納得のいかない顔をしているおじさんは、もう一度家を見上げてから、

「こんなボロ家じゃあ……まぁ、仕方がないか」と呆れたように言って帰っていった。

建て付けの悪い玄関の戸を閉じながら、心のなかで毒づいた。

「こんなボロ家で悪うござんしたね！」

力まかせに閉めると、戸がピシャッと耳障《みみざわ》りな音をたてた。

昭和三十五年の春。

新婚生活は仙台でスタートした。遼平は大学卒業後、ＮＨＫに入局、結婚直前に仙台放送局への転勤が決まった。結婚式の翌日にはすでに現地でのロケの予定が入っていたため、遼平と晶子は祝宴もそこそこに、仙台行きの急行列車に揺られ、この町に着いたのだった。

長兄の壮一郎が大学病院の医師として仙台で暮らしていたときに、二度ほど訪れた

ことはあったが、その兄も今は福島に行ってしまった。東京育ちの晶子にとって、仙台は家族も、親戚《しんせき》も、友人も知人もいない、馴染《なじ》みのない場所だった。

町の中心部から伸びる青葉通り、広瀬通りには、アスファルトが敷かれ、ケヤキ並木が青々した葉を茂らせていた。大通りには、食堂、ミシン屋、洋装店、映画館、小さなデパートやホテルなどが軒を連ね、赤い市電が走る。繁華街は、東京の町を縮小して閉じこめたような都会の雰囲気に満ちていた。

けれど、そこから離れたところにある舎宅のまわりは、家もまばらで、夜になると野良犬《のらいぬ》の遠吠《とおぼ》えが響きわたる。舎宅前の道も舗装されておらず、強い風が吹けば土埃《つちぼこり》が舞い上がり、雨が降るとどろどろにぬかるんで、大きな水たまりがいくつもできた。

遼平と晶子に用意されたのは、築五十年の木造住宅だった。そこに晶子たちを含め、三世帯が生活していた。

部屋は一階の六畳二間。

部屋の隅には、ブリキの流し台のついた台所と便所、風呂《ふろ》は三世帯共同で使っていた。ガス台はあったが、プロパンガスは高いので、七輪や火鉢で料理を作った。

きちんと閉まらない木枠の窓からは始終、すきま風が入る。目白の家にあった電話も冷蔵庫も、この家にはない。三世帯全部で三〇アンペアの電気しか使えなかったの

で、結婚したときに買ってもらった電気炊飯器でご飯を炊《た》くときは、

「今からご飯炊くから、電気使わないでくださいねー」

と他の部屋に声をかけあった。

二階には、年齢が晶子より一回り上の柏木《かしわぎ》さん夫婦、一階には、晶子とほぼ同年齢の上条《かみじょう》さん夫婦が住んでいた。テレビの仕事に従事する夫たちは、月に一度、休みがとれればいいほうで、夜となく昼となく、スタジオやロケの現場を駆け回り、ほとんど家にはいなかった。

「ちょっとさ、これ、今度のドラマで使いたいから、借りていいかな」

遼平は、慌《あわ》てて家に帰ってきては、晶子の洋服やバッグ、靴などを持ち出すことがあった。二番目の兄、健二が結婚祝いに遼平とおそろいで作ってくれたトレンチコートを持っていこうとしたときには、

「絶対に、絶対に汚さないでね」

と念を押した。

一週間後の朝、目を覚ました晶子が隣の和室に行くと、畳の上に乱暴に畳まれた二着のコートが放り出されてあった。晶子は小さくため息をつきながら、コートをハンガーにかけた。

遼平がテレビの仕事に夢中になっているのはわかる。そんな遼平を尊敬していたし、自分のために働いてくれることを有り難いとも思っていた。けれど、商家で育った晶子にとって、自分だけが家にいて、夫の帰りを待っている、という生活は、どこか馴染めなかった。

目白の家では、働く父の姿はいつも目の届く近さにあって、母も店の仕事をしながら、家事も育児もこなしていた。遼平が仕事で外にいる間、晶子は家事をして過ごしたが、それでも時間は余る。この生活を自分から望んではみたものの、サラリーマンの妻、という自分を持て余していた。

「君が栄養管理や健康管理をしてくれれば、僕も安心して仕事ができる」

そう遼平は言ったけれど、そもそも、自分が管理しようにも遼平は家にいないのだ。連絡がとれなくなることもあった。仕事だ、とわかっていても、晶子の胸はざわざわと乱れる。

「また、駅前のトリスバーで飲んでんのよ」

上条さんが、鍋から煮豆を取り分けながら言う。

「トリスバー？」

「知らない？　新聞社とか放送局の人間はだいたい仕事が終わると、駅前で飲んでるの。うちのなんか、報道記者じゃない？　あそこでネタ仕入れるのも仕事のうちだ、とか言ってね。ほんとかうそかわかんないけどね。ほら、食べようか」

　ちゃぶ台の上には、柏木さんと上条さんとともに作った料理が湯気をたてていた。夫たちが仕事で家にいない夜は、誰からともなく声をかけて、三人で夕食をとるのが常だった。晶子が何を作るかを決め、二人に手伝ってもらうことが多かった。

「吉川さんの、このさんまの煮付け。生姜《しょうが》がきいてておいしいわ。さすが栄養士ね」

　柏木さんが声をあげる。

「この、赤エンドウ豆と白いんげん豆の煮物もおいしい。作り方覚えておかなくちゃ」

　上条さんも晶子の作ったものをほめてくれる。

「ありがとうございます」

「おいしい」と言われると、憂鬱な気持ちも軽くなるような気がした。

「家を出たものと死んだものはあてにならないんだからね」

　柏木さんがみそ汁を一口飲んだあとに言う。

「そんな気持ちでいないと、こっちがもたないわよ。ほら、たくさん食べて元気だしましょう」

　沈んだ様子の晶子を励まそうとしてくれているのか、二人は何度も料理に箸《はし》を伸ばしてくれた。

再び、遼平と連絡がつかなくなったのは、五月も終わりに近づいた頃だった。柏木さんに言われたことを思い出して、「仕事なんだから」と思ってはみるものの、妙に胸騒ぎがした。

夜になり、六畳の部屋で布団《ふとん》に横になっても、いつもは気にならないすきま風の奇妙な音が、不安な気持ちを刺激する。耳を塞《ふさ》いだまま眠りについたのは、もう明け方に近い時間だった。

「どうも三陸にいるらしいわよ」

翌日の夕方、寝不足の目をしょぼしょぼさせて、舎宅の前を掃き掃除していた晶子に上条さんが言った。

「えっ？　三陸？……」

「さっき、いつもうちのだんなが使ってるタクシーがここの前を通ったから、つかまえて聞いたのよ。チリで地震が起こってね、三陸で津波が……」

そう言いながら上条さんが夕刊を渡してくれた。

屋根だけしか残っていない家、横倒しになった車。あたり一面、瓦礫《がれき》に埋まった写真が一面に載っている。写真の下には、「チリ地震津波に襲われた大船渡町《おおふなと》」と記されていた。

「とにかく居場所はわかったんだから。もう少ししたら帰ってくるわよ。目の下、くまつくっちゃって……ちゃんと寝ないとだめよ」

夕刊を持ったまま立ちつくす晶子に、上条さんがそう言って、舎宅の中に入って行った。

その写真の風景に、晶子はどこか見覚えがあるような気がした。八月のあの日、十歳の自分が見た、アメリカの爆撃を受けて焼き尽くされた東京の町と、津波に飲み込まれて崩壊した大船渡町の風景はどこかしら似ている。瓦礫の下にはたくさんの犠牲者だっているはずだ。この町のどこかに遼平はいるのだろうか。

そう考えると、遼平が飛び込んだテレビという世界の仕事の過酷さが改めて身にしみる。と、同時に、夫の無事を祈ることしかできない自分が歯がゆくもあった。

遼平が帰ってきたのは、それから三日後の夜のことだった。ぐったりと疲れた顔で、晶子が作った煮込みうどんをすする。

「マイクロウェーブの障害でさ」

「電波のレベルを一定にすることができなくて……」

「ちくしょう。三百万もかけたのに、放送できなかったなんて」

遼平がぽつりぽつりと話すことが、晶子にはまったく理解できなかったが、津波の被害をテレビ中継できなかったこと、それを遼平がひどく悔しがっていることはわかった。

「小さな子どもがさ」

うどんを食べ終わり、晶子が淹れたお茶を飲むと、遼平がぽつりと言った。

「……泥の、中から……」

そう言ったきり、しばらくの間、遼平は黙ってしまった。

「そう……」

それしか言うことができずに、遼平の湯呑《ゆの》みにお茶を注ぐ。遼平は黙ったままだ。晶子もそれ以上、何も聞かなかった。

食器を洗い戻ってくると、ちゃぶ台の横で遼平が高いびきをかいて寝ていた。毛布をかけながら遼平の顔をじっと見た。頬はこけ、無精髭《ぶしょうひげ》が伸びている。ついこの前まで、同じものを見て、同じように感じていたはずの遼平が、なんだか遠くに行ってしまったような、そんな寂しさが急にわき起こってくるのだった。

人恋しさが募ると、東京の実家に電話することも増えた。

「一人妊娠したくらいで何、泣き言いってるの。そんなことでわざわざ電話かけてきて」母が怒ったように言う。

晶子はよろずやの店先にある公衆電話から電話をかけていた。

「だって、つわりがひどくて……」

言った途端に、また、むかむかと吐き気がこみ上げ、口もとにハンカチをあてる。

「いつかは治まるもんなんだから。それくらい我慢しなさいよ。こっちだって忙しいんだから」

電話は一方的に切れた。

昭和三十五年の終わり、晶子の体には新しい命が宿っていた。妊娠すればつわりがある、ということはわかっていたけれど、その症状は想像していた以上につらかった。黙っていると口の中に唾《つば》がたまる。かろうじて水だけは飲めたが、固形物は何ひとつ喉《のど》を通らなかった。

遼平は相変わらず、東北各地を飛び回り、家にはなかなか帰って来ない。その寂しさと心細さが、晶子をより不安にした。思わずまた、東京にいる母に電話してしまったけれど、四人の子どもを産んだ母には、相手にしてもらえなかった。はぁ、と心の中でため息をつく。

「絶対に里帰り出産なんかしてやらないんだから」

そう思った瞬間にまた、吐き気がして晶子は顔をしかめた。

「ねぇ、これ、どうやって料理すればいいの……」

大みそかの夕方、部屋で横になっていると、晶子とほぼ同じ時期に妊娠した上条さんが、小さな両手鍋を持ってやってきた。

「うちのだんながよく行く焼鳥屋さんがくれたのよ。私がつわりで食欲がないこと話したら、これ、栄養つくから食べさせなよ、ってもらってきたらしくて。だけど私、触れなくて……」

晶子ほどひどくはないが、つわりで青い顔をした上条さんが差し出した両手鍋の蓋《ふた》を開けると、なかにはモツとレバーがいっぱいに入っていた。つやつやと光る臓物を見ているうちに、また、むかむかとしてくる。慌てて鍋に蓋をした。

けれど、人に頼られると、何かと世話を焼きたくなる。それが食べることだと、余計に何とかしなければ、という使命感にも近い気持ちになるのだ。

レバーは水にさらして血抜きをし、塩焼きにしてレモンを添えた。モツは塩でもんで水で洗い、さらに下茹《したゆ》でして臭みをとった。ニンニクやねぎ、キャベツやニラを加え、火鉢の上に載せた土鍋でぐつぐつと煮た。

「おいしい。ほんとにおいしいね」

上条さんの表情がぱっと明るくなる。そんな顔を見ると、晶子は心底うれしくなる。晶子も食欲はなかったが、自分の料理をおいしそうに食べてくれる上条さんを見ているうちに、ほんの少しだけ食欲もわいてきた。

どこか遠くのほうから除夜の鐘が聞こえてくる。柏木さんは帰省をしていて留守だった。上条さんのだんなさんも遼平も、新春の特別番組のため、家を留守にしていた。

窓からすきま風が音を立てて入ってくる。

「晶子さんの作るもの、ほんとにおいしい。つわり、ひどいのに、無理なこと言ってごめんね」

上条さんが、おなかをさすりながら言う。

「そんなことないわ。私のほうこそお礼を言わなくちゃ。上条さんがいなかったら私、年末年始、一人ぼっちだったもの。本当にありがとう」

晶子は頭を下げた。知っている人が誰もいない土地でも、なんとかやってこられたのは、上条さんや柏木さんがいたからだ。

慣れないことも、できないことも、寂しいことも、悲しいことも、もしかしたら、女同士のほうがわかりあえるし、いざというときは力も出せるんじゃないのかな。晶子はよく煮えたモツを口に入れながら、でも、こんなことは遼平には話せないわ、と心の中で思った。

「お産って、障子の桟が見えなくなるほど痛いっていうけどほんとなのかしら……」

上条さんがみかんの皮を剝《む》きながら不安そうな声で言う。

晶子たち二人が通っている産院でも、お産について医師や助産婦から話を聞く機会はない。妊婦は出産を経験した人の体験談をそれぞれ聞くしかなかった。大事なことなのに、どうして誰も教えてくれないのかな……。そのとき、頭の中で何かがひらめいた。

「勉強会、開いてもらわない？」

「えっ」

「陣痛がどういうふうに起こるとか、お産まで体がどう変わるとか……、そういうこと知りたくない？」

「そ、そりゃ、知りたいけど……」

「私、勉強会を開いてもらえないか、先生に直談《じか》判してみる！」

急に元気になった晶子を、上条さんが驚いたような顔で見た。

正月休みが明けてすぐ、健診をかねて、晶子はかかりつけの病院に向かった。

「先生、私、初めてのお産で、怖くて仕方がないんです。だから、お産のことちゃんと勉強したいと思って……」

ふむ、と返事をしながら、人のよさそうな中年の男性医師が、診察台に横になった晶子のおなかに触れる。

「赤ちゃんは問題なし、と」

さらさらとカルテにペンを走らせる。

「先生、そういう会、開いていただきたいんです」

医師は腕を組み、しばらくの間、考えていた。

「そんなこと言ってきたのは吉川さんが初めてだよ」

「だめでしょうか？」

「……そんなに言うなら、一回だけ、やってあげようか」

晶子が提案した「妊婦のための勉強会」には、医師が予想していたよりもたくさんの妊婦が集まり、用意された病院の一室に入りきらないほどの盛況ぶりだった。

妊娠中はどうやって過ごしたらいいのか、お産はどうやって始まるのか、どれくらい陣痛が続くのか、赤ちゃんはどうやって出てくるのか、産後の体はどう変化するのか……。医学的な情報も、医師は妊婦たちにわかるように説明してくれた。

女性の体や、妊娠、出産のことは、人前で話してはいけない、と教えられて育った妊婦たちが、神妙な顔で医師の話に聞き入り、メモをとった。晶子だけではない。誰もがお産に対して不安だったのだ。


「おばさん、牛乳くださいな」

「はいよ」

舎宅の近くにあるよろず屋のおばさんが冷蔵庫から取り出した瓶牛乳の蓋を開け、晶子に渡してくれた。店先に立ったまま一気に飲み干すと、冷たい牛乳が喉を潤《うるお》していく。今日、この店で牛乳を買うのはすでに三度目だ。

「はー、おいしい」

口もとをハンカチで拭《ふ》きながら思わず言うと、

「それにしてもよく飲むねぇ。うちは有り難いけど……。赤ちゃん、もうすぐだね。お産、がんばりなよ」

と、おばさんが声をかけてくれた。

「ありがとうございます」

そう言いながら晶子がまんまるに膨らんだお腹《なか》を撫《な》でると、子どもがぐるん、と大きく動いた。晶子はその店でさらにあんパンを買い、ゆっくりとした足取りで日盛りの道を舎宅まで帰って行った。

昭和三十六年八月。

晶子は臨月になっていた。ひどいつわりが治まった途端、晶子を襲ったのはコントロールできないほどの食欲だった。それまで食べられなかった分を取り戻すように、自分が食べたいものを作り、食べたいだけ食べた。

かかりつけの産院で晶子が提案して行われた「妊婦のための勉強会」でも、「栄養のあるものを二人分食べて、大きな赤ちゃんを産みましょう」と助産婦から説明されていた。

部屋に戻った晶子は扇風機の前に座り込む。風のない真夏の午後、暑さで市役所前のアスファルトが溶け出したと、さっきラジオのニュースが告げていた。

昼食を食べたばかりなのに、晶子はさっき買ってきたあんパンを囓《かじ》った。食べても食べてもお腹が空《す》いて仕方がないのだ。

そんなとき決まって思い出すのは、軽井沢の学寮で過ごした日々のことだ。千代子にもらって舐《な》めたビタミン剤の「メタボリン」。母がお手玉の中に入れてくれた炒《い》り大豆。もうあれから、十五年以上経《た》っているのに、あのときのどうしようもない空腹感を、今でもはっきりと思い出すことができた。

そのたびに、小学生の自分を苦しめた、あんなにひどい飢えを、お腹の子だけには絶対に体験させたくない、と晶子は思うのだった。

部屋には、いまだに冷蔵庫がなかったから、冷たい牛乳が飲みたくなると、近所のよろず屋に駆け込んだ。多い日は一日、五、六本。牛乳だけでなく、食事の量も増えたため、体重は妊娠前に比べて、すでに十七キロも増加していた。それでも、医師も助産婦も、誰も妊婦の体重が増えたことをとがめなかった。薬指の結婚指輪は、肉に埋もれるようにきつくなっていた。

それから一週間後の午後、台所の流しで食器を洗っているとき、腰のあたりが鈍く痛み始めた。

「もしかしたら……これが陣痛？」

そう思いながら、晶子は家事を続けた。鈍い痛みがいつしか規則的になっていく。それでもまだ我慢できる程度だった。

夕方、乾いた洗濯物を畳んでいるときに、お腹の下のほうで風船が割れるような音がして、尿が漏れていく感じがした。

「……早く病院に行かないと」

「妊婦のための勉強会」で晶子はそれが破水であることを知っていた。破水が起きたら一刻も早く病院に行かなければいけない、ということも。

遼平は三日前から、ドキュメント番組のために岩手に出張していた。晶子のお産が近づいても、遼平はそれまでとまったく同じペースで仕事をしていた。けれど、それを不満に思うことはなかった。遼平にお産に立ち会ってもらおうと思ったこともなかった。医師以外の男性はお産に介入しない、お産は女性だけのもの。晶子だけでなく、この時代に出産をする女性は誰もがそう考えていた。

つわりがつらくて思わず実家に電話をしたときに、母に「何、泣き言いってるの」と言われたのが悔しくて、里帰りしては絶対に産まないと、心に決めていた。お産くらいなによ。私一人でできるわ。そう決めていたはずなのに、いざ破水までするど、本当に産めるのかしら、と不安ばかりが募っていく。

「あの、お産が始まりそうなので、これから病院に行ってきます」

入院のための荷物をまとめておいたボストンバッグを持って、晶子は階段の下から二階にいる柏木さんに声をかけた。上条さんは、出産のために、先月から郷里に帰っていた。

団扇《うちわ》を持った柏木さんが、階段を下りてきた。西日が当たる二階の部屋はさぞ暑いのだろう、ノースリーブのワンピースを着た柏木さんは、真っ赤な顔をして、首にかけたタオルで額の汗を拭きながら言った。

「ええっ。どうやって病院まで行くつもり？」

「角のよろず屋で電話してタクシー呼びますから」

「ちょっとちょっと。いくら近所だからって、そんなボストンバッグ一人で持って……あたし、そこまで一緒に行くわ。ちょっと、そこに座って待ってて」

晶子を玄関の上がり框《かまち》に座らせると、柏木さんはバタバタと階段を上がり、ビーズの手提げを持って再び下りてきた。陣痛に顔をしかめる晶子の足にサンダルを履かせてくれる。

柏木さんが玄関の戸締まりをするのを待つ間にも、陣痛はまた強くなっているような気がした。

太陽が照りつける、よろず屋までの道のりが果てしなく遠く思える。柏木さんは晶子の体を支えながら歩いてくれた。やっと到着したよろず屋のベンチに座りこむと、背中を汗が流れていくのがわかる。痛みの間隔が少しずつ短くなり、痛みそのものも強くなっているような気がした。

柏木さんはタクシー会社と病院、目白の実家とＮＨＫの支局に電話をかけてくれた。

やって来たタクシーに、支えてもらいながら、晶子はなんとか乗り込んだ。

「あの……、ここで大丈夫ですから。病院、一人で行けますから」

一度は頷いたものの、苦痛に歪《ゆが》む晶子の顔を見て、

「あぁっ、もう。私も行くよ」

と、柏木さんはタクシーの助手席に乗り込んだ。晶子は痛みでまっすぐ座っていられず、座席に体を横たえた。周期的な痛みで、思わず大きな声が出そうになるが、ハンカチを口にあてて耐えた。

病院に着いた後も、柏木さんは入院手続きなどをてきぱきと済ませてくれた。

病室でベッドの柵《さく》につかまり、脂汗《あぶらあせ》を流しながら、痛みが通り過ぎるのを我慢している晶子の腰を、柏木さんは何度も撫でてくれた。

「すみません……」蚊の鳴くような声で言うと、

「何言ってるのこんなときに。ご実家のお母様だって、東京から六時間はかかるんだから」

そう言いながら、晶子の汗を拭き、コップの水を飲ませてくれる。

「一人でお産なんて、寂しすぎるじゃない。吉川さんには何度もおいしいもの食べさせてもらってるんだから。ちょっとは恩返しさせてよ」

柏木さんは、照れたように笑った。

それから六時間、晶子は陣痛に耐え続けた。お産が立て込んでいるのか、助産婦は時々、様子を見に来ると、「うん。まだまだだね」とだけ言い残し、すぐに病室を出て行ってしまう。

腰が割れるように痛む。

必死で我慢していたうめき声が自然に漏れてしまう。そのたびに柏木さんが「だいじょうぶよ。だいじょうぶだからね」と声をかけてくれた。

もう絶対にこんな痛みには耐えられない、と思ったとき、分娩室《ぶんべんしつ》に連れて行かれ、その直後に、晶子は男の子を産んだ。晶子はその子を見た。目はつぶったままでふにゃふにゃと頼りない。けれど、泣き声だけはひときわ大きかった。

子どもは新生児室に、晶子はストレッチャーに移され、分娩室の外に運ばれた。廊下には目を真っ赤にした柏木さんが立っていた。

「あんなに元気な声で……。おめでとう」

柏木さんが晶子の手を握る。

「ありがとうございました」

晶子の目から涙がこぼれた。

「よく頑張ったね。吉川さん、本当に頑張った」

そう言って額の汗をハンカチでぬぐってくれた。柏木さんの今にも泣きそうな顔を見て、晶子も声を詰まらせた。


晶子と遼平の第一子は、悠平《ゆうへい》と名付けられた。

産後の晶子と生まれたばかりの悠平の面倒を見に来てくれた母も、一カ月ほど仙台で過ごすと、東京に帰って行った。遼平は相変わらず留守がちで、母がいなくなったあとは、晶子一人で慣れない育児に振り回される日々を送っていた。

生まれてから三カ月ほどは、夜となく昼となく、母乳を催促され、寝ているのか起きているのかもわからない毎日が続いた。朦朧《もうろう》とした頭のまま、おむつを替え、深夜に帰ってくる遼平のために食事を用意した。

それでも暑いうちはまだ良かった。一日何十枚と洗う布おむつもあっという間に乾く。ブリキの流し台に置いたプラスチックのベビーバスで入れる沐浴《もくよく》も、お湯の温度を気にしなくても、風邪をひかせる心配もない。

秋になり、冬になると、晴れていても小雪がちらつく陽気が続き、干した布おむつはなかなか乾かない。悠平が寝ている間に、晶子は一枚、一枚、アイロンを当てた。

気温がもっと下がると、窓から入ってくるすきま風が気にかかる。晶子は悠平を毛布で作った寝袋に寝かせ、ベビーベッドのまわりを蚊帳《かや》で囲った。生まれて初めての冬を過ごす悠平が、風邪をひかないように、晶子なりの工夫のつもりだった。

「少し神経質すぎないか」

授乳後に母乳を吐かないよう、悠平を縦抱きにして、背中をとんとんと叩《たた》いていると、出勤前、ネクタイを締めている遼平が言った。

「でも……」

「今からこんなに過保護に育ててどうするんだ。風邪くらいひくさ。子どもはそうやって強くなっていくんだから」

「……」

風邪をひかせて大変な思いをするのは、悠平の面倒を一人でみている私なのに……。その言葉を晶子は飲みこむ。以前の晶子なら思ったことをすぐに口にしていたのに、悠平が生まれてからは、遼平に対して、言いたいことを言わず、我慢することが増えていった。

男は外で働く。女は家で家事や育児をする。妊娠や出産や子育ては女性のもの。そう教えられてきて、自分でもそうすることを望んだのに、なぜだか、馴染めない自分がいた。けれど、その思いを言葉にして、遼平にぶつけることにはためらいがある。仕事を懸命にこなす遼平に、負担をかけるようなことは言いたくなかった。そうは言っても本当のところは、生まれたばかりの悠平の世話で、体も心も疲れきっている今、遼平と正面から衝突することは避けたい気持ちがあった。

遼平は、黙ったままでいる晶子の腕のなかから、悠平を抱き上げると、背中を手のひらで勢いよく、とん、と叩いた。晶子が驚くような強さで。その途端、悠平の口から大きなげっぷが出た。遼平が晶子の腕に悠平を戻す。すっきりしたのか、悠平は笑顔でこちらを見つめた。

「ありがとう」

「男の子なんだ。少しくらい乱暴でも大丈夫。心配しすぎもよくないぞ」

「……そうね」

「じゃ、行ってくる。今日も遅いから」

遼平は慌《あわ》ただしく部屋を出て行った。

隣の部屋から、同じ時期に出産した上条さんの子どもの泣き声が聞こえてくる。子どもの心配事や育児の気がかりは、上条さんによく相談した。解決はしなくても、話すだけで気持ちが落ち着くことが多かった。柏木さんは、同じ屋根の下に住む二人を何かと気遣って、手助けしてくれた。

「この舎宅はまるで新米母さんと赤んぼうの合宿所みたいね」

柏木さんはそう言って笑った。

身近に母親や手助けしてくれる女性がいれば、子育ては滞りなくできる。けれど、子育ての責任は父親にだって半分あるはず。父親の役割って、一体なんなのかしら。

にこにこと笑う悠平を抱きながら、すぐには答えの出ないその疑問を、晶子は胸の奥にしまいこんだ。


「悠平のときは、こんなだったかな」

昭和三十八年の夏。次男、耕平を抱っこしながら晶子は思った。

首がすわる時期はとうに過ぎているのに、支えていないと頭がぐらぐらする。母乳の飲みも悪い。悠平はお腹が空いているときは、大声で泣きわめいたし、乳房にかぶりつくようにごくごくと母乳を飲んだものだ。けれど、耕平は、空腹でも泣きもしないし、授乳を始めて五分もすると、苦しそうな顔をして、ぷいっと口を離してしまう。

そのせいか、体重も思うように増えない。

安産だったし、誕生後の検査でも問題はなかった。笑いかけると笑顔を返す。定期健診で、医師が聴診器をあててみても、悪いところは見つからなかった。

どうしたらいいんだろう……。

そう思いながらも、二歳になった悠平と、乳児の耕平の子育てで毎日は慌ただしく過ぎていく。

引っ越しの準備もあった。九月半ばには遼平の東京への転勤が決まっていたからだ。

仙台の七夕まつりの最終日。

母乳を飲み終えると、耕平は力尽きたように、すーっと目を閉じてしまった。

「耕平！　耕平！」

眠っているのかな、と思ったけれど、大きな声で名前を呼んで揺すっても反応がない。顔にもまったく血の気がない。いつもと違う。晶子の胸に冷たいものがよぎる。

悠平を柏木さんに預け、ぐったりとした耕平を抱っこして通りに出た。運良くやってきたタクシーに乗り、かかりつけの病院の名を告げた。

けれど、どの通りも七夕まつりに向かう人たちで混雑し、タクシーは思うように進まない。耕平を抱いて晶子は堪《たま》らず車を降りた。

頭上には、色とりどりの吹き流しが風に揺れている。それを眺めながら、のんびりと歩く浴衣姿《ゆかたすがた》のカップルや親子連れなどの見物人で、通りはあふれかえっていた。誰もが笑顔で祭りを楽しんでいた。晶子だけが笑っていなかった。

「すみません。通していただけますか。急いでいるんです」

強引に人の間をすり抜けようとする晶子の顔を、怪訝《けげん》そうに見る人もいた。けれど、謝る余裕もない。青白い顔の耕平を抱いたまま、晶子は病院に駆け込んだ。

診察の結果、耕平は急性の肺炎と診断され、そのまま入院することになった。その日からつきっきりの看病が始まった。

看病といっても、一日中、うつらうつらと眠り、時折、目を覚ましては、耳をすまさないと聞き取れないくらいの泣き声を上げる耕平にできることは、授乳とおむつを替えることしかなかった。無理に乳房を口にふくませても、二口、三口飲んだだけで、口を離してしまう。

日に一回、診察のために、病室にやってくる医師は、耕平の様子を見ては、看護婦に指示を出し、黙ったまま病室を出て行く。症状に応じて、注射や点滴がされるが、それによって回復していく様子はない。ベッドの脇《わき》に置かれた丸椅子《まるいす》に座り、ただ、耕平を見ているしかなかった。

じっと見つめ続けているときにはわからないが、短時間、ベッドから離れ、再び、耕平を見ると、さっきよりもずっと衰弱しているのがわかる。わかっていても何もできない自分の非力さと、その事実を自分一人だけで受けとめなければならない現実に耐えられなかった。

遼平はディレクターとして青森でのロケが続いていた。仕事の責任を考えれば、めったなことでは帰れない。それは晶子にもわかっている。

でも今は、耕平のそばにいてほしかった。自分を支えてほしかった。そんな思いをまた、心のどこかにしまいこんだまま、晶子は耕平の看病を続けた。

入院から約半月が過ぎて、耕平はもう自分の力では母乳を飲むことができなくなっていた。搾《しぼ》った母乳を、鼻からチューブで流しこんでいたが、入院した頃と比べても、体は日に日に小さくなっていく。生後六カ月の赤んぼうなのに、腕や脚はやせ細り、目のまわりは落ちくぼんでいる。

「この子はもう……だめなんじゃないかしら……」

必死に振り払おうとしても、そんな思いが晶子の心に浮かんでは消えていく。

耕平の入院がどれくらい長引くのかもわからない。長男の悠平は目白の母に預かってもらうことにした。

仙台駅のプラットフォームで、母に手を引かれ、列車に乗り込む悠平が振り向く。

手を振ると、悠平は笑いもせずに手を振り返した。

元々、手のかからないおとなしい子どもだ。初めて母親と離れて過ごすのだから泣き喚《わめ》いてもいいものなのに、ぐずることもなく、祖母の隣で身を固くしている。悠平に寂しい思いをさせている自分を、晶子は心のなかで責めた。

九月半ば、遼平は、転勤のため一足先に東京へ戻ることになった。東京に帰る前日、遼平が耕平の様子を見に病室にやってきた。あまりにやつれた様子の晶子を見てぎょっとし、ベッドで眠る耕平を見て息をのんだ。しばらくの間、ベッドで眠る耕平を身じろぎもせず見つめていたが、しばらくすると、耕平に腕を伸ばした。遼平の茶色い筋張った手が、青白い耕平の頭をゆっくりと撫でる。遼平はいつまでもそうしていた。

晶子のほうを振り返ったものの、何も言えず、ただ晶子の顔を見つめている。

遼平の気持ちがわかったから、晶子も遼平の顔を見つめたまま黙っていた。しばらくすると、

「……ごめん。このあと、仕事の引き継ぎがあって戻らないといけないんだ。また、様子見に来るから。……頼んだよ」

絞り出すようにそう言って、慌ただしく病院を後にした。

頼んだよ、と言われても、今の晶子にできるのは、耕平に与える母乳を搾ることく

らいだ。あとは、耕平をただ見ているしかない。呼吸をしていないかのように目をずっと閉じているが、時々、口を小さく開いて、あえぐような呼吸をすると、薄い胸のあたりが苦しそうに上下する。慌《あわ》てて看護婦を呼びに行き、医師に注射を打ってもらうと、再び耕平は目を閉じたまま、深い眠りに落ちていく。母親として、まるで無力な自分が情けなかった。

洗面所で髪をとかしていると、二十八歳になったばかりの晶子のこめかみに白いものが混じっているのが見える。入院してすでに一カ月以上経っていた。白髪になってもいい、と晶子は思った。耕平が助かるなら、髪など真っ白になっても、と。

仙台の舎宅はあと一週間で次の家族に明け渡さなければならなかった。看病の合間を縫って、引っ越しの準備をした。荷物の中には、耕平の産着《うぶぎ》やベビー服、おもちゃも入れた。東京で、家族四人で暮らすのだ。それが晶子の望みだった。それが叶《かな》わないのなら、あと、もう一度だけ、耕平の笑顔を見たかった。

耕平の容態が急変したのは、数日後のことだった。

呼吸のリズムが不規則になり、最後は眠るように息を引き取った。

耕平が死んだ、という事実を晶子は受けとめられなかった。本当に起こったことなのかどうか確信が持てなかった。だから、目の前にあるやるべきことだけを、ただ、淡々とこなした。通夜《つや》、葬儀、そして、荷造り。

「だいじょうぶよ。あたしたちがなんでも手伝うから」

そう言ってくれたのは、舎宅の柏木さんと上条さんだった。斎場にやってくる弔問客の対応から、運送会社とのやりとり、晶子の食事のこと、目の届かない細かな部分にまで気を配ってくれた。

目白の母、悠平とともに、東京から戻って来た遼平は、小さな棺《ひつぎ》の中の耕平を見て、声を詰まらせた。けれど、葬儀が終わるとすぐに帰って行った。その背中を晶子は見送ることしかできなかった。

「あなたの思ってることはわかる。どの家も同じよ」

柏木さんがそう言ったのは、葬儀が終わった日の深夜のことだった。舎宅の柏木さんの部屋で、晶子は淹《い》れてもらったお茶を飲んでいた。

「ご主人だってそりゃ悲しいわよ。でも、悲しんでたら……、仕事できないのよ。たぶん」

開いたままの窓から、鈴虫の鳴く声が聞こえてくる。

「私たちのだんなさん、テレビにとられちゃったのね……。きっと」

その言葉で、晶子のどこかがほどけていくような気がした。夫への不満を言葉にできないでいた自分を、柏木さんが受けとめてくれている。

「ほら、これ食べて。朝からろくに食べてないでしょ。少しでもお腹に入れないと」

そう言いながら、柏木さんは、お重に入れたおいなりさんを差し出した。晶子は深く頭を下げて言った。

「これまで、お世話になりました。ありがとうございました」

「なに言ってるの。お礼を言うのはこっちよ。吉川さんがいてくれて楽しかったわ。また、いつでも遊びにいらっしゃいな。いつだって会えるわ。生きてさえいれば」

晶子の目の端に涙が浮かぶ。柏木さんの目も真っ赤だった。そして、晶子は、こんな別れを、いつかどこかで体験したことがあるような、そんな気がしていた。


「それ、耕ちゃん？」

風呂敷《ふろしき》に包んだ小さな骨壺《こつつぼ》をボストンバッグに仕舞おうとしていたときだった。そばに座り、積み木で遊んでいた悠平が突然聞いた。明日は列車に乗って東京に帰る。晶子はそのための準備をしていた。悠平が何を言っているのか晶子には最初わからなかった。

「そこに、耕ちゃん、いるの？」

もう一度、骨壺を指さして悠平が言う。

「そうよ。耕ちゃん。こんなに小さくなっちゃった……」

悠平は親指をくわえ、骨壺をじっと見つめたまま何も言わない。弟が突然死んでしまったことを、二歳の悠平が理解しているのか、見当もつかなかった。

「耕ちゃんもいっしょに、新しいおうちに行こうね」

悠平はこくんとうなずいて、再び、積み木で遊び始めた。

ふと気が付くと、ブラウスの胸のあたりがしっとりと濡《ぬ》れている。飲ませる相手がいなくなっても、晶子の乳房は母乳を作り続けていた。母乳が溜《た》まったままの乳房は、熱と痛みを伴って腫《は》れている。晶子は、小さなガーゼを水に浸し、それで乳房を冷やした。

「結局、あの子の口に入れられたのは、母乳だけだったわ」

土鍋《どなべ》で炊《た》いた重湯、裏ごししたさつまいもやかぼちゃ……。もっと大きくなったら、オムライスやチャーハン。耕平にも手作りしたものをお腹いっぱい食べさせたかった。晶子にとって、それがいちばんの後悔だった。

新しい舎宅は、多摩川河川敷のそばに立つ鉄筋コンクリートの建物で、仙台の舎宅とは何もかも違った。

上野駅に着いたのは、もう夕方に近い時間で、電車を乗り継ぎ、舎宅に着いたところには、陽もすっかり暮れていた。それぞれの部屋の窓には照明が灯《とも》っているが、不思議と人の気配はない。それが晶子にはひどくさびしく感じられた。

階段を登り、鉄製のドアを開く。真っ暗ななか、壁を指で探って、電気のスイッチを探した。見つけたスイッチを押すと、突然のまぶしさに思わず目を閉じた。

「あ、僕のおもちゃ！」

悠平が叫んだ。玄関に、悠平のおもちゃが横一列に並べられていた。

「おもちゃさん、こんにちは！」

悠平はしゃがみこんで、ブリキのロボットを手に取った。晶子は、こんなふうにはしゃいだ悠平の声を久しぶりに聞いた。

廊下の先の居間には、引っ越しの荷物が雑然と並べられている。この玄関だけが、スポットライトが当たったように、悠平のいつもと変わらない生活の場所だった。引っ越し屋さんがこんなことをするわけはない。遼平だ。悠平のために、忙しいなか荷物をほどき、わざわざ並べてくれたのだ。

その心遣いが素直にうれしかった。

自分が母親になったときから、ずっと考えていた。父親の役割ってなんなのか。仕事に夢中で家にいない遼平を心のなかで責めたこともあった。でも……。いっしょにいられる時間が短くても、遼平は確かに父親なのだ。晶子はいつの間にか笑顔になっていた。笑うのは随分久しぶりのような気がした。笑顔の晶子を、ロボットを手にした悠平がにこにこと見上げていた。

2DKの団地。キッチンに続くダイニングに和室の二間。ベランダからは多摩川が見えた。すきま風の入ってこないアルミサッシの窓。浴室もついていた。電化製品を使っても、簡単にブレーカーが落ちることもない。

そんな家に住めることが晶子はうれしかった。舎宅の人たちは声をかければにこやかに挨拶《あいさつ》を返してくれるし、時々は井戸端会議だってした。

でも、重い鉄のドアを閉めてしまえば、外の音も聞こえなくなる。人の気配も感じられなくなる。仙台の舎宅のように、お互いを気遣う仲間はもういない。人に干渉されないプライバシーを手に入れた分、晶子は何かを失ったような気がした。

悠平が幼稚園に通うようになると、晶子が家に一人でいる時間が増えていく。料理をする時間はたっぷりあった。けれど、家族三人で食卓を囲むことはめったになかった。遼平は東京勤務になってから、仙台にいるとき以上の激務が続いていた。明け方近くに帰ってくる遼平のために、消化のいい、煮込みうどんや雑炊を作った。

悠平を幼稚園に迎えにいく時間に合わせて、おやつを山ほどこしらえた。粉砂糖をふった揚げたてのドーナツや、具がたっぷり入った中華まんじゅう。それを小さな皿に載せて、耕平の仏壇にも供えた。

「おいしいね」

にこにこと笑いながら、晶子の作るものを、悠平はよく食べてくれた。それは晶子の喜びでもあった。

けれど、雨の降る午後などに、窓を締め切った部屋に閉じこもっていると、世界にたった二人きりでいるような気がする。だから、できるだけ子どもがたくさん欲しかった。自分のように四人兄妹《きょうだい》、可能ならば、それ以上。晶子はたくさんの子どもに囲まれて暮らしていきたいと強く願った。

悠平が五歳になった年、晶子は三男を出産した。宗平《そうへい》と名付けられたその子は生まれたときから病気がちだった。時々、目白の母が様子を見に来てはくれたが、やはり、子育ての責任と負担は晶子一人の肩にのしかかる。夜中に高熱を出したときは、寝ぼけまなこの悠平を背中におぶり、宗平を抱っこして、救急病院に駆け込んだ。

ここには、仙台の舎宅のように、柏木さんも、上条さんもいない。悠平を幼稚園に連れていったあとは、部屋のなか、言葉も満足に話せない宗平と二人きりになった。

「子どもが生まれて幸せなはずなのに、なんだか頭がおかしくなりそう……」

ほかの母親はどう思っているのだろう。そう考えてみても、今の晶子には、心の内をはき出せる相手が誰もいなかった。

宗平が二歳になった年、幸運なことに晶子は再び、妊娠した。

異変を感じたのは、大みそかのことだった。晶子は妊娠五カ月になっていた。珍しく、大みそかの午後と元日の午前中だけ休みがとれた遼平のために、何時間も立ちっぱなしでおせちの準備をしていた。

ガスの火を調節しようと腰をかがめたとき、ふいに何か生温かいものが足の間を流れていくような気がした。慌ててトイレに駆け込むと、便器が真っ赤に染まった。

「おい。どうした」

トイレから出て、急にしゃがみこんだ晶子に遼平が声をかけた。

「赤ちゃんが……」

スカートや床が血で染まる。晶子は遼平が呼んだ救急車で病院に担《かつ》ぎ込まれた。家を出るとき、

「一人でだいじょうぶだから。悠平と宗平をお願いします」

担架の上で晶子は叫んでいた。

胎盤が剝離《はくり》したことによる流産だった。処置が終わり、ベッドに運ばれた。目を覚ますと、ベッドのわきには遼平が座っていた。隣の空いたベッドには、悠平と宗平が並び、寝息を立てている。

「……ごめんなさい」

「何、あやまってんだ」

「……だって、私……子ども二人の人生だめにしちゃった」

晶子の顔も見ないで遼平がぶっきらぼうに答える。

「何、馬鹿《ばか》なこと言ってんだ……。ちゃんとこんなに大きくしたじゃないか」

遼平が振り返り、ベッドに寝ている悠平と宗平に目をやる。宗平がまるで何か食べているように口をもごもごと動かしている。幼い頃の晶子の癖と同じだった。

「こいつら二人、おまえが食べさせて、おまえが大きくしたんだ」

ふいに晶子の目から涙がこぼれた。それでも、遼平は晶子の顔を見ない。晶子が泣き出すと、絶対に目を合わせようとしないのだ。

遼平が乱暴に晶子の布団《ふとん》を掛け直しながら言った。

「子ども二人の人生、だめにしたってほんとに思ってるなら、お前がその二人分生きてみればいいじゃないか。……くだらないこと言ってないで寝ろ」

遼平は突然立ち上がり、病室を出て行った。

二人分……。二人分の人生。水のなかに落とされた鍵《かぎ》のように、遼平が放ったその言葉が、晶子のなかに重くゆっくりと沈んでいく。

四人の子どもの母親にはなれなかったけれど、何か自分にはできることがあるのだろうか。料理を作ることが好きで、食べさせることが大好きで、人におせっかいを焼くことが好きなだけの自分に。

四人目の子どもを失ったその夜、晶子は一睡もせずに、病室の天井を見つめながら考え続けた。二人の子どもの分も、人生を生きるために、自分にできること。けれど、答えは見つからないまま、朝を迎えた。

「スイミングスクール？」

「そうなの。うちの子の同級生で通ってる子が多いのよ。うちも通わせようかしら」

その噂《うわさ》を同じ舎宅に住む人から聞いたのは、悠平が小学校五年生になったときのことだった。

弟の宗平は、赤ちゃんのときは病気がちだったのに、成長するにつれ、逞《たくま》しく育っていった。今は病気ひとつしないし、運動も得意だ。

けれど、兄の悠平は、幼いときに、晶子が作ったおやつを食べ過ぎたせいなのか、体型も肥満気味だった。何か運動を、と思って、野球やサッカー、剣道と、思いつくままやらせてみたものの、続かないのが悩みの種だった。

「水泳なら、運動の苦手な悠平にもいいかもしれない」

そう思った晶子は悠平の意見も聞かず、その日のうちに、スイミングスクールへ入会の申し込みに行った。

スクールの女性指導員が晶子を案内してくれた。小学校高学年くらいの生徒たちが、水しぶきをあげ、巧みにターンしながら、クロールで泳ぎ続けている。

階段を上がっていくと、プールの上には、手すりのついたベランダのように張り出したスペースがあり、母親たちが、下のプールで泳ぐわが子を見守っていた。

窓から差し込む光が、水面を照らしている。反響する水の音や、子どもたちの声、ゆらゆらと揺れる光。

晶子の奥深くでゆっくりと蘇《よみがえ》ってくる記憶があった。

まだ、戦争が激しくなかった頃、両親や兄たちと行った、外房の海。謹二郎おじさんの背中に乗って、滑り下りる波。

なぜ、今まで忘れていたんだろう。

「お母様の見学はこちらで自由にできますので」

「あの……」

「はい？」

「……泳げますか？」

突然、何を言い出すのかという顔で女性指導員が晶子の顔を見た。

「あの、見ていたらなんだか私も泳ぎたくなってしまって……」

晶子の言っていることをやっと理解した指導員は、平日の午前中に成人のクラスがあることを詳しく教えてくれた。

その翌週から悠平と晶子は、スイミングスクールに通い始めた。母親に言われ、厭々《いやいや》ながら通っている悠平と違って、週に一度のクラスを楽しみにしているのは、晶子のほうだった。

その頃、遼平はニュースやドキュメンタリー番組だけでなく、ドラマなどのチーフカメラマンとして、相変わらず多忙な日々を過ごしていた。

「若いやつらにお腹いっぱい食わしてやってほしいんだよ」

遼平は早い時間に仕事が終わると、仕事仲間を度々、家に連れて来るようになった。忙しく、生活が不規則なせいで、満足に食事もとれないのか、やってくるスタッフは皆が皆、がりがりに痩せている。

「ほかの人に食べさせるほど、余裕があるわけでもないんだけど……」

そう思いながらも、誰かがお腹を空かしていると聞くと、なんとかしてあげたくなるのが晶子の性分だ。

トンカツを山ほど揚げ、鍋いっぱいに煮込んだカレーをたっぷりかける。

故郷を離れて一人暮らしをしている人も多かったので、栄養バランスのとれたものを食べさせたくて、キャベツや人参《にんじん》、玉ねぎをたくさん使ったコールスローや、ピーマンの酢のもの、切り干し大根の煮物など、野菜のおかずも大量に作った。

「うまいうまい」

「田舎に帰って来たみたい」

「……おかわり、いいですか？」

瞬《また》く間に皿を空にしていく若いスタッフたちを見ると、家計のことはさておき、次に来たときは何を食べさせようか、と晶子は考えてしまうのだった。

多摩川の舎宅を訪れるのは、ほとんどが遼平の部下の男性カメラマンたちだったが、時々そこに、衣装部やヘアメイクなどの女性スタッフが混じることもあった。

「吉川さんの奥さんの手料理、みんなおいしいって言うから。あたしも食べてみたくって」

女性スタッフが来ると聞いたときはデザートも手作りした。缶詰のみかんを入れた牛乳寒天や、蒸し器で作ったカスタードプリン。どれも普段、悠平や宗平に作っているものだった。

「こんなの食べたの久しぶり。なんか、なつかしくなっちゃった……」

時には、涙ぐみながら、晶子の料理を食べるスタッフもいた。

その女性がやってきたのは、いつものように遼平が男性カメラマンたちをたくさん連れてきたある日のことだった。皆が玄関に脱ぎ散らかした靴を一人で片付けている。

流行の最先端の白いパンタロン、体に張り付くような、鮮やかな柄のブラウス。顎《あご》のあたりで短く切りそろえたボブ。雑誌から抜け出てきたようなきれいな女性だった。晶子に丁寧に挨拶をしたあとに、

「これ、よろしければ息子さんたちに」

と、銀座のデパートの紙袋を差し出した。そんな手土産など初めてだった。

「まぁ……。そこまで気を遣っていただかなくても……」

そう言う晶子の顔を、女性がじっと見た。晶子も女性の顔を見る。色が白く、黒目がちな大きな瞳《ひとみ》。どこかで見た記憶がある。自分にとってとても大事な人。晶子のなかで、記憶の奥底にしまっておいた大切な友だちの名前が浮かび上がる。

「千代、子……さん？」

しばらく沈黙が流れ、やがて女性も口を開いた。

「……晶子さん？　晶子さんなの？」

玄関で手を取り合い、突然、泣き始めた二人を、廊下の奥から、遼平や男性スタッフたちが驚いた顔で見つめていた。

「旧友との再会なら、どこか喫茶店にでも行かせてやりたいけどなぁ。このあたり、

なんにもなくて。店も閉まってるだろうし……」

遼平が晶子と千代子にすまなそうに言うのがなんだか妙におかしかった。

食事を終えた男たちは、ダイニングテーブルを囲んで、カメラ談義に夢中になっていた。話の中心にいるのは、遼平で、皆、その話を熱心に聞いている。

悠平と宗平は、テレビの刑事ドラマに夢中だ。暗いベランダから見ると、カラーテレビの画面はやけにぎらぎらと目に映る。

誰もいない河川敷に、街灯だけがぽつりぽつりと明るい。

「私、今、脚本家の見習いやってるの。でも、なかなかうまくいかなくてね」

晶子と千代子は、ベランダに出て、二人だけで話をしていた。

父と兄を戦争で亡《な》くしたこと、苦学して大学を出て、出版社に勤めたものの、どうしても脚本家になりたくて、三年前にやめてしまったこと。今はある女性脚本家の助手をしていること。

千代子は言葉少なに話す。話せないこともたくさんあるのだろう、と晶子は思った。

「たくさんいただいたからお腹《なか》いっぱい。小学生の頃の自分に、今日の晶子さんの手料理を食べさせてあげたいわ」

自分に向けられた笑顔は初めて会ったときと変わらない。けれど、同じ制服を着て、同じ飢えを体験した親友が、今はまったく違う道を歩いている。

「生き残ったから、会えたのね。私たち……」

「……メタボリン、食べたわね」

晶子がその薬の名前を口にすると、千代子がふふっ、と笑った。

「もう、あんな時代はこりごり。おいしいものが食べられて、なんでも自由にできる時代になったんだもの。私、いい脚本をいっぱい書きたいの」

「千代子さんなら、できるわ。絶対」

「……ありがとう」

千代子の横顔を晶子は見る。千代子には、小学生のときと変わらない美しさと聡明《そうめい》さがあった。油で汚れたエプロンをつけたままの自分が、なんだか恥ずかしくなった。

「でも、夢を追いかけているなんて、すごいわ……。私なんか、今はただのおばさんだもの」

「何言ってるの。家庭にいて、毎日、ご主人やお子さんたちの面倒見るのは大変なことよ。……今日のお料理だってプロ並みじゃない。あんなにおいしいもの、私、作れないわ」

千代子が晶子のほうを向いて言った。

となった。

「腰が折れてると体が沈むからね。顎は引き気味に。おへそを見て」

「腕を上げたとき、手のひらは外側。小指から水に入れて、腿《もも》に手が当たるまでぐっと水を押して」

こういう言葉が聞きたかったのだ、と晶子は思った。ひとつひとつの指導が的確で、ぐんぐんと生徒たちを引き込んでいく。

山本コーチの言うとおりにやってみると、今までどうしてもうまくいかなかった背泳ぎが、スムーズにできるようになった。

「水泳の指導って、おもしろい……」

魔法のような指導に感動した晶子は、その日から、山本コーチの言葉を一言も聞き漏らさないように熱心に耳を傾け、ノートに書き記すようになった。

クラスが終わるたびに、コーチをつかまえ、質問責めにする。そのしつこさに負けず、コーチも熱心に答えてくれた。

「吉川さん、そんなに水泳に興味があるなら、いっそのこと教える立場になってみたら？　生徒のままじゃわからないことでも、指導する立場になったら今以上に勉強できるかもしれないよ……」

そうは言っても、ほかの指導員は皆、水泳選手の経験がある。山本コーチも、「フジヤマのトビウオ」と呼ばれた古橋広之進《ひろのしん》の大学の後輩にあたり、競泳選手として長く活躍してきた人だ。

「先生……私、背泳ぎだって、最近やっとできるようになったんですよ。水泳が好きなただの主婦です。そんな素人《しろうと》に指導ができるとは、到底……思えないんですけど」

次第に声が小さくなる。俯《うつむ》く晶子に、山本コーチが言った。

「ボクシングのコーチだって、皆が皆、選手だったわけじゃないですよ。ただ手本を見せるのがコーチの役割じゃない。その人がどうやったら頑張れるのか、言葉で伝えることができるのがコーチなんです。僕はあなたならそれができると思うけど……」

その言葉に顔を上げた。料理を作って食べさせること以外で、生まれて初めて晶子はほめられたのだ。

「あなたは子育ての経験もあるから、子どもの扱いには慣れているでしょう。まずは、幼児クラスの補助指導員として始めてみたらどうかな」

晶子は訳もわからないまま、その言葉に頷《うなず》いていた。

ただひとつ、気になったのは、遼平のことだった。週に一度とはいえ、妻が仕事を始めるのだ。どうやって遼平に切り出そうか、家に帰ったあとも、それだけが気になって、煮物の鍋を焦《こ》がしてしまった。

深夜に帰ってきた遼平に、お茶漬けを出しながら、晶子は恐る恐る尋ねてみた。

「悠平たちが帰ってくるころには家にいられるんだろ。飯さえ作ってくれれば問題ないさ」

遼平があっさり許可を出したことが、晶子には意外だった。

「おまえの同級生の……ほら、この前家に来た、脚本家の卵の。あのあと、ちくりと言われたのさ。晶子に何か我慢させてるんじゃないか、家庭を顧みないで、仕事ばかりして、そのうち爆発して家出してもしらないですよ、ってさ」

遼平がぽりぽりとたくわんを嚙《か》む音が深夜のダイニングに響く。

「……それで思い出したんだ。おまえがいつか、二人の人生だめにした、って言ってたこと」

四人目の子どもを流産した日、確かに晶子はそう言った。

「本当なら二人分の子育てに、もっと時間とられたはずだろ。悠平も宗平も大きくなったんだ。昼間のほんの何時間か、家を空けたって何も問題ないさ。やればいいさ」

自分の顔を見ずにぶっきらぼうに言う遼平は流産をした夜の病室と同じだ、と晶子は思った。やさしい言葉をかけようとすると、遼平は照れて、余計にそっけなくなる。

「……ありがとう」

覚えていてくれたんだ。遼平が仕事をしてもいい、と言ってくれたことよりも、あのときの言葉を覚えてくれていたことが晶子にはうれしかった。

目の端に涙を浮かべたまま、晶子は遼平の湯呑《ゆの》みに熱い番茶を注いだ。


水着を着た子どもたちが目の前で一人、また、一人と水の中に沈んでいく。手を伸ばしても届かない。浅い眠りのなか、そんな夢をくり返し見て、晶子は目を覚ました。背中に汗をびっしょりかいている。

明日、初めて幼児クラスの補助指導員としてプールに入る。早めに床についたものの、うとうとしては目を覚ます。時計はもう午前三時過ぎだ。台所に行って水を飲む。

二十人近くの子どもを預かる幼児クラスは、晶子を含め、五人の指導員が担当する。晶子はあくまでも補助的な立場でしかないが、

「もし自分が目を離した隙《すき》に……」

と、悪い想像ばかりが膨らんでいく。早く寝ないと、と思い直し、グラスを流しに置いて、再び布団に戻った。

幼児クラスは、水に顔をつけたり、潜ったり、プールのへりにつかまって、バタ足

の練習をしたり、本格的に泳ぎを覚えるというよりは、まず、水に慣れることを目的にしたクラスだ。

「水の中で大人が怖い顔をしていると、子どもたちは水を怖がってしまうから。とにかく笑顔を忘れないで」

先輩指導員の言葉を思い出しながら、必死で笑顔をつくった。

「はーい、お水にお顔をつけられるかな」

「今度はお水に潜ってみようね」

そう大声で言いながら、疲れている子どもはいないか、顔色の悪い子どもはいないか、子どもたちの様子の変化を見逃さないようにチェックする。

晶子の心配をよそに、初めての補助指導員としての仕事はあっという間に終わった。けれど、よほど緊張していたのだろう、二時間ほどプールに浸《つ》かっただけなのに、ひどく疲れている。必死で笑顔を保とうとしたせいか、瞼《まぶた》と頬の筋肉が微《かす》かに痙攣《けいれん》しているのがわかった。

帰宅後、十分だけ、と自分に言い訳して横になり、目が覚めたときには、もうすっかり日が落ちていた。慌てて台所に立ち、夕食の準備を始める。体もだるく、声も嗄《か》れていたけれど、晶子の心はその日のクラスが無事に終わったことの安堵《あんど》感《かん》で満ちていた。

ほかの指導員よりスタートが遅い分、水泳指導の勉強に時間を割いた。夕食後、子どもたちを寝かしつけると、その日のクラスのことをレポートにまとめる。担当した子どもたちの名前、プールに入る前の様子、プールから上がったときの様子、反省点、気がついたことなど書きつけて、それをコーチにチェックしてもらう。

救命救急法など、指導員として必要な講習会には、必ず駆けつけた。

プールでもっと自分の声をはっきり聞き取ってもらえるように、声楽の教室にも通い始めた。補助指導員としてもらうわずかなお金より、勉強のために出て行くお金のほうが多かった。結婚前に母が渡してくれた定期預金を崩してそれにあてた。

子どもたちが寝てから遼平が帰ってくるまで、それは晶子にとって、勉強に没頭できる貴重な時間だった。

遼平がたまに早く帰って来ると、

「なんで、がっかりした顔してんだ」

と苦笑いされた。

そんなふうに、補助指導員としての日々は過ぎていった。

晶子はすでに三十八歳になっていた。

山本コーチの指導は予想以上に厳しかった。指導員としてはもちろん、外で働いた経験のない晶子が、怒られない日はなかった。水泳の実力も、指導員としてのキャリアも何もかもが足りない。それでも、できません、という一言は許されなかった。

「やりもしないうちから、できないなんて言うな！　できないならやめちまえ！」

プールサイドに怒声が響いた。悔しさで体が震える。シャワーを浴びながら涙を流すこともあった。けれど、絶対にやめない、と晶子は誓った。この仕事で絶対に一人前になる。二人分の人生を生きる。

そう決めたのだ。

プールの隅に白いカーテンで区切られた場所ができたのは、指導員になって、四年目のことだった。スイミングスクールでは、前年に、ベビースイミングのクラスも始まり、晶子はその指導員として、忙しい日々を送っていた。

「先生、あれは……」

「あぁ、妊婦のコースもやってみることになってね。あのカーテンの中で、医師が診察するんだ。吉川さんにも手伝ってもらうからね」

「妊婦さんが……泳ぐんですか？」

「ほかの指導員には、妊婦といっしょに泳ぐなんてなんだか気持ち悪い、何かあった

「ただのおばさんなんて、この世には一人もいないのよ。誰だって、どんな場所にいたって夢は持てるものだと思うわ。そういう脚本を私は書きたいの」

まっすぐに自分を見つめる千代子が晶子には眩《まぶ》しかった。

そしてまた、晶子は思うのだ。妻じゃなくて、母親じゃなくて、一人の人間として自分にできること。それは一体何だろう。その答えを晶子はまだ見つけることができないでいた。自分とはまったく違う道を、迷うことなく歩いている千代子がたまらなくうらやましかった。


「先生、どうしてこういう動きをすると速く進むんですか？」

晶子の質問に、大学生アルバイトの指導員が、「また、この人か」とでも言いたげな、うんざりした顔をした。

悠平の通うスイミングスクールの成人クラスに通い始めて半年が経《た》っていた。クロールや平泳ぎはすぐに上達したのに、背泳ぎだけはいつまでたってもうまくできない。質問をしても「私の動きをよく見てください」と言われるだけで、晶子はどうしても納得できなかった。

そんなある日のこと、山本という主任コーチが晶子のいる成人クラスを受け持つこら怖いし、って言われてしまってさ……。吉川さんは子持ちだし、度胸あるから問題ないだろ」

「は、はぁ……」

そう返事をしたものの、不安は残る。晶子自身、妊娠中はあまり動きすぎると、流産や早産を起こしやすいと医師に言われた経験がある。

本当に大丈夫なのかしら……。不安を抱えたまま、妊婦たちを迎えることになった。

翌週、スイミングスクールにやってきたのは、近くにあるN医科大学病院産婦人科の諸岡《もろおか》教授という痩《や》せぎすの男性と、そこで出産する十人ほどの妊婦たちだった。

妊娠経過も順調で、ついさっきプールサイドで診察を済ませ、運動しても良いと診断された人たちばかりだったが、やはり、山本コーチや晶子、サポートするほかの指導員には、万が一、何かあったら、と普段のクラスよりも緊張が走る。

簡単な体操をした後、ゆっくりとプールに入る。

背中をビート板に載せ、コースロープに足をかけて、浮く練習からスタートした。大きなお腹が水の上にぷかりと浮いている。それは、晶子が生まれて初めて目にする光景だった。

「伊勢志摩の海女《あま》さんたちは、お産の直前まで海に潜っている。それで体にトラブルが起こるとは聞かないし、ほとんどの場合、安産なんだ。それはなぜなんだろう、って。そこから僕の研究は始まったんです」

妊婦たちが帰ったあと、晶子はプールサイドで諸岡教授を質問責めにしていた。スラックスの裾《すそ》をまくり、素足にサンダル。ワイシャツの袖《そで》でしきりに額の汗を拭《ぬぐ》っている。教授とは言っても、語り口は柔らかく、どんなことを聞いても、わかりやすい的確な答えが返ってくる。

「流産や早産の傾向のある人、何らかの持病がある人は確かに安静が必要です。でも、健康なら、妊娠中に体を動かすことは、とてもいいことなんですよ。……そうは言っても、吉川さんも、妊娠中に体を動かすと体にさわる、と言われたでしょう？」

確かにそうだ。妊娠中に運動などしてはいけないものだと思っていた。

「欧米の女性なら、妊娠したって皆、自己の意志で勝手に泳ぐんだけどね。この国は、妊婦に……、いや女性に、たくさんの『するべからず』を強要するから……」

晶子はさっきまでの妊婦たちの表情を思い浮かべていた。水の中に浮かび、泳ぐ、妊婦たちのリラックスした顔。体を動かして血色がよくなった薔薇色《ばらいろ》の頬。

「もう、このまま、ずーっと水の中にいたいね」

一人の妊婦の言葉が晶子の耳に残っていた。妊娠できたこと、子どもが生まれてくることの喜びとは裏腹に、日々、重くなっていく体、動きが鈍くなっていく自分の体にストレスを感じない妊婦はいないはずだ。水の中なら、体の重さを感じずに、自由に体を動かせる。

まわりから「そんなことはしてはいけない」「体を大事にしなさい」と言われるストレスや、お産に対する不安は、晶子も経験がある。

三十八歳で水泳指導者としてスタートをきった晶子は、ほかの誰よりも遅れている。亡くした子ども、二人分の人生を生きるなら、皆と同じスピードで同じことをしていたらだめだ、と強く感じるようになっていた。

水泳選手どころか、水泳部にいたことすらない自分でも、妊婦と水泳を結びつける場なら、もしかして自分だけの特別な何かを見つけられるかもしれない。

晶子以外の指導員のほとんどは、速く泳げる選手の育成に躍起になっていた。妊婦と同じ水につかるなんて水が腐る、と陰口を叩《たた》かれたこともあった。けれど晶子は、選手育成とは正反対の、マタニティスイミングという、特殊な世界を見つめていた。そこに自分が生きられる場所があるような気がした。

「プールの水温をもう一度上げて」

「クロールや平泳ぎをするときは、お腹を蹴《け》らないように、妊婦同士の間隔をもっとあけて」

「自分で泳ぎ足りないと思っているなら、もう少し泳がせてみて」

クラスが回を重ね、おおまかな指導方針が決められたあとでも、山本コーチや晶子は、プールサイドから諸岡教授に呼ばれ、その場で指導を修正していった。

医師に許可をもらい、屋内のスイミングプールで泳ぐという、日本独自のマタニティスイミングのスタイルが、諸岡教授、山本コーチの手によって少しずつ作られていくのを、晶子は間近で見ていた。そして、二人のもとで、晶子も指導者としてのキャリアを積み重ねていった。


指導員の仕事を始めてから、すでに五年の月日が過ぎていた。

以前から担当していた幼児クラスやベビースイミングのクラスに加えて、マタニティスイミングのクラスも受け持つことになって、晶子は平日のほとんどを、プールで過ごしていた。その合間には、声楽の教室にも通い、土日は指導者のための勉強会に足繁《しげ》く通った。

「飯さえ作ってくれれば問題ないさ」

遼平はそう言って、仕事をすることを認めてくれたけれど、週末が近づくと疲れが溜まるのか、今すぐにでも布団に潜り込みたいと思ったことが何度もあった。

それでも晶子は、意地になって家族のために食事を作った。

「やっと自分の仕事を見つけたんだもの。今になって反対されたら大変」

それが晶子の本心だった。

仕事を始める前よりも、食事作りに力を注ぎ、手の込んだものを作った。休日の昼間に出かけるときは、前日の夜に、子ども達のための昼食を用意した。

深夜、眠さで朦朧《もうろう》とした頭で、コールスローにするキャベツを刻んでいるときなどに、ふと、母の姿が思い浮かぶことがあった。夜明け前、誰よりも早く起きて、暗い台所でかつおぶしを削っている母の姿。あのときの母と同じことをしているのだと気づいた。

母に、水泳の仕事を始めると伝えたときは、

「人前で水着になるなんて」

と、小言を言われたけれど、

「晶子はいつか、そんなことを始めるんじゃないかと思ってた。家族にきちんと食べさせているならだいじょうぶ。相手の胃袋さえつかんでおけば、こっちのもんよ。なんでも言うこと聞くから」

そう笑っていた。

確かに母の言うとおりかもしれない。高校生になった悠平も、中学生になった宗平も、口数は少なくなったものの、反抗期で晶子の手を煩《わずら》わせるようなことは数えるほどしかなかった。

遼平の仕事の忙しさは相変わらずだったが、深夜に帰ってくると、子ども達の様子だけでなく、必ず、仕事について聞いてくれた。

「クラスに人を呼べなきゃプロじゃないぞ」

「人の命、預かってること忘れるな」

耳の痛い助言もされたが、妻でもなく、母親でもなく、仕事をしている人間として自分を認めてくれているのだと感じられてうれしかった。

山本コーチの教えを守りつつ、晶子は自分の担当するクラスに自分なりのアレンジを加えていった。ベビースイミングのクラスで、いっしょにプールに入る母親とともに歌を歌うのも晶子のアイデアだった。

どんな母親でも、初めて自分の子どもをプールに入れるときは、緊張で顔が強《こわ》ばっている。母親の緊張は、必ず子どもに伝わるので、その顔を見ると、子どもも泣き始め、つられて、ほかの子どもも泣き出してしまう。歌っているときに、怖い顔をしている母親はいない。だから、プールに入ると、まず大きな声で童謡を皆で歌い、リラックスさせた。

晶子のクラスはいつも笑顔が絶えなかった。その評判を聞いて、入会を希望する親子が次第に増えていった。

四十八歳のときに、中野にあるスイミングスクールに移籍してからは、泳いだ後に、妊婦たちと食事をする昼食会を始めた。

「二人分食べなさい」と言われていた晶子の頃とは、妊娠中の過ごし方が大きく変わろうとしていた。

食べ物があふれ、電化製品の普及に伴って、指摘されるようになってきたのは、妊娠中のカロリー過多、運動不足による体重増加だった。昭和五十年代半ばから、医師や助産婦から厳しく指導されるようになった。

青菜や小魚、海藻をたっぷり使って、いかにカロリーを抑えた料理を作るか。栄養士、調理師の腕を活《い》かして、おかずを考え、それを実際に食べてもらうことで、食生活から健康を考えることを、妊婦たちに覚えてもらおうとした。

「いつもお昼は家で一人で食べているから食欲もわかなくて……。でも、ここでみんなと食事をしていると、楽しくて、ついつい食べちゃう」

昼食会に出席した妊婦たちから、度々そんな声を聞いた。

その度に晶子は思い出していた。次男の耕平を亡くし、多摩川の舎宅に引っ越してから、幼い悠平や、宗平と過ごした日々のことを。話し相手がいないつらさは晶子にもよくわかった。

「帰り道で何かあったら困るから、同じ方向の人は、いっしょに帰りなさいよ」

また、余計なおせっかいだわ、と思いながらも、孤立しがちな妊婦たちを結びつけておかないと、晶子自身が不安になった。

マタニティスイミングの卒業生も、出産後、生まれたばかりの赤ちゃんを連れて、昼食会に遊びに来た。卒業生の許可を得て、妊婦たちに赤ちゃんを抱いてもらう。まだすわっていない首を支えることもなく、怖々と抱く妊婦たちを見ていると、

「この人たち、本当に母親になれるのかしら？」

と、思うこともあった。けれど、彼女たちを責めたくなるときは、自分の妊娠中のことを思いだした。自分だって同じだ。おっかなびっくり最初の子どもを抱いていたのだ。体重が増えすぎた落第妊婦だった。そんな自分を思いだしながら、赤ちゃんを一度も抱いた経験もなく母親になるよりはまし、と自分を納得させた。

卒業生たちの懇親会、生後六カ月までの赤ちゃんと母親が集まる「産後の会」も始

めた。

「産後の体がこんなにつらいなんて、妊娠中には想像もしなかった」

そんな声で始めた会だった。同じ体験をした女性同士なら、そのつらさを共有できるし、鬱々《うつうつ》とした気持ちを晴らすいい機会になる。

晶子は母親たちを結びつけることに躍起になっていた。母親を一人にさせておいてはいけない。そう思うようになったのは、卒業生からもらった手紙がきっかけだった。

「泣きやまない子どもをベランダから落としてしまおうと思った」

「言うことをきかないと、つい、手を上げてしまいます」

そんな手紙は、一通や、二通ではなかった。

マタニティスイミングの教師として、妊娠中の限られた時間を一緒に過ごしただけの自分に、赤裸々な思いを伝えてくる。母親と子どもが、誰にも頼ることができずに、密室の中でもがき苦しんでいるのを、そのままにしておくことが耐えられなかった。

核家族で、子育てを母親だけに任せておいたら、負担が大きすぎる。そう思って、妊婦とその夫が参加できるペアスイミングのクラスも作った。

「自分の妻が、お産のために体力作りをしている姿を見て、頭が下がる思いがした」

参加者の一人が漏らした感想は、まさに晶子が夫に感じてほしいことだった。できるだけ早く、父親としての自覚を持ってほしかった。

時代が平成に変わる頃には、吉川晶子というおもしろいマタニティスイミングの教師がいる、という噂は、他のスポーツクラブだけでなく、新聞や雑誌、テレビにも伝わるようになっていた。

晶子はできるだけ取材を断らずに受けた。子どもを亡くした経験、流産した経験、三十八歳になってから始めた水泳指導員という仕事について、妊娠や出産、子育てについて思うこと、感じたこと、すべてを包み隠さず話した。

「子どもを虐待《ぎゃくたい》したくなるなんて、母親なら誰でも一度は思うものですよ」

「男性は自尊心を傷つけられるのが一番苦手なの。子育てを手伝ってほしいなら、嘘《うそ》でもいいから、誉《ほ》めて、持ち上げて、その気にさせて」

歯に衣《きぬ》着せぬ晶子の話を聞きたがる母親は多かった。マスメディアへの露出が増えるほど、晶子の担当するクラスに入りたい、という希望者は後を絶たず、時には順番待ちになることもあった。

晶子が何か言うと、打てば響くように、母親の反応が返ってくる。今思えば、この頃が一番、仕事にやりがいを感じていたときかもしれなかった。

平成に入って十年以上がたった頃から、母親たちとの間に、少しずつ距離が生まれるようになった。

昼食会や産後の会でも、母親たちが、携帯電話を手放さなくなった頃だったかもしれない。晶子が話をしていても、皆で食事をしている最中でも、呼び出し音が鳴ることは一度や二度ではなかった。

「ここにいるときは電源切ってね」

そう言っても、

「なんで？」

という顔で妊婦や母親たちが晶子の顔を見る。妊婦はまだしも、赤ちゃんや子どもが、母親の顔を見つめているのに、当の母親が携帯の画面に見入っていることだけは、どうしても我慢ができなかった。

「まだ言葉が話せない子どもはさ、母親の目を見ることで、コミュニケーションとろうとしてるんだよ。それを母親が無視してどうするの。将来、子どもの心がわからない、ってことになっても、知らないからね」

真剣に説明しても、自分の言いたいことが、母親たちに伝わったのかどうか、自信が持てなくなっていた。

晶子の言うことに反発を感じる妊婦は、自然と昼食会に来なくなる。それならそれで仕方がない、と思っても、どこかにやりきれない思いが残った。

それでもまだ、昼食会に出席しようとする妊婦は、晶子のアドバイスに耳を傾けようとしてくれたし、晶子の差し出すおかずを、「おいしい」と言いながら食べてくれた。六十歳を過ぎたら、いつでもこの仕事をやめようと思っていたのに、そういう生徒がいるなら、まだ少し続けてみようかと、晶子は一年、一年、先延ばしにしていた。

その生徒がやってきたのは、去年、年の瀬も押し迫った時期だった。平原真菜。妊娠七カ月。マタニティスイミングのクラスにも、昼食会にも、友人に無理に連れられてきた様子で、笑顔も口数も少なかった。真菜の友人である木原弘美《ひろみ》は、二カ月前から晶子のクラスに参加していて、編集者という仕事柄、ほかの生徒ともよく話し、晶子の話にも熱心に耳を傾けてくれた。

「先生、彼女のお母さんね、料理研究家の平原真希さんなの。うちの雑誌でもよくお世話になってて」

「あぁ、平原さん。私もよくテレビで見てるわ、夜の料理番組。こんなに大きなお嬢さんがいたのね」

タッパーの蓋《ふた》を開けながらそう言っても、真菜は軽く頭を下げただけだった。平原真希、日本の主婦で、その名と顔を知らない人はほとんどいないと言っていいだろう。尖《とが》った顎、きれいな二重瞼に大きな瞳。目の前で表情を固くしている娘の真菜は、そんな母親によく似ている。

弘美が、となりの妊婦から回ってきた昆布の煮物を、自分のお弁当箱の蓋に載せ、タッパーを真菜に差し出した。真菜はその中身をしばらく見つめていたが、自分では取り分けず、隣にいる晶子に渡そうとする。

「あら、何か嫌いなもの入ってた？」

晶子が聞くと、真菜が顔も見ずに言う。

「すみません。食べられなくて」

「体調でも悪い？　これね、少しでもいいから食べてみて。利尻産よ」

晶子は自分の使っていた箸《はし》を逆さにして、煮物をつまみ、真菜の小さなお弁当箱の蓋に載せようとした。真菜は咄嗟《とっさ》に手のひらで遮る。

「無理矢理食べさせられるの、私、嫌なんです」

それほど大きな声ではなかったはずなのに、テーブルについていた妊婦たちが真菜のほうを一斉に見た。

弘美が心配そうな表情で、晶子と真菜の顔を交互に見る。

「それに、よく知らない人の作ったもの、食べられません」

そんなことを、面と向かって言われたのは初めてだった。何も答えられず、晶子は黙って真菜のお弁当箱に視線を落とした。幼稚園の子どもが使うような、小さなピンク色のお弁当箱の中に、ラップにくるまれた丸い玄米のおにぎりが見えた。それだけじゃ、栄養バランス悪いわよ。おどけて、そう真菜に言いたかったけれど、なぜだか喉《のど》の奥が塞《ふさ》がったようになって、うまく言葉が出てこなかった。

三月十一日。

「よりによって週に一度のマタニティスイミングの日に、都心で地震に遭うなんて」

晶子は壁に貼《は》ってある数字だけを大きくレイアウトしたカレンダーを見ながら思った。横浜の自宅にいれば、こうして真菜の部屋に来ることもなかっただろう。

ソファに座ったまま、テレビの画面を見つめ続ける真菜に声をかける。

「平原さん、おなか空《す》いてない？」

真菜は何も言わない。

テレビでは、白いヘルメットをかぶった女性キャスターが興奮気味に、地震の様子を伝えている。濁流に呑み込まれる家や船、車。

何度も見せられるその光景から、晶子は思わず目をそらした。なんて残酷なんだろう。自分が体験したあの戦争の真っ最中にテレビがなくて本当に良かった。

画面が変わり、アナウンサーが「福島の第一原発、第二原発が自動停止しました」というニュースを読みはじめた。そりゃそうよね。あれだけ揺れたんだもの、と晶子は心の中で思う。

ソファに座った真菜の体を、さりげなく目で確認する。怪我《けが》はないようだ。けれど、さっき触れた真菜の腕の細さが気にかかる。

プールで、真菜の水着姿を見たときも、ずいぶん痩せているな、と思ったけれど、臨月の今のほうがあのときよりも、さらに体重が落ちているような気がした。腕や脚が細くなった分、パーカーの下で膨らむお腹の大きさが異様に目立つ。

自分はこの部屋に、一体何をしにきたんだろう、と改めて思う。いざ目の前にしてみると、真菜に向かって何を話していいのか、全く見当がつかないのだ。

晶子は真菜の足元に座ったまま、テレビではなく、カーテンの開いた窓からのぞく空を見るともなく見ていた。

空はもうすっかり暗くなっている。テレビの画面だけが、部屋の中で浮き上がったように見える。晶子はスイッチを探し、照明を点《つ》け、カーテンを閉めた。

「テレビ、消そうか？」

声をかけても、やはり返事はない。

「図々《ずうずう》しく押しかけてきてごめんね。中野から渋谷までは何とかバスで来られたんだけど。電車が止まっててね。これじゃ、横浜の家まで帰れそうにないから……」

真菜には晶子の声などまるで聞こえていないかのようだ。一人で話している自分にくじけそうになるが、それでも晶子は話を続ける。

「……そう言えば、渋谷からいちばん近い生徒の家ってどこだろう、って思ったら、平原さんのこと急に思い出して。玄関のチャイム鳴らしたんだけど、返事がないし……ほら、あなた、途中からマタニティスイミングのクラス」

晶子の話を無視して真菜は立ち上がり、リビングを出て行った。玄関わきの部屋からノートパソコンを抱えて戻り、晶子の顔を見ずにダイニングテーブルの椅子《いす》に座る。テーブルのわきには、背の高い本棚が倒れ、本やCDが散乱しているし、鉢植えの土が床にこぼれている。真菜はそれを見ようともしない。

「もうすぐ予定日だったよね。体の調子はどう？」

返事はない。真菜の手が忙《せわ》しなくキーボードを叩く。その顔を見ながら晶子は思う。携帯を見つめる妊婦や母親たちと同じ顔だ。目の焦点がどこかぼんやりとして、誰からも話しかけられるのを拒絶している表情だ。自分がパソコンをいじらないから、そう思うのかもしれないけれど、目の前の人間を無視してまで、一体そこにどんな素晴らしいことが書いてあるのか、晶子は不思議でならなかった。

その合間にも、テレビから緊急地震速報の音が鳴り、余震は続いた。その度に、真菜のキーボードを叩く音が止《や》む。晶子は真菜の顔を見る。ひどく顔色が悪い。さっきまでいっしょにいた、妊婦たちの健康的な顔色とはあまりに違う。

また部屋がかすかに揺れる。

ほんの一瞬だけ、真菜と目が合った。必死に隠そうとしているが、怖がっている、と晶子は思った。当然のことだわ。妊婦で、臨月で、さっきの地震を一人で体験したんだから。

来るまでは、真菜の顔だけ見て、目白の実家に歩いて行くつもりだった。けれど、その顔を見たら、ここを離れてはいけない、と強く思った。

「ご主人とは連絡がついたの？」

「……」

真菜は口を閉ざしたまま、何も言わない。結婚せずに、夫もなしで、出産をしようとする妊婦は晶子のクラスには少なくなかった。仕事のキャリアを長く積んできた女性ほど、シングルマザーの割合は高い。でも、彼女もそうだったかしら……。晶子には記憶がない。

黙っている時間が長くなればなるほど、部屋に充満していく重苦しさを振り払うように晶子が言った。

「あのね、いきなりこんなこと言って本当に申し訳ないんだけど。今晩泊めてもらえないかしら？　実家が目白にあるんだけどね、もう私、年でしょう。足が痛くて仕方がないの」

この人は突然何を言い出すんだろう、という顔で真菜が晶子を見る。しばらく無表情のまま、晶子の顔を見つめ、小さくため息をつくと、かすかにうなずいた。

自分が拒絶されていないことがわかって、晶子は胸をなで下ろす。

「私、歩いてきたから、お腹《なか》がぺこぺこでね。先に食べてもいいかしら？　あ、お弁当、あなたの分もあるから。その前にちょっとそこだけ片付けるね。泊めてもらうお礼に」

晶子は立ち上がり、背の高い本棚に手をかけた。重そうに見えたそれは、手で簡単に持ち上げられるほど軽い。散乱している本やCDを、立て直した本棚の下に簡単にまとめ、倒れていた鉢からこぼれた土を手で集め、鉢に戻した。晶子の後ろで、真菜は相変わらず、パソコンを見つめたままだ。

「お茶だけいただいてもいいかな？　自分で淹《い》れるから」

返事がないのは了解の意味なのだろう、と晶子は解釈して、キッチンに立った。土で汚れた手を液体石鹼《せっけん》で洗い、ガス台に載っていたやかんに、水道の蛇口から水を注ごうとすると、真菜が振り返って言った。

「ミネラルウォーター、冷蔵庫に入ってます」

それだけ言って、真菜はまた、パソコンの画面に顔を戻す。晶子自身は水を買う習慣はない。自宅でも水道の水をそのまま調理にも使っていた。ミネラルウォーターねぇ、お金もかかるだろうに、と思いながら、ガス台の隣にある冷蔵庫を開けた。

ミネラルウォーターのペットボトル、野菜ジュース、ジャム、バター。飲み物や調味料だけが、整然と詰め込まれている。独身男性じゃないんだから……。晶子はまた心の中でつぶやきながら、ペットボトルを取り出し、やかんに注いだ。

デパートで買ってきたのは、炊《た》き込みごはんのお弁当と、さんまの梅干し煮、豚バラの煮物。あとは、とろろ昆布でも入れたお吸い物でもあればいいんだけど。晶子はいつもの癖で、栄養バランスを考え始める。

お湯を沸かす間、手持ちぶさたで、思わず冷蔵庫の野菜室を開けてしまった。中には何もない。がらんとした白いスペースに、冷気が満ちているだけだ。いけない、人の家で何やってるんだろう、と慌《あわ》てて野菜室を閉じる。

けれど、妊娠中の真菜は、一体、毎日、何を食べているんだろう、と考えると、ふいに冷たいものが背中に触れた気がした。

湯呑みが見当たらなかったので、洗いカゴに入っていたマグカップにお茶を注ぎ、真菜の前にも差し出した。真菜がパソコンから目を離さないので、「じゃあ、先にいただくね」と言って、晶子はお弁当やお総菜の包みを開けた。

テレビは、相変わらず各地の地震や津波の様子を伝えている。釜石《かまいし》、気仙沼、石巻。お台場のあたりだろうか、レインボーブリッジの向こうに、黒々とした煙が立ち上っているのが見える。次々に画面は変わるが、三男夫婦、孫のちさほがいる仙台の市街地の様子はなかなか映らない。

私に似ているあの子だもの。ちさほは、絶対に大丈夫よ。くじけそうになる心を自分で励ます。

忙しなくマウスをいじり続ける真菜の向かいに座り、晶子は買ってきたものを食べ始めた。

けれど、お腹は空いているのに、なかなか箸が進まない。

それでも、二口、三口、何とか炊き込みごはんを口に入れ、温かいお茶を飲んだ。ふと、壁の時計を見ると、午後七時を過ぎていた。中野を出てから、四時間以上も経《た》っていることに驚きながら、晶子はもう一口お茶をすする。目の前にある真菜のお茶が冷めていくのが気にかかる。

「お茶、どうぞ。って、勝手に押しかけてきた私が言うのもへんよね。でも、ほら、冷めちゃうから」

そう言いながら、小さなあくびが出た。肩と首に鈍い痛みを感じる。いくら図太い自分でも、こんな日は緊張するものなのね、と思いながら、晶子は肩と首をゆっくり回した。

「……ベッド」

真菜がパソコンの画面を見たまま小さな声で言った。

「ベッド使ってください」

「妊婦のあなたを差し置いてベッドで寝るわけにはいかないわ。私は……ソファで横になるだけで十分。明日は朝早く帰るから。あ……、洗面所だけ使わせてね」

晶子はテーブルの上を手早く片付けた。真菜の分のお弁当や総菜をテーブルの隅に置く。

「今はお腹が空いてないかもしれないけど。食べてね。あなたの分、ここに置いておくから」

言い残してリビングを出た。

洗面所の向かいの部屋のドアが開いている。見るつもりはなかったが、灯りのついていない三畳にも満たない部屋の入り口に、カメラバッグや、照明器具、畳んだ三脚などが並んでいるのが見えた。それを見て思い出した。真菜は自分のことなど何ひとつ語らなかったけれど、編集者の木原弘美は、真菜はカメラマンだと言っていなかったかしら。

テレビや雑誌でよく目にする料理研究家、平原真希の娘、ということ以外、真菜のことは何も知らなかったのだ、と、晶子は改めて思った。

洗面所で手と顔を洗ったあと、リビングに戻った。いつの間にかテレビの画面は静かになっていて、ソファにはきちんと畳まれた毛布が置かれている。

「じゃあ、お先に失礼するね」

ソファに体を横たえ、目を閉じた。

キーボードを叩く音だけが聞こえる。こんな音を聞きながら眠るなんて、生まれて初めてね。そう思いながら、いつの間にか、眠りの世界にいた。

はるか昔、水泳指導の仕事を始めた頃によく見ていた夢を見た。

水着を着た子どもたちが、目の前で一人、また一人と水の中に沈んでいく。手を伸ばしても届かない。その子ども達の中に、孫のちさほの顔が見える。あっぷあっぷと苦しそうな顔をして水の中でもがいている。

「ちさほ！」

晶子は自分の声で目を覚ました。

一瞬、自分がどこにいるのかわからなかった。見覚えのない天井。カーテンの隙間から漏れる外の灯りが、暗い天井を細長く照らしている。

首もとがひんやりして、思わず毛布を引き上げる。少しずつ思い出す。そうだ、昨日は大きな地震があって、中野から渋谷までバスに乗って、それで、真菜の家に来たのだ。記憶のピントが少しずつ合っていく。

部屋の外から、がらがらと何かを引きずるような音が聞こえた。何の音かしら、と思いながら起き上がった。足も伸ばせない小さなソファで体を丸めていたから、腰が鈍く痛む。

ゆっくりと足の裏を床につけ立ち上がる。暗やみに目が少しずつ慣れてきたので、照明をつけずにリビングを進んだ。

廊下との境にあるドアを開けると、天井の薄暗いダウンライトに照らされた真菜の背中が目に入った。鞄《かばん》を斜めがけにして、黒いキャリーバッグを引きずっている。

「……平原さん？」

声をかけると、ゆっくり真菜が振り向いた。怯《おび》えた顔で晶子を見る。

「どうしたの？　どこに行くの？」

怒られるのを待っているような子どものような顔だ。

「体の調子がどこか悪い？　もしかして……陣痛、始まった？」

声を荒らげているつもりはなかったが、自分の声に真菜がびくびくしているのがわかる。それでも、真菜が痛みに耐えている様子じゃないことは、晶子にもわかった。

「どこに行こうとしてるの？」

「……」

真菜の表情がさらにかたくなる。

「こんな夜中にどうして……」

「写真を……」

「写真……？」

「夜の町を撮っているから。渋谷とか。毎日撮ってて」

「毎日……毎晩？」

真菜が頷《うなず》く。

「妊婦のあなたが？」

真菜がもう一度頷く。

「一人で？」

真菜は何も言わず、晶子の顔から視線を外し、廊下の隅に目をやった。

「責めてるわけじゃないのよ。あなたが何したって私は驚かないわよ。予定日ぎりぎりまで仕事してる妊婦なんていっぱいいるからね」

また、部屋が揺れたような気がした。けれど、それが地震なのか、自分が揺れているように感じているだけなのか、晶子にはわからなかった。

「だけど、今日はね、……今日はとりあえずやめにしない？　大きな余震だって来るかもしれないよ。そんな大きなお腹で外に出て、もし何かあったら。陣痛が来て、そんな荷物持って、一人で病院に行けるかどうかもわからないでしょう？」

真菜は口を一文字に結んで、廊下の隅を見つめたままだ。

「でも……」

そう言う真菜の肩が小刻みに震え、顔が歪《ゆが》み始める。けれど、泣きはしなかった。

「とにかく今日はやめにしようよ」

返事を聞かずに、晶子は真菜のキャリーバッグを持ち、廊下のわきにある狭い部屋に置いた。

自分はなんて図々しい、おせっかいやきなんだろう、と思いながら、それでも晶子は言葉を続ける。

「私が買ってきたお弁当食べた？」

真菜が首を振る。

「毎日、ちゃんと眠れてるの？」

否定も肯定もしない。

晶子は真菜の腕を取り、リビングに連れていった。ソファの上の毛布を畳み、そこに座らせる。デニムの裾をめくり、くるぶしに触れた。短い靴下のせいで、むき出しになったその部分がひんやりと冷たい。

「眠れるおまじない、しようか？」

キッチンに立ち、お湯を沸かす。シンクにあったステンレスの洗い桶《おけ》をきれいに洗い、そばにあった布巾《ふきん》で拭《ふ》いた。お湯を洗い桶に入れ、少しだけ水を足して、やや熱めの温度にした。洗い桶を抱えて、真菜に近づく。

「足首を温めるとよく眠れるからね。私もプールでくたくたに疲れたときよくやるの」

部屋は暗いままだが、あえて照明はつけなかった。真菜の靴下を脱がせ、足をお湯の中にゆっくりとつけた。

「熱くない？」

真菜が首を振る。

どこか遠くからパトカーのサイレンが聞こえる。

「地震……怖かったね」

晶子がぽつりと漏らした言葉に、真菜の体がかすかに震えた。

「一人で、おなかも大きくて、あんなに大きな地震、怖かったでしょう」

しばらくすると、真菜の喉の奥から、くぐもったような音が聞こえた。口を閉じたまま、息だけが荒い。

大声で泣いてしまえば楽になるのに。けれど、真菜は泣くことを必死で我慢しているように見える。おなかは大きいのに、まるで小さな女の子が目の前にいるみたいだ、と晶子は思った。

第二章

「真菜ちゃん、我慢して。目をつぶらないでねー」

ダイニングテーブルの向こうから、女性の声がする。カメラのフラッシュがまた焚《た》かれた。小学一年生の真菜は我慢して目を大きく開ける。ちかちかと、光の残像が目の前で踊る。

「怖い顔しちゃだめだよ。笑ってね」

ふたつのことはいっぺんにできないのになぁと思いながら、それでも頑張って笑う。フラッシュが焚かれるたびに、鼓動が速くなって、体に力が入る。テーブルの向こうでは、大人たちが、腕組みをしながら、真菜と母を見ている。

なかには知っている人もいたが、多くは、今日初めて会う人で、それほど親しくもない大人たちに、こんなふうに凝視されることが、真菜は何よりも苦手だった。

しばらくすると、

「じゃあ、ちょっと休憩ねー」

母よりもかなり年上の女性編集長が声を張り上げる。真菜が自分の肩に手を置いた母の顔を見上げても、母はこっちを見ない。ヘアメイクの女性がすぐに近づいてきて、母の栗色《くりいろ》の巻き髪を整え、紅筆で口紅を塗り直した。

十畳ほどのダイニングの中心にあるテーブルには、色とりどりの料理が広げられている。

混ぜご飯を大きめのカップに入れ、錦糸卵《きんしたまご》や、花型に切ったプチトマトを載せたちらし寿司《ずし》。キャベツやウインナー、星形に切った人参《にんじん》を入れたカラフルな野菜スープ。いちご、牛乳と抹茶味の寒天を重ねたババロア風ケーキ。どれも「子どもと楽しむ雛《ひな》祭《まつ》りパーティー」という料理雑誌の特集のために、真菜の母が昨夜から手作りしたものだった。

ヘアメイクの女性は、続いて真菜の髪を整え始めた。肩まで伸びた髪の毛を、複雑に編み込んでくれたのは、この女の人だ。料理以外のことは何をしても不器用な母には、こんなことはできない。いつもは編まずにいたから、さっきからゴムやピンで髪が引っ張られるようで、むず痒《がゆ》さを我慢していた。

髪の毛を直し終わると、真菜は男性カメラマンの方へ歩いていった。

見たかったのは、黒くて大きなカメラだった。それほど広くはないマンションの部屋には、撮影のために様々なものが広げられていた。ライトや何に使うのかもわからない小さな機械、カメラ機材を入れるバッグ。それらを近くで見たかった。

その動きに気づいた母は、

「皆さんのお仕事の邪魔をしてはだめでしょ」

と部屋の向こうから鋭い声を出す。母の声が聞こえ、カメラの側《そば》を離れる。けれど、なかには、興味深げな視線に気が付いて、機材の説明をしてくれる人もいた。

今日、来たカメラマンは前にも会ったことがある。目が合うと、

「撮ってみる？」

と声をかけてくれた。自分の頬が熱くなっていくのを感じる。家には父の使う小さなカメラはあったが、こんなに大きくて重いカメラを持つのは初めてだった。

「真菜ちゃんの好きなもの、なんでも撮っていいよ」

うん、と声を出さずに頷《うなず》き、真菜は興奮してファインダーをのぞきこむ。カメラマンが手を支えてくれた。ファインダーを通した真菜の視線は、テーブルの上の色とりどりの料理や、メイクを直した美しい母を通り越す。

撮りたいと思ったのは、ダイニングの窓の向こうに広がる空だった。やがてやって来る冬の冷たさをどこかに孕《はら》んだような靄《もや》のかかった晩秋の空。今頃、クラスのみんなはこの空の下、グラウンドで運動会の練習をしているはずだ。そのことを思うと、真菜の胸がちくりと痛む。

空には、筆で刷《は》いたような雲が一筋、浮かんでいた。狙《ねら》いを定めるようにして、その雲を撮る。シャッターを押すには、思ったよりも力が必要だった。

「初めてにしてはなかなかいいね。カメラの構え方が」

お世辞だとわかっていても、うれしかった。

「真菜ちゃん。休憩終わりね」

編集長に呼ばれて、母のもとへ駆け寄る。見上げるとつやつやとしたピンク色の口紅をつけた母が笑っている。その隣に並んで真菜は今朝、母が言ったことを思い出していた。

「撮影のあと、今日もテレビのお仕事で遅くなるからね。ちゃんと御夕飯食べて、宮崎さんの言うことを聞くのよ」

目の前のごちそうを見る。

これを今日も明日も食べるのか。そう思うと、胃のあたりがなんだか重苦しくなってくる。

「はーい。真菜ちゃん、笑顔でね。顎《あご》を少し引いて」

真菜の目には刺激の強すぎる、眩《まぶし》いフラッシュがまた数回、焚かれた。

「真菜ちゃん。もう少し食べようか。ママのお料理、おいしそうねぇ」

宮崎さんが真菜の皿にちらし寿司を取り分けながら言う。箸《はし》でほんの少しつまんで口に入れる。母の作る料理は確かにおいしい。けれど、一人だけでだと、味も食感もどこか頼りなげで、何を食べても綿を食べているようだ。

父も母も、東京から遠く離れた土地の出身だったから、母が仕事をするようになると、幼稚園や小学校から帰宅したあとは、シッター兼家政婦の宮崎さんが面倒をみてくれた。

両親が仕事で遅くなる日は、真菜がベッドに入るまで家にいてくれる。食事も、お風呂《ふろ》も用意してくれるけれど、宮崎さんの会社の決まりで、いっしょに食事をしたり、入浴することはできなかった。食事をするときは、一緒に食卓にはついていてくれるし、お風呂に入れば、浴槽につかる真菜を浴室の外で待っていてくれる。

それなのに、真菜の汚れた口を拭《ふ》いたり、体を洗ってくれることはなかった。それは、なんでも自分でできるように、という母の要望でもあった。

真菜が物心ついた頃から、平原真希は働く母だった。けれど、その前は、引っ込み思案で口数の少ない、平凡な専業主婦の一人でしかなかった。

真希は子どもの頃から、何かになりたい、と強く望んだことがなかった。きれいだ、美しい、と言われることは何度もあったけれど、モデルや女優を目指したことなど一度もない。人前に出ると極端に緊張する自分が、そんな競争の激しい世界でやっていけるわけがない。そう思っていた。

勉強はいまひとつだったが、子どもの頃から料理を作ることが好きだった。料理上手な母に、手取り足取り教えてもらったわけではない。ただ自然と、毎日口にする味を舌が覚えていた。見よう見まねで作っても、家族や友人は、おいしい、とほめてくれた。それでも、やはり、料理人になるとか、調理師を目指すとか、そんな夢とは無縁だと思い込んでいた。

大学進学と共に上京し、卒業後、電機メーカーに勤めた。そこで三歳上の平原直樹《なおき》と出会い、二十六歳のときに結婚し退職。二年後に真菜を産んだ。

夫の会社の業績も悪くはなかった。たいして贅沢《ぜいたく》はできなかったけれど、夫は優しかったし、真菜は大きな病気もせずに、健康で、自分に似たかわいらしい女の子に育っている。

夫や幼い娘のために、毎日、腕をふるった。そうすることが幸せだった。けれど、新婚当初は顔をほころばせておいしそうに食べてくれた夫は、次第に料理をほめてくれなくなった。

「これね、二日間煮込んだの。タンシチュー」

そう言っても夫は手にした新聞から目を離さない。フォークで簡単に切れるほど柔らかくなった肉を、黙ったまま口に運ぶ。

きれいに盛りつけた春キャベツのミモザサラダも瞬《また》く間に崩され、夫の口に放り込まれていく。まるで、動物のえさを作っているみたい、と真希は思った。

結婚をしても、出産をしても、退職せずに仕事を続ける会社の先輩や同僚は、皆、疲れきった顔をしていた。自分も同じことができるとは到底、思えない。専業主婦、という自分の立場に疑問を感じたこともなかった。

けれど、平日の午前中、まだ小さい真菜を公園で遊ばせていると、今まで感じたことのない違和感が、自分の中でぷつぷつと生まれてくるような気がした。

二歳の娘を連れて公園にやってきた初夏のある日、ぼんやりと砂場の砂をプラスチックのシャベルですくっているときに、ふいに強烈な思いがわき上がった。

「いい大人が、昼間から、こんなところで何やってんだろう……」

その思いが、かまいたちのように自分を切り裂いていった。

確実に、どこかで道を誤ったのだ。大学生のときも、OLだったときも、皆が自分を美しいとほめてくれたし、料理を作れば、おいしいと言ってくれた。だから、自分のことを一番、大きな声でほめてくれる人と結婚したのに……。

私は誰かに、たくさんの人に、認めてもらいたかったんだ。そう気づいた。そうか、ほめてもらうために、人は夢を実現させようと努力するのか、と理解した。何かになりたいと真剣に思ったことすらない自分を誰かがほめてくれるわけがない。

この先、夫はもうそれほど自分のことをほめてはくれないだろう。それなら、何をしたら自分のことをたくさんの人が認めてくれるんだろう。そう考えても、すぐに答えは出なかった。

真菜が三歳になり、手が空《す》くようになった頃から、真希は食品メーカーが開催する料理コンテストに応募し始めた。最初は箸にも棒にもかからなかったが、そのうちいくつかのコンテストで入賞するようになった。

とある料理コンテストで、審査員をしていた一人の女性に声をかけられた。その頃、創刊されたばかりの、レシピをたくさん載せた主婦向け料理雑誌の編集長だった。

も目を引いた。

「うちの雑誌に出てみない？」

料理上手な主婦四人のレシピを紹介するページで、真希の顔写真は料理の写真より

雑誌が発売されると、料理を早速作ってみたというハガキが編集部に何通も送られてきた。顔を見たこともない人からの賞賛が真希の焦燥感を薄めていく。それだけでもう十分だと思った。

けれど、その容姿が、真希をただの料理好きな主婦のままにしておかなかった。

「絶対にあなたを一人前の料理研究家にするから」

編集長は、毎号、数ページを割き、見栄《みば》えのいい料理写真とともに真希を登場させ続けた。

お金をかけずに、見栄えよく、時間も手間もかからない、忙しい母親にも簡単に作れる料理を、編集者と共に、頭をひねって作り続けた。

雑誌の連載を一冊にまとめたムックは、同じような作りの料理本のなかでも、飛び抜けた売り上げを記録した。そして、次に真希に目をつけたのはテレビ局だった。

昼間のワイドショーに挟まれた、五分ほどの帯番組。新人の料理研究家としては異例の抜擢《ばってき》だった。番組の中で、真希はちょっとした失敗を毎回のようにくり返した。

魚のソテーで火を通しすぎたり、皿を床に派手に落としたり。

女優のように美しい真希の容姿は、主婦層に反感を持たれかねない。見ている人をくすっと笑わせる小さな失敗は、真希を見出《みいだ》した編集長の考えたことだった。

「きれいな人だけれどおっとりしてて、おっちょこちょい。でも料理は簡単に作れておいしい」

編集長が作りあげたイメージ通り、真希は多くの人たちに受け入れられていった。

幼稚園に通う真菜も、度々雑誌の誌面に登場させられた。母と同じように真菜も愛くるしい娘だった。

ほこりっぽい都心のスタジオに連れていかれ、母と共に写真を撮られた。月に二、三回は、カメラマンや編集者、ヘアメイクのスタッフたちが自宅にやって来た。見知らぬ大人たちが、自分の家に入ってくることが真菜は嫌いだった。

撮影のために、幼稚園や小学校を早退させられることもしばしばあった。友だちと遊ぶ約束より、楽しみにしていた運動会の練習より、母の仕事のスケジュールが優先された。

「ママがお仕事するところ、真菜ちゃんに見ていてほしいの。ママ、将来、真菜ちゃんにもお仕事する人になってほしいと思ってるのよ」

目を見てそう言われると、真菜は何も言い返せなかった。共に写真を撮られるようになって、今でも覚えているのは、母の体の小さな震えだ。親子で手をつないで。体を寄せ合って。撮影ではたいていそう言われた。

母の体に身を寄せ、細くて白い手を握る。母の体や手はいつもかすかに震えていた。ママは怖がっている。

幼い真菜はそう思った。写真を撮られることはいやだけれど、ママが怖がっているのなら側にいてあげようと、決心した。

真菜が小学校に上がるころには雑誌の連載を何本も抱え、母の名前を冠したムックや書籍は十冊以上出版されていた。多くの料理番組にも頻繁に顔を出した。

初めての授業参観に母がやってくると、まわりの母親や子どもたちが、美人料理研究家とその娘を交互に見ながら、ひそひそ話していた。

真菜は教科書で顔を隠した。自分が目立つことは何より嫌いだった。

今日の撮影のときだってママはもう震えていなかった。だから、私がいなくてもいいんじゃないかな。お風呂につかりながら、真菜は思った。

「真菜ちゃーん。耳の後ろとかちゃんと洗うのよー」

浴室の外から宮崎さんの声がする。

「はーい」と返事をしながら、真菜は慌《あわ》てて浴槽から出て、石鹸《せっけん》を体に塗りつけた。

「宿題終わった？　明日の時間割も大丈夫？」

真菜の髪をドライヤーで乾かしながら、宮崎さんが聞く。うん、うん、と頷きながら、宮崎さんが帰ったあとのことを考えて、もう寂しい気持ちになっていた。

布団《ふとん》を整えてもらい、真菜は毛布に自分の体を滑り込ませた。ベッドの脇《わき》に置いた小さなスツールに座って、宮崎さんは本を読んでくれる。十分ほど読み進めると、腕時計に目をやった。

「じゃあ、今日はここまで。今度来たとき、また続きを読んであげるからね」

そう言って老眼鏡を外し、腰を上げた。真菜の不安そうな顔を見て宮崎さんが言う。

「だいじょうぶ。今日はパパもそれほど遅くないっておっしゃってたよ。真菜ちゃんが寝たら、すぐに帰ってくるからね。じゃあ、おやすみ」

布団をもう一度直し、宮崎さんは部屋の電気を消した。しばらくの間、パタパタとスリッパで歩き回る音に続いて、ガチャンと玄関のドアが閉まる音がした。

その音を聞いた真菜は、ベッドを抜け出し、机の引き出しを開ける。壊れてしまった古いコンパクトカメラ。父からもらったものだった。リビングに行き、カーテンを開けた。壊れたカメラを星のない真っ黒な空に向ける。

チェストの上には、雛人形が飾られている。雛祭りはまだ何カ月も先だが、今日の撮影のために母が慌てて出したのだ。

母も父もまだ帰ってこない。真菜はパジャマのまま、窓に向かって何回もシャッターを押し続ける。

「おう。真菜。お疲れさん」

改札口を出て近づくと、頭を撫《な》でながら父が言った。

父の腕をつかむと、かすかに煙草《たばこ》のにおいがする。また、駅前のパチンコ屋さんに行ったのか……、と真菜は心の中で思った。

午後十時過ぎの駅前には、真菜と同じように私立中学受験のための進学塾に通う子どもと、それを迎えに来た母親が数組いた。

最近、真菜を迎えに来るのは父が多かった。テレビ番組の収録などに忙しい母が帰宅するのはいつも真菜が眠ったあとだったから、これまでは宮崎さんが駅まで迎えに来てくれていた。けれど、小学六年生になった頃から、時折、父が来るようになった。

真菜に話しかける父の口からは、お酒のにおいがすることもあった。

夕方、真菜が小学校から帰り、母の作ったお弁当を持って塾に向かう途中、スーツ姿の父が、パチンコ屋に入っていくのを見たことがある。

会社が早く終わったのかな、と思ったが、なぜだかその背中に声をかけるのはためらわれた。

幼い頃の父は、母と同じように仕事に没頭し、朝は真菜が起きるよりも早く出かけ、夜は眠ったあとに帰ってきた。たまに目にする父は、いつもぱりっとしたスーツを着こなし、整髪料をつけているのか、柑橘類《かんきつるい》のいいにおいがした。

土日も仕事でいないことが多く、遊んでもらった記憶もほとんどないが、母のまわりにいる編集者やカメラマン、ヘアメイクなどの男性スタッフのように、なよなよしておらず、大人の男の人、という感じがして、真菜は父のことが好きだった。

けれど、仕事が忙しくなるにつれ、若々しくなっていく母とは対照的に、父はなんだか急に老《ふ》けこんでいくようだ。コンビニの棚の前で、ビールを選んでいる父は、四十三歳という年齢より、もっと年上に見えた。

「真菜、なんか欲しいものないのか。アイスとか、チョコとか……」

黙って首を振ると、

「おまえはほんとに欲がないなぁ」

と苦笑した。その顔を見たら、なんだか父に悪いような気がして、

「……シャーペン、シャーペンの芯《しん》がないから買ってくれる？」

と慌てて言った。

「そんなんでいいのか。ほら、早く選んでこい」

と笑いながら言い、カゴの中にビールの缶を数本入れた。

その父の顎のあたりに無精鬚《ぶしょうひげ》が見える。黒い点々を見ながら、もしかして、お父さんは今日、会社に行ってないのかなと、ふと思う。

真菜はシャーペンの芯を手に持って父に近づいた。入り口近くの雑誌売り場で、一冊の雑誌を手にしている。父は真菜が側にいることに気が付かない。開いているページをのぞき込むと、そこにはエプロン姿でやさしく微笑《ほほえ》む母がいた。きっちりと化粧をし、髪を巻き、判で押したような笑顔を浮かべている。

真菜は父を見上げる。

その顔には表情がない。だから、真菜には父が何を考えているのかよくわからない。けれど、喜んでいるようには見えなかった。

「お、見つかったか」

真菜の視線に気づくと、父は慌てて雑誌を閉じ、棚に戻した。乱暴に戻したせいで、雑誌が斜めになっている。真菜はなぜだか、母がいじわるされたような気持ちになって、腕を伸ばし、雑誌を入れ直した。そんな真菜を見て、父がため息まじりに言う。

「……なんで俺、許しちまったんだろうな」

真菜からシャーペンの芯を受け取り、父は頭をかきながら、足早にレジに向かった。父が言ったことの意味が真菜にはわからなかったけれど、少し猫背の父の背中を小走りで追いかけた。


「ママね、真菜はこの中学がいいと思うの。ここに受かれば高校も大学も、そのまま上がれるんだから」

母が私立中学の学校案内を見ながら言う。そこは、真菜の学力を考えれば、一ランクも二ランクも上の学校だ。無理だと思うんだけど……。そう言いかけて、勢いよく話す母を前に言葉を飲みこんだ。アイシャドウの細かいラメが、部屋の照明にきらきらと輝いている。

「それにねママ、真菜が中学に入ったら引っ越そうと思っているの。ここからだとお仕事に行くとき遠いでしょう。このマンションも、撮影のときに皆さんがいらっしゃると狭いもの……。今度はマンションじゃなくて、一軒家だから、真菜が飼いたがってた犬も飼えるわよ」

日曜の夕方、珍しく母が家にいる。

父はダイニングテーブルから離れて、こちらに背をむけ、ソファで新聞を読んでいる。母の話が聞こえているはずなのに何も言わず黙っている。

「パパもね。ママの仕事手伝ってくれるのよ」

母の声が一段と高くなったような気がした。

「パパもお料理するの？」

「違う違う」

母は笑いながらそう言い、カップに入った紅茶を一口飲んだ。真菜の苦手な、香りの強い紅茶だ。真菜は甘いココアを飲んだ。

「ママとパパで会社を作るのよ」

「会社？」

「そう。パパ、社長さんになるの」

母の頬がつやつやしているように見えるのは頬紅のせいだけじゃないはずだ。興奮してしゃべっていることは真菜にもわかった。

父が立ち上がり、何も言わずに部屋を出て行った。真菜はその背中を目で追うけれど、母は見ようともしない。少しよれた感じのグレーのトレーナーを着た父の背中には、言葉がいっぱいにつまっているような気がした。

「ママもお仕事で毎日いろんなことに挑戦してるの。いっぱい失敗もするけど、これからはパパも手伝ってくれるから……。だから、真菜も、何か目標を持って欲しいし、夢を叶《かな》えるために頑張って欲しいの。そういう女性になって欲しいな、ママ」

母はよく「こういう女性になって欲しい」ということを口にしたが、真菜にはそれがよく飲みこめなかった。夢を叶えるのに、男も女もあるのかな。そう思っても自分の考えていることを言葉にするのが難しかった。

母の言っていることすべては理解できなかったけれど、引っ越すことと、母と父が二人で会社を作ること、父が社長になること。そして、真菜が難関中学の試験に合格すること。それらが母のなかではひとつの大きな目標になっているようだった。

雑誌やテレビの中で微笑む母のように、その目は自信に満ち満ちている。

「ママが作ったお料理を出すお店も始めたいの。自分で選んだ食器とか、そういうのを売るお店もね。……素敵でしょ」

母は自分で作ったロールケーキを切り、真菜の皿に載せた。

母は美しい。心からそう思う。けれど、その目に見つめられると何も言えなくなってしまう。真菜は黙ったまま、フォークに刺したロールケーキを口に入れた。

「どう？　あの中学受けてみない？」

ケーキをココアで飲み下す真菜から母は視線を外さない。目標を持ったほうがいい。夢を叶えるために頑張ったほうがいい、と言われると、具体的な目標や夢を持たない自分が、なんだかだめな人間みたいに感じられる。自分が好きなことは、写真を撮ることだけど、それが目標や夢かどうかはよくわからなかった。

「……でも、受かるかどうかわからないよ……」

「まだ受験まで時間あるもの。真菜なら絶対にだいじょうぶよ」

なぜ母がそこまで言い切れるのかわからなかったが、母にそう言われると何となくだいじょうぶなような気もしてくる。

うん、と頷くと、母がテーブルの向こうから手を伸ばして、真菜の頬を撫でた。

「ママと頑張ろう。ねっ」

真菜は勇気を出して口を開く。

「……あのね、ママ」

「なあに？」

「……もし受かったら、お願いがあるの」

母は笑顔で言葉の続きを待っている。緊張した声で言った。

「……もう写真とか撮られるの、いやなの」

幼稚園や小学校に入った頃ほどではないが、今でも真菜は母の撮影にかりだされることがたまにあった。

「お友だちになんか言われたの？」

不安げな様子で母が言う。

「ううん、そうじゃないけど……」

咄嗟《とっさ》に嘘《うそ》をついた。

学校では顔も知らない上級生から、廊下ですれ違うときに「あ、真菜ちゃんだ！」と大声で指をさされることがあった。母が出ている料理番組のテーマ曲を歌われたこともある。

それが毎日続くわけではなかったし、いじめを受けたわけでもない。けれど、そうやって誰かからはやされるたびに、真菜の小さな心臓は縮み上がった。

母のように雑誌やテレビに出ることは好きじゃない。なるべく目立たずに過ごしていたいだけなのだ。

「……うん。そうだね。受験勉強も忙しくなるし……わかったわ」

母があっさり了解してくれたので、真菜は胸をなで下ろした。

「真菜……。合格したら何か欲しいものない？」

母は小さな頃から真菜にそう聞いた。おもちゃも洋服も、すでに十分すぎるほど持っていた。欲しい、と自分から言う前に与えられた。それほど欲しくないものでも。

真菜は、考えをめぐらせる。ひとつだけどうしても欲しいものがあった。

「……カメラ。自分のカメラが欲しいの。安いのでいいから……」

やっとの思いでそう言った。口の中はからからになっていた。

幼いときは壊れた父のカメラが、真菜のおもちゃだった。小学校高学年になって、どうしても写真が撮りたいときは、父のコンパクトカメラを借りていた。父はめったに写真を撮らなかったから、カメラは勉強机の引き出しの中にしまってあったが、父の大事なものを借りている、という申し訳なさをいつも感じていた。

「なーんだ。カメラね。買ってあげる。カメラマンの高畑さんに相談して、真菜にぴったりの、素敵なカメラ、選んでもらおうね」

母は上機嫌だった。

素敵なカメラ、という言葉に頬が熱くなる。自分のカメラを手に入れられるのなら、大嫌いな勉強も少しは頑張れるかも。そんな気がした。

「真菜ちゃん、おめでとう」

テーブルの上には、母が作った料理がいくつも並べられている。チキンのクリーム煮やカレイと浅蜊《あさり》のアクアパッツァ、海老《えび》のペンネ。どれも真菜の好物だった。

宮崎さんが買ってきてくれた苺《いちご》のショートケーキと、小さな花束もそばにあった。

「ほんとうに真菜ちゃん、よく頑張った。いっぱい勉強したものね」

宮崎さんの言葉に、真菜の目の前が涙でゆらゆら揺れ始める。お礼を言わないといけないと思うのだけれど、どうしても言葉が出ない。

今日は第一志望の中学校の合格発表の日だった。掲示板に貼《は》られた数字の中に、真菜の受験番号はなかった。何度探してもそこにはなかった。

「真菜、よく頑張ったな。全部だめだったわけじゃないだろ、ほかの中学にはちゃんと受かったんだ。ここよりもいい所かもしれないぞ」

父はそう言い、真菜の肩を抱いた。母は掲示板を見上げたまま黙っていたが、腕時計に目をやると、

「次の現場に遅れてしまうわ」

ただ、一言、そう言った。

最寄り駅で待っていた宮崎さんに真菜を預けると、父と母はタクシーを止め、慌て

て乗り込んだ。扉が閉まり、車はそのまま走り去って行った。

「……落ちちゃった……」

電車の中で真菜が小さな声で言うと、隣に座っていた宮崎さんが真菜の手をそっと握る。宮崎さんは何も言わなかったが、手袋の上からでもその手は温かかった。

車窓からは二月の東京の空が見える。青い冬の空に、傾いてきた太陽の光が真菜の目を射る。次第に、うつらうつらと眠気がわき起こってくる。眠りに落ちるその瞬間に、さっき掲示板を見つめていた母の顔を思い出す。笑顔のない、かたい表情をした、美しい母の横顔。

私、ママをがっかりさせちゃったんだな……。今さらどうしようもないことはわかっているけれど、もっと頑張れば良かった。母を失望させた哀《かな》しみと、自分の努力不足を責める気持ちがぐるぐると真菜の中で渦を巻いていた。

家に帰り、食事をテーブルに並べると宮崎さんが言った。

「真菜ちゃん、中学生になったら、もうなんでも一人でできるよね」

「……え？」

「中学生になったらね、私、もうここには来ないことになったの」

言葉を失った真菜が顔を上げると、宮崎さんは目をそらした。

「真菜ちゃんのおうちが引っ越したら、通うのが大変になるでしょう。それに、そろそろ、この仕事やめようと思っていてね……」

　腰をさすりながら、宮崎さんが話を続ける。

「……私、ほら、少し腰が悪いでしょう。年をとって、体もつらくなったのよ……。もうこんなにおばあちゃんなんだもの」

　真菜の面倒を見られなくなるのは、あくまでも自分の都合なのだ、と自らを説得するように、宮崎さんは笑顔で話す。

「でも、三月の終わりまでは来るからね。まだ、一カ月以上もあるもの。何回も会えるわ」

　真菜は目の前のごちそうに目を落とす。きれいに飾り付けられた母の手料理。それを見ながら、宮崎さんが来なくなるのは、本当はママが望んだからなんじゃないかなと思う。

「ほら、食べようか。ママ、忙しいのに真菜ちゃんのためにいっぱい作ったのよ」

　そう言いながら、宮崎さんは料理を皿に取り分ける。本当なら、ここに、パパもママもいたのかな。あの中学に合格していたら。私が不合格だったから、パパもママも仕事に行ってしまったのかな。そう思うと、大好物も喉《のど》を通らなくなる。

今日も宮崎さんは食事をしない。目の前に座り、浅蜊の殻をいじる真菜をにこにこしながら見つめている。

「宮崎さん……」

「なあに？」

宮崎さんの笑顔を見るだけで泣き出したくなる。胸に飛び込んで泣きわめきたくなる。その気持ちをぐっとこらえて真菜は言う。

「……写真。……宮崎さんの写真、撮ってもいい？」

「まぁ……、真菜ちゃんが撮ってくれるの？　もちろんよ。……あぁ、でも、会社に見つかったら何か言われるかな。……でも、今日はいいわね。真菜ちゃんと私だけの秘密ね」

真菜は自分の部屋から父のコンパクトカメラを持ってきた。ファインダーをのぞくと、宮崎さんが笑顔のままこちらを見つめている。真菜は何度かシャッターを切った。

「真菜ちゃんの写真も撮ろうか。今日の記念にね」

そう言うと、宮崎さんはカメラを受け取り、真菜を写真に収めた。うまく笑えなかった。けれど、一生懸命笑おうとした。

「上手に撮れているといいねぇ」

宮崎さんがカメラをテーブルの上に置いた。古ぼけた父のコンパクトカメラ。

それを見て真菜は思った。

母は多分、カメラを買ってくれないだろうなぁ。宮崎さんと会えなくなることと同じくらい、そのことが悲しかった。

北口改札を出たすぐ目の前には、ドラッグストアやスナック、焼肉店などが軒を寄せるようにして立っている。真菜は、今にもつぶれそうな生花店と、和菓子屋との間にある、細くて暗い路地に向かう。

気温も湿度も高い、梅雨時特有の天気が続いていたが、路地に入った途端、ひんやりとした空気が足元から立ち上ってくる。

駅前マーケットと呼ばれるこの場所は、戦前からあり、区内でも珍しく戦火を免れて残った区画らしい。駅前の店よりも、さらに小さな、古びた店が並んでいる。

かつおぶしや豆を量り売りする乾物屋、今どき、誰が履くのだろうと思うような時代遅れのサンダルを並べた履物屋、店先に十姉妹《じゅうしまつ》の鳥籠《とりかご》を下げた床屋。幾度となくここを通ったはずなのに、真菜はゆっくり歩きながら、確かめるように、一軒、一軒、店を眺める。

家に近い南口の商店街のようにアーケードはなく、店と店との屋根の間にはベニヤ板が渡されている。その隙間《すきま》から差し込む光で、路地に舞うほこりが浮かび上がる。

見上げると、厚い雲の切れ間に細長い水色の空が見えた。

鞄《かばん》の中から、カメラを出し、空を撮る。真菜はまだ父の古ぼけたカメラを使っていた。母の入学祝いは、カメラではなく、ブランドもののワンピースだった。

シャッターを切った瞬間に、雨が一粒、額に落ちた。肩にかけた鞄の中を探ってみたけれど、今日は折りたたみ傘を持っていないことに気がついた。

時折、落ちてくる雨粒を顔に受けながら、マーケットの奥へと進む。南口の整然とした風景よりも、ごちゃごちゃとして、時代に取り残されたような、この場所の雰囲気が好きだった。

「あんまり北口のほうには行ってはいけないよ。危ない目に遭うといけないから」

この町に引っ越してきたときから、父に言われてきたけれど、その言いつけを破って、この場所に足を踏み入れていた。

二十メートルもない路地を抜けると、突然、黒々とした土を表にさらした空き地が広がっているのが見えた。

張り巡らされたロープ。「売地」という立て看板が、斜めに地面に刺さっている。その奥に目をやると、赤錆《あかさ》びたトタン板で囲まれたバラックのようなものが見えた。

ほんの一カ月前には、ここに、小さな喫茶店があったのだ。煉瓦《れんが》造りの外観、入口の斜め上にぶら下がった山小屋にあるようなランタン。小さな窓にはレースのカーテンが引かれていた。

今日はその喫茶店を撮りたくて来たのに、忽然《こつぜん》と、まるで神隠しにあったかのように消えてなくなっていた。

ここだけではない。あたりにある町工場や古びた長屋風の住宅が、ある日突然、更地になるのを真菜は目にしていた。更地はさらに区切られて、何軒もの建て売り住宅が建ち、次に通りかかったときには、ベランダに洗濯物がはためいていたりする。

小さくため息をつき、真菜は手にしたカメラで目の前にあるロープの張られた空き地を撮った。

真菜は思う。

風景は自分が目を離した隙に、大きく変わってしまう。無くなってしまったものは、もう、どうやっても写真に写すことはできないし、撮りたいと思ったときに撮らないと、そのチャンスは二度とやってこないんだ、と。

風景も、建物も、どんなものだって、変化しないものはない。そのことを思うと、なぜだかひどく寂しい気持ちになるのだった。

新しい家は、前に住んでいたマンションより、さらに都心に近い、私鉄の急行が止まる駅にあった。母と父が仕事をするテレビ局や撮影スタジオにも、真菜が通う私立中学にも近かった。

北口とは違って、南口の商店街には、若い女性向けのブティックや雑貨屋、古着屋、しゃれたフラワーショップ、自然食品の店などが軒を連ねている。度々、メディアに取り上げられて、休日になると、雑誌を手にした若い女性たちが、通りをふさぐこともあった。

商店街の雑踏を抜け、五分ほど歩くと、企業の社宅や図書館、低層マンションが見え、それをさらに過ぎると、高い塀に囲まれた邸宅が並ぶ区画に出る。真菜の家はその並びにあった。

設計は、母が料理番組で出会ったテレビプロデューサーのつてを頼り、新進の建築家に頼んだものだった。コンクリートに木壁とタイルを大胆に組み合わせた外壁に、片流れ屋根のモダンな家。

玄関はふたつあり、右側のドアは母のキッチンスタジオとオフィス、左側のドアは家族の住居へと続いていた。左側のドアを開けると、いつもヨークシャーテリアのクッキーが駆けて来て、真菜の足元にまとわりついた。茶色いぬいぐるみのようなクッキーを抱き上げ頰を寄せる。クッキーの温かい舌が真菜の鼻先を舐《な》めた。

玄関と廊下には、家政婦のおばさんが帰り際《ぎわ》に照明をつけておいてくれるので、暗い家に帰らなくてすむ。

家政婦さんは、宮崎さんとは違い、掃除や洗濯、簡単な炊事をやるだけで、お昼過ぎには帰ってしまう。顔を合わせることもめったにないから、真菜はいつまで経《た》っても、その人の名前が覚えられずにいた。

「ただいま」と声に出して言い、廊下を進んで、洗面所に向かう。鏡の前の時計を見ると、もう六時を過ぎていた。お腹《なか》が鳴る。

キッチンに置かれた、真菜の身長よりはるかに高い、両開きの大きな冷蔵庫を開けると、タッパーが整然と並べられている。それぞれに、作った日付と、雑誌名や番組名の書かれた小さなシールが貼られていた。中の料理はすべて、母とアシスタントさんたちが作ったものだった。

いくつかのタッパーを選び、蓋《ふた》を開けて、中身を皿に載せた。肉と魚、野菜の三種類のおかず。真菜はそれが何と言う料理なのかわからない。皿にラップをかけてレンジで温める。炊飯器には炊《た》きたてのごはん、ガス台の上の小さな鍋《なべ》には家政婦さんが作った、一人分のお味噌汁《みそしる》が入っている。

チン、と鳴ったレンジから皿を取り出し、茶碗《ちゃわん》や湯呑《ゆの》みといっしょにテーブルに並べた。

部屋はしん、と静まりかえっていて、クッキーの荒い息と、小さな爪《つめ》が床にあたる音だけが聞こえる。

ダイニングの隅にある、クッキー用の皿にドッグフードを出し、水を替える。はぐはぐと勢いよく食べ始めたクッキーの背中を何度か撫でてから、真菜もテーブルの前に座る。

一人で食事をすることにはもう慣れていたが、なぜだか今日は静けさが気になって、テレビのリモコンを押す。

ニュース番組から流れる「松本、サリン」という言葉が耳を通り過ぎる。またか、と思いながら、興味のない真菜はチャンネルを替える。見たい番組など何もなかったけれど、何か音がすればいいんだから、そう思って、アニメを流しているチャンネルで指を止めた。

皿の上の料理を箸《はし》でつまんで口に入れても、おいしいのか、おいしくないのか、よくわからない。冷蔵庫にぎっしり詰まったタッパーを見ると、もう、それだけでお腹がいっぱいになってしまう。どうしても食欲がわかないのだ。

ふと思いついて、お味噌汁の中に、茶碗に残ったご飯を落とした。誰もいないのに、まわりを見回してしまう。小さい頃、父を真似《まね》して、この食べ方をしたとき、母にひどく叱《しか》られたことがあったからだ。

かきこむようにして、真菜は汁かけ飯を食べる。

「家族の健康が一番ですよね」

突然、テレビから聞き慣れた声がしてぎょっとする。目をやると、カレールーの箱を手にした母が笑っていた。

お味噌汁に入っていた、なめこを嚙《か》む。くにゅくにゅとした、とらえどころのない感触になぜだかいらいらする。もう嚙む必要などないのに、それをさらに奥歯で嚙む。ごくん、と飲み込んでから、テレビを消し、手にしたリモコンをソファの上に放り投げる。

思いの外、勢いよく投げられたそれは、ソファの上でバウンドして、フローリングの床に派手な音を立てて落ちた。

クッキーが驚いたように振り返ったけれど、また、皿に顔をつっこみ、何事もなかったかのように、水を飲んだ。

「娘、だよね？　平原真希の」

中学三年、二学期になって初めての社会科の時間、歴史上の人物を調べるという課題で、生徒たちは二人一組にさせられた。真菜とペアになった阪口絵莉花《さかぐちえりか》が小声で話しかけてきた。

黙ったまま頷《うなず》き、絵莉花の顔を見た。お父さんに似ているな、と思った。真菜と絵莉花は教室の一番後ろの席に並んで座っていた。

ほかの私立と比べても学費が飛び抜けて高いこの学校には、俳優やタレント、ミュージシャンなど、世間で広く顔を知られている有名人の子どもたちが多く通っている。絵莉花の父親も、クイズ番組の司会やドラマで頻繁に目にする俳優だった。誰が誰の子なのか、一年生の一学期が終わる頃には、誰もが知っていた。

とはいえ、有名人の子どもたち同士で、そのことを積極的に話題にすることはなかった。幼い頃から、「あのヒトの子ども」と言われる煩《わずら》わしさを身に染《し》みて知っていたからだ。

真菜もこの中学に入ってから、小学校のときのように、面と向かって「平原真希の娘」と言われることは一度もなかったし、目の前にいる絵莉花のように、ストレートに聞かれたのは初めてだった。

「自分だって塚本浩史の娘でしょ？」

言い返そうと思ったわけではないのに、ふいに自分の口からそんな言葉が出たことに、真菜自身が驚いた。

「そうそう。今、ぜんっぜん視聴率の取れないドラマでだっさい刑事役やってるあの」

そこまで言って、絵莉花は突然笑い出した。

ひゃっひゃっと、体を引きつらせるように笑いながら、絵莉花が真菜の背中をバンバンと叩《たた》いた。何がおかしいのかわからないけれど、笑いが伝染して、真菜もおかしくなってくる。

「こらー、阪口、平原、うるさいぞ」

教壇の上から、先生が二人を睨《にら》みつけて怒った。

「すみませーん」

絵莉花が大声であやまると、生徒たちが振り返り、二人を見て、くすくすと笑った。

まったく動じる様子のない絵莉花とは対照的に、こんなふうにクラスメートの注目を浴びたことのない真菜の顔と耳は、瞬《また》く間に真っ赤になった。

「真菜、うちの学校の図書室なんてぜんぜん役に立たないからさ、宿題、区立図書館でやろうよ」

そう言っていたはずなのに、なぜだか真菜は絵莉花に連れられて、デパートの屋上にいた。絵莉花は最初から真菜、と呼んだ。平原さんと呼ばれたことは一度もない。

「あたしがおごるから」

絵莉花は真菜にソフトクリームを買ってくれた。強い日差しが瞬く間に溶かしていくソフトクリームを慌てて舐め取りながら、絵莉花の足元に置かれた紙袋に目をやる。赤と黄のタータンチェック柄の紙袋が三つ。すべて絵莉花が買ったものだ。

放課後、二人がやってきたのは、新宿のデパートだった。絵莉花は真菜を連れて、エスカレーターを昇り降りし、いくつかのブティックをまわった。

色違いのブラウスやスカートを差し出し、真菜に選ばせた。

「どっちがいい？」

「……み、右」

訳もわからず真菜が指さしたほうのブラウスを「じゃ、こっち」と店員さんに渡す。そんなふうに次々と買い物をし、財布から一万円札を何枚も出して支払いをした。中学生が、大人以上に堂々と買い物をする様子を、真菜は唖然《あぜん》として見つめていた。

一階にある化粧品売り場では、新製品の口紅を選び、それも買った。

「真菜もなんか買えばいいのにぃ」

そう言われて黙って首をふる。母がくれるお小遣いは月に五千円。それでも多すぎると思っていた。

「真菜の着てる服とかいつもかわいいじゃん。どこで買ってんの？」

ソフトクリームを赤い舌先で舐めながら、絵莉花が横目で真菜の服を見る。服は母のスタイリストが選んだものだった。

「私立で私服通学じゃ、毎日大変よ。ママがスタイリストさんに頼んであげるから」

母はそう言って、季節ごとにコーディネートされた洋服を何組も用意してくれた。それを着ているだけだった。けれど、何となくそのことを言いづらくて、

「マ……、ママが選ぶから……」

とロごもる。

「いいなー。平原真希って美人でセンスいいもんねー」

絵莉花が肩まで伸びたストレートの髪をかきあげると、絹糸のように艶《つや》やかな髪の毛が、太陽の光で茶色く透けた。

うっすらと化粧をしているのか、顔には子どもらしい産毛《うぶげ》もない。絵莉花が自分と同じ年齢の少女だとはどうしても思えなかった。

「阪口さんのお父さんだって、優しそうだよ。ドラマとかで見ると……」

真菜の顔をにやにやと笑いながら絵莉花が見る。

「本当にそう思ってんの？ じゃあ、真菜のお母さんも、テレビで見るみたいに家でも料理作ってんの？ あの、ほら、カレーのコマーシャル、なんだっけ、……家族の健康が一番です、とか、家でも言ってる？」

「……」

冷蔵庫に整然と並べられたタッパーが目の前に浮かんでくる。

「テレビに出てる人なんて、みんな嘘つきじゃん。うちのオヤジなんか、酔っぱらって帰ってきて、お母さん、毎日ぶん殴ってるよ」

絵莉花はソフトクリームのコーンをサクサクと音を立ててかじった。

「……ほんっと、退屈だなぁ……」

九月の、平日の夕方。動物の乗り物に子どもを乗せる若い母親や、雑誌で顔を覆《おお》って居眠りをするサラリーマン、ゲームコーナーの前に陣取る大学生らしきグループ。デパートの屋上には、緊張感のない、弛緩《しかん》しきった雰囲気が漂っている。

「地球ってさー」

絵莉花が大きな声を出した。

「一九九九年に滅びちゃうんだってー」

言いながら、大きく伸びをした。そんな話は真菜も聞いたことがある。

でも、緊張感がなくても、だらけていても、自分の目の前にあるような世界や、自分の人生は、終わることなく、このままずっと続いていくような気がしていた。

「一九九九年って、十九歳かぁ……。意外にまだ、長いなぁぁぁ」

絵莉花があくびをしながら言う。

「あと、五年もあるのかぁ……。それまで、何して過ごしたらいいんだ」

そう言われて、あと、五年しかないのか、と思った。いつまでも続くように感じていた人生の残り時間を、初めて知らされたような気がした。

真菜は鞄に手を入れる。

撮りたいものが消えてしまう前に、撮らなくちゃ。自分のカメラ、今すぐ買わなくちゃ。鞄の奥にある、傷だらけのカメラケースに触れながら、強く、そう思った。

「三宮の店、もうすぐオープンだったのよ。何もかもうまくいっていたのに……ついてないわ」

バスローブを羽織った母が、こめかみに手を当てながら、紅茶茶碗に口をつける。

横たわるように倒れた高速道路や、瓦《かわら》屋根だけを残してつぶれた木造家屋。黒い煙を上げて燃えるマンション。家族の名前を叫びながら瓦礫《がれき》の街をさまよう人々。先週起こった地震の映像を、今日もテレビは流し続けている。真菜はその映像を横目で見ながら、フレンチトーストをナイフで小さく切る。

今朝は珍しく朝食の席に母がいる。ホイップしたバターと、甘ったるいメープルシロップをかけたフレンチトースト。生クリームを入れて口当たりよく仕上げたスクランブルエッグ。カリカリに焼いたベーコン。硝子《ガラス》の青い器には、小さくカットした苺、メロン、マンゴー。そして、湯気のたった熱いカフェオレ。

母が作る温かい朝食を真菜は久しぶりに食べたような気がする。午前中に予定していた雑誌の撮影が、急きょ中止になったらしく、いつもは真菜よりも早く、慌《あわ》ただしく家を出て行く母が、今日は家にいる。

母の前には半分に切ったグレープフルーツだけが置かれている。薬なのか、サプリメントなのか、小皿に載った何種類かの錠剤を、コップの水で一気に飲む母の喉には、皺《しわ》ひとつない。

娘から見ても、母は年齢の割に若く見える。絵莉花の父もそうだ。テレビに出ている人たちがいつまでも若々しいのはなぜなんだろう。ぼんやりと思いながら、真菜は苺を口に入れ、予想外の酸《す》っぱさに顔をしかめる。

テレビでは、パジャマにダウンジャケットを羽織っただけのおばさんが、ぐしゃりとつぶれた家の前に立ちすくみ、家族の名前を呼んでいる。素足にサンダル。まだ一月だ。どれだけ寒いんだろう、と真菜は想像する。

けれど、床暖房とエアコンの効いた部屋で、温かいカフェオレを飲みながら、そんな想像をする自分を真菜は恥じる。同情する資格はないのだと。

「パパ、起きてこないわねぇ……。ほんっとにお酒が弱いんだから。仕事の話ができないわ」

母がルビー色のグレープフルーツにスプーンを刺すと、果汁が勢いよく飛んだ。白いナプキンで頬を拭《ふ》きながら言う。

「……真菜。もうちょっと食べないとねぇ。なんだかまた痩《や》せてなぁい？　フルーツだけじゃだめよ。ダイエットなんて必要ないんだからね。ママみたいに痩せにくい年齢になったら仕方ないけど……。テレビは太って見えるからねぇ」

ベーコンを手でつまむと、

「やぁねぇ。お行儀悪い……」

そう言いながら、また、母はテレビの画面に目をやる。

自分が目の前の食事を我慢したって、テレビに写っている人たちの苦しみが軽くなるわけではないのだ。大変な出来事に遭遇している人たちの映像を見せられただけで、食欲がなくなる自分の弱さを、真菜はほんの少し憎む。

口の中が切れそうなくらいカリカリに焼いたベーコンを、カフェオレでなんとか飲み込んで、

「じゃあ、行ってきます」

と、立ち上がると電話が鳴った。

「今日も遅くなるからね。夕食、ちゃんと食べるのよ」

受話器を取る前に、叫ぶように言い、その声とはまるで違う、柔らかなトーンで母が電話に出た。


「今日もオウムがまいてくれればいいのにサリン……」

卒業式の練習が続くホールで、隣に座った絵莉花が眠そうに言った。

明日の卒業式で中学校が終わる。卒業式とは言っても、無試験で、ほとんどの生徒がそのまま高校に上がる真菜の学校では、形をなぞるだけの簡単な式が行われるだけだ。

年明けの地震のニュースがようやく落ち着いてきた今週の月曜日、オウムという宗

教団体が毒ガスのサリンを地下鉄にまくという事件が起きた。

いつも使う駅に乗り入れている地下鉄にも、猛毒は散布された。中には被害の出た地下鉄で通学している生徒もいたが、登校時間が早かったため、幸にも事件に巻き込まれた者はいなかった。

事件のあった日、学校はお昼前で休校になり、保護者が生徒を学校まで迎えに来ることになった。真菜をタクシーで迎えに来たのは、家政婦さんで、「急にこんなことを頼まれても、困るんですよ、私」とブツブツと愚痴を聞かされながら、家に帰ったのだった。

家に着くや、家政婦さんは慌ただしく帰り、真菜はたった一人のリビングで、クッキーを抱きながら、ソファに座り、テレビをつけた。

この前の地震のときと同じように、どのチャンネルも、同じような番組を放送していた。

地下鉄の地上口のそばでしゃがみこむ人、ブルーシートの上に横たわり救急隊の手当てを受ける人、迷彩服でガスマスクをつけ、電車の中に何かをまく人。それは真菜が生まれて初めて目にする光景だった。

同じ光景がくり返されるテレビ番組を見て、すぐに思い出したのは、いつか絵莉花が言った言葉だ。

「地球ってさー」

「一九九九年に滅びちゃうんだってー」

誰がそんなことをしたのか、なぜそんなことをしたのか、真菜にはまるでわからなかったが、何かただならぬことが起こりつつあるのだ、という気がした。

「あたしもサリンまかれた地下鉄に乗ってりゃよかった」

真菜が驚いて絵莉花の顔を見る。

「そうしたらさー、こんなだるいことしなくてすむじゃん。みんな一緒に高校行くんだから、卒業式なんか意味ないっしょ」

そう言いながら、絵莉花はぴかぴかに磨き上げた爪の先を見つめている。だるー。ねむー。めんどくさー。それが絵莉花の口ぐせだった。思ったことを唇の内側で留めず、そのまま口にする絵莉花を見ていると、真菜はうらやましくなる。

絵莉花が髪をかきあげながら何か言うたびに、自分の気持ちを代弁してもらえたようで、真菜の心も軽くなるのだった。

「真菜ぁ、今日、帰りにあそこのクレープ食べようよぅ」

絵莉花が甘えたように肩にしなだれかかる。ふわっと甘い匂《にお》いが鼻先をくすぐる。

絵莉花は父親譲りの派手な顔立ちをしていた。スタイルも中学生にはとても見えない。勉強はいまひとつだったが、廊下を歩いていると、すれ違う男子生徒が振り返り、顔を赤らめながら絵莉花を見た。

学校の中だけでなく、放課後、二人で町を歩いていると声をかけてくる男も多かった。けれど、絵莉花は男たちを徹底的に無視した。

「……妹、さん？」

男たちは、隣にいる真菜と絵莉花を交互に見て、しばらくすると、落胆した顔で、黙ったままの二人の前からいなくなる。

そんなことがあるたび、もてたいと思っているわけでもないのに、自分が確実に絵莉花より劣る人間だと知らされたようで、真菜の胸はちくりと痛む。

「鏡で自分の顔見てみろっつーの」

真菜の気持ちに気づいているのか、絵莉花は、遠ざかっていく男の背中に向かって大げさに悪態をつく。

自分とは正反対の絵莉花が、なぜ仲良くしてくれるのか、真菜にはわからなかった。しかし、絵莉花といると、自分が守られているような気持ちになることも多かった。

だから、好きになった。どこまで本気なのかわからないけれど、地球の滅亡を信じている絵莉花のことが。

「地震とか、サリンとか、こうやって、いろんな事件が起こって、ちょっとずつ人が死んでってさ。最終的に誰もいなくなるんじゃない」

口の端をかすかに上げて、絵莉花がいじわるく笑う。その横顔を撮りたいと思った。

「そんなに欲しいならさぁ、あたしが買ってあげようかぁ」

新宿西口にある大きな電器店で、一眼レフのカメラを見つめる真菜に向かって絵莉花が言う。真菜は黙って首を横に振る。

新品のカメラとレンズを買うために、お年玉を貯《た》めた貯金を使ってもよかったが、お金を下ろすカードは父が管理している。当然、何に使うのか、聞かれるだろう。バイトを探してはみたものの、どれも時給が安く、カメラを買うまでに、何時間働けばいいのかを計算すると、気が遠くなった。

何度も売り場にやってくる真菜に、中古品なら安く買える、と教えてくれた店員もいたけれど、真菜はどうしても新品のカメラが欲しかった。

「平原真希に買ってもらえばいいじゃん。あんなにテレビ出てるんだから、こんなの楽に買えるでしょ」

何と答えていいかわからなくて、真菜は口をつぐむ。

中学に受かったらカメラを買ってあげる、という約束など、多分、母はすっかり忘れているだろう。

母の希望する中学に合格しなかったのだから、今さら「カメラを買って」とはどうしても言いたくなかった。着ている服も、住んでいる家も、食べている物も、母が選んだものだ。カメラだけは、母から遠いものであって欲しかった。

「早くクレープ食べよ」

絵莉花に強引に手を引かれ、真菜はいつものデパートの屋上に連れて来られた。

「あのさ、写真撮らせてくれない？」

「えー、いいよー、別に」

父のカメラを構える真菜に向かって、気負った様子もなく、絵莉花がピースサインを作って笑いかける。

「……お願い。笑わないで」

「えぇーー、なんでぇ、だって、写真撮るんでしょ」

「笑ってない絵莉花が撮りたいの。それに絵莉花、笑ってないほうがずっと美人だよ。カメラのほう、見なくてもいいからね」

「変なのー」

ぶつぶつ言いながらも絵莉花は真菜の言うことを素直に聞いてくれた。

真菜は、古ぼけたベンチに座る絵莉花を何枚も撮った。撮れば撮るほどかさむフィルム代と現像代が一瞬、頭をよぎったけれど、シャッターを押す指を止めることはできなかった。

三月終わりの午後、デパートの屋上を照らす太陽の光は強く、気温はずいぶん高い。ダッフルコートを着ているので、わきの下にすぐ汗をかいた。絵莉花も、ぐるぐると首に巻いていたマフラーを外し、Vネックの薄いセーター一枚になった。

「暑いー」

絵莉花はそう言って、セーターの襟ぐりを摑《つか》み、乱暴に引っ張る。セーター一枚なので首から胸にかけて肌が露《あら》わになった。透けるような白い首筋、二つの胸の膨らみ。絵莉花がすでに、はっきりとした女の生々しい体を持っていることにどぎまぎする。

ファインダーの中に、ちらりと赤いものが映る。胸の谷間に縦に一本、みみずばれのようになった紅色の線が見える。急にカメラから顔を離した真菜の視線に気がついたのか、絵莉花が胸元をぐいっと広げて、わざと見せるように、体を前に傾けた。

「これのせいで、二年だぶってんの小学校。あたし、真菜よりお姉さんなんだよ」

言われたことをうまく飲み込めず、真菜はただじっと見つめてしまう。小さな蛇のようにも見える、絵莉花の傷痕《きずあと》を。

「ほら撮って撮って。笑わないから」

絵莉花に言われて、真菜はもう一度、カメラのファインダーをのぞく。

胸元を広げたまま、絵莉花が真菜のほうを睨むように見つめる。絵莉花のそんな顔を、今まで一度だって見たことはなかった。傷痕は見るのも怖かったけれど、目を逸《そ》らしてはいけないような気がした。呼吸と鼓動が速くなるのを感じながら、真菜は必死にシャッターを切った。

絵莉花から放り投げられた、大きくて重い秘密を、何とか受け取ることができたのは、自分の手にカメラがあるからだ。頭は混乱していたけれど、それだけはわかった。


四月になり、卒業式と同じように入学式が行われ、顔ぶれの変わらないメンバーと共に、真菜は高校生になった。

デパートの屋上のいつものベンチで、絵莉花が突然、ペットショップのほうに向かって手を振った。

「こっちこっちー」

並べられた水槽の間から、二人の男がこちらに歩いて来る。大学生より、もっと年上だろうか。二人とも、シャツにパンツ、というラフな恰好《かっこう》だが、こちらに近づくにつれ、身につけている腕時計や鞄、靴がどれも高価なものだ、ということは真菜にもわかった。

「何？　誰？」

聞いても絵莉花は答えない。

「待ったー？」

そう言いながら、背の高い猫背の男が絵莉花の肩に手を伸ばした。絵莉花はその腕に甘えるように自分の腕をからめる。もう一人、端正な顔立ちの、背の低い男が真菜に近づいてくる。

「真菜ちゃん？」

そう言って、優しく笑いかけるこの男が、なぜ、自分の名前を知っているのか。表情をかたくしている真菜に絵莉花が言う。

「どうしても真菜に会いたいって、しつこいんだもん。そんな怖い顔しないで。まずは、お茶でも飲もうよ」

絵莉花と背の高い男は、屋上の出口に向かって歩き始める。急に不安にかられて、このままここから逃げ出してしまおうか、とも思う。けれど、その気持ちを、「どうしても真菜に会いたいって」という絵莉花の言葉が押しとどめる。初対面の、見知らぬ男でも、自分に興味を持ってくれたことがうれしかった。

隣を歩く男が、妙に体を寄せてくるので、その度に距離を取りながら、前を歩く二人のあとを追った。訳もわからないまま、車が止めてあるという地下駐車場まで、エレベーターで下りて行く。

一台の車の前で絵莉花と二人の男の足が止まった。

「さ、どうぞ」

運転席に座った背の低い男がドアを開け、助手席に座るように促した。ドアのそばには、絵莉花ともう一人の男が立っていたから、当然、自分のあとに続いて後ろに乗り込むのだろう、と思い、疑いもせず、腰を下ろした。

その瞬間、絵莉花が勢いよくドアを閉めた。ドアがロックされる。手のひらで窓を叩く。絵莉花が窓に顔を近づけて大声で言う。

「だいじょぶだいじょぶ。いいバイトになるから」

意味がわからなかった。

窓を叩き続ける真菜には構わず、車が急発進する。絵莉花と男が笑って手を振っている。二人の姿が段々小さくなる。車は、暗い地下駐車場を走り抜けて、瞬く間に地上に出た。

十分ほど走り、赤信号で止まると、うなだれる真菜の頭に男が手を伸ばし、撫《な》でた。髪の毛に触れた男の手のひらは熱く、妙にべたついている。

「怖いことも、痛いことも、なんにもしないよ。帰りはちゃんと送ってあげるから」

前を向いたままそう言った。

車は見たこともない町並みに入っていく。線路を越え、赤い大きな鳥居が見えたとき、真菜は初めて恐怖を感じた。細い道を抜け、大きな公園脇《わき》にある駐車場に車が止まった。

「見てほしいんだ」

ベルトをゆるめる音がする。首はセメントで固められたように動かない。男が腰を浮かした気配を感じた。皮膚がこすれる音と、小さく息を吐く音がする。

「真菜ちゃん見てて」

男がしつこく呼びかける。

「ただ見ててほしいんだ」

その言葉の通りだった。男は乱暴なことは何もしなかった。

「……真菜ちゃん見てて……もうすぐだから……」

荒い息を吐いて、そう言うたびに、狭い車の中には、独特の臭気が充満した。上品そうな男の体から、そんな臭《にお》いがすることが不思議だった。男の右手の中には、赤く尖《とが》ったものがあって、言われるまま、真菜はそれを、ただ見ていた。

柔らかそうな真っ白いハンドタオルの中に排出すると、男は顔を近づけて嗅《か》いだ。男の手のひらの中で萎《な》えたものは、しばらくすると力を取り戻し、再び尖った。

三回ほど、同じことをくり返すと、

「遅くなるといけないからね」

と言い、公園の駐車場から車を出した。

「じゃあ、またね」

車から降りようとする真菜に、男はにっこりと笑いながら板チョコを手渡した。なんだろう、と、いぶかしげにチョコレートを見つめる真菜を残して、車は走り去って行った。

遠ざかるテールランプを呆然《ぼうぜん》と見ながら、家の近くではなく、駅前で降ろしてほしい、と言った冷静さに、真菜自身が驚いていた。

もうすっかり日は暮れて、商店街の灯りが目に沁《し》みた。首筋をなでる春の風はまだ冷たい。

肉屋の店先から漂う、揚げたてのコロッケのにおい。花屋に飾られた水仙の黄色。いつもと何ら変わりのない商店街を、足早に通り抜ける。

住宅街に入ると、チワワを散歩させている中年女性とすれ違った。早くクッキーに会いたい、と思った。クッキーを抱き寄せて、どんなシャンプーを使ってもかすかに香る、獣じみた臭いを胸いっぱいに吸い込みたかった。

自宅の右半分にある、キッチンスタジオにも、左半分にある住居部分にも灯りはついていなかった。家政婦さんが忘れたのか玄関ドアを開けても真っ暗だった。自分の帰りを待つ人がいない。そのことが今日は有り難かった。

暗い廊下の奥から、クッキーが駆けてくる足音と息づかいが聞こえる。足元にやってきたクッキーを暗やみの中で真菜は抱き上げる。鼻先を舐める舌の温度を感じながら、ただいま、と小さくつぶやいてみる。

クッキーを抱えたまま廊下を進み、洗面所の照明を点《つ》けた。洗面ボウルの上に取り付けられた、大きすぎる四角い鏡に、クッキーを抱いた自分が映っている。目の下にくまができているのを初めて見た。青白い、ひどく疲れた顔をしている。

シャワーを浴びようかとも思ったけれどそんな気力も残ってはいなかった。クッキーを床に下ろし、手を洗った。ラベンダーの香りのするハンドソープを使って何度も。濡《ぬ》れた手をタオルで拭いたあとは、ミント味のうがい薬で口をすすいだ。手や口をきれいにしても、さっきまで乗っていた車の中で嗅いだ臭いだけは、どうしても消えなかった。

ふと思い出して、鞄の中のチョコレートを取り出した。どこでも売っているごく普通の板チョコだった。けれど、手にふれた包み紙に妙な厚みを感じる。包み紙を剝《は》がしていくと、お札の角が見えた。新札なのか、皺も汚れもない三枚の一万円札が、きれいに折り畳まれていた。

しばらくの間、それを見つめていても、真菜には何の感情も生まれてこなかった。それなのに、三万円をスカートのポケットに入れた瞬間、車の中の出来事が蘇《よみがえ》ってきた。間近に見た性器の生々しさ。におい。それが形を変えること。思い出すと、口の中にすっぱいものがこみ上げてくる。

そういう目に遭ったからじゃない。これはお腹が空《す》いているせいだ。

自分に言い聞かせて、キッチンに歩いていく。いつものように冷蔵庫を開け、みっちりと詰まったタッパーを適当に選ぶ。何でもよかった。空腹が満たされさえすれば。皿に盛り、ラップをかけて、レンジでチンした。中途半端《はんぱ》にラップがかかったまま、真菜はそれを指でつまんで口にいれる。蛸《たこ》やイカや、名前のわからない野菜をトマトピューレで煮込んだものだ。口に入れた途端、妙な酸っぱさが鼻に抜けた。舌にぴりぴりとした刺激が残る。真菜は口に入れたものを皿の隅に吐き出した。

キッチンに行ってもう一度、さっきのタッパーを手に取る。蓋を全部開けてみると、隅のほうに、黴《かび》のようなものが見えた。その瞬間、お腹の底から熱いかたまりが、どっ、と勢いよくこみ上げてきた。

冷蔵庫と同じように、一般家庭にしては大きすぎるゴミ箱の蓋を開け、タッパーの中身を全部ぶちまけ、冷蔵庫のミネラルウォーターで口をすすいだ。

ゴミ箱を、スリッパを履いた足で思いきり蹴《け》った。何が入っているのか、ゴミ箱はひどく重く、つま先がじんじんと痛んだ。

母に、だろうか。それともあの男にだろうか。自分の怒りがどこに向いているのかわからなかった。でも、何かにあたりたくて仕方がなかった。

冷蔵庫の銀色の扉を手のひらで思いきり叩いた。手が痛んだだけで、冷蔵庫は表情ひとつ変えず、中に詰まったたくさんのタッパーを冷やし続けている。

こぶしを握って冷蔵庫の前に立ちつくす真菜を、クッキーだけが吠《ほ》えもせず、濡れた瞳《ひとみ》でただ見上げていた。

「十回やればカメラ買えるじゃん」

誰もいない学校の屋上の片隅で、隣に立つ絵莉花が紙パックのオレンジジュースを飲みながら言った。

緑色のフェンスから下を覗《のぞ》くと、グラウンドで、陸上部の生徒が何回もクラウチングスタートの練習をしているのが見えた。真菜は黙ったまま、その姿を見つめていた。

「……あの人、育ちもいいし。乱暴する勇気だってない弱虫だよ」

まぁ、ちょっと変態だけどさ。口ごもるように絵莉花が付け足す。

「見てるだけでお金もらえるなんて、そんなに楽なバイトないっしょ。すぐにカメラなんか買えるって」

カメラなんか、という言葉にカチンときて、真菜は思わず言った。

「……もう、しない……」

真菜を軽く睨みながら、絵莉花がわざと大きな音を立てて、ジュースを吸い込む。

「もう、私……しない」

「真菜さー」

そう言いながら、絵莉花が紙パックを真菜に向かって放り投げた。紙パックは真菜の肩を越え、乾いた音を立てて落ちる。

「カメラ欲しい欲しい、って、ただ、ぼーっと言ってるだけじゃん。バイトするわけでもないし。ほんとに欲しいの？」

今まで聞いたことのない不機嫌な声にびくびくしながら、うん、と真菜が頷く。

「欲しいものがわかってんのに、なんでそれ、すぐに手に入れようとしないの。ばっかじゃない」

絵莉花が自分の髪の毛の中に手を入れて、ぐしゃぐしゃにかき回した。

「あっという間に時間なんて過ぎてくし」

乱れた茶色い髪の間から絵莉花の目が光る。

「ぼやぼやしてるうちに、真菜が撮りたいものなんて、消えてなくなっちゃうんだよ。あっという間に」

その言葉で、宮崎さんの笑顔や、気づかぬうちに消えてしまった駅近くの喫茶店を思い出した。こうしている間にも、自分が撮りたいものは、世界のどこかで、少しずつ消えていっているのかもしれない。

「真菜がほんとに嫌だって言うなら、もう声はかけない」

ぷいと横を向いた。たった今、絵莉花に、学校でただ一人の友人に嫌われたのだと感じた。

「絵莉花……」

急に不安になって、腕を伸ばし、背中に触れた。温かな背中の裏側には、あの赤い傷がある。今、その傷に触れたいと強く思った。

「絵莉花は、前からしてるの？　その……ああいうこと、とか」

絵莉花がこちらを向いた。唇の端を上げて笑ってはいるけれど、ぜんぜん楽しそうじゃない表情で言った。

「あたし、好きなんだ。するのが。してるときは、なんにも怖くないもん。死ぬことも。あと、もう少しで地球が終わることも」

風が一瞬強く吹いて、絵莉花の丸い額をむき出しにした。

「してないとさー、なんかいらいらしてくるんだ。体の中に虫が湧《わ》いてるみたいで……ここの」

そう言って、絵莉花はブラウスの上から胸の傷があるあたりを人さし指で触れた。

「ここの傷が開いて、中から虫がぐちゃぐちゃ出てくるような気持ちになるんだよ」

ブラウスの胸元を手のひらでぎゅっと握りしめた。

「お金を払ってくれる人もいるし、払わない人もいる。だけど、いろんな人が、みんなあたしとしたい、って言ってくるの。あたし、別にお金なんかもう欲しくないよ。だけど、くれるなら、いいじゃん。もらっとけば。だいたいは、パパの仕事関係の人だよ。マスコミの人。ちゃんとした大学出て、一流の会社に入った人だよ。バカじゃないし汚くもない。テレクラとかで、わけのわかんないオヤジとするよりいいっしょ」

無茶苦茶なことを言っていると思った。けれど、絵莉花との関係をこのままなしにしてしまうことだけは避けたかった。一人になりたくなかった。

「……カメラが買えるまで。お金が貯まったら、それで終わりにしたい」

喉《のど》の奥が詰まって声が震えた。絵莉花がにやりと笑った。

「わかった。カメラ買えるまでね」

そう言う真菜に絵莉花が抱きついた。

身長が高く、大柄な絵莉花の腕の中に、真菜の体はすっぽりと収まってしまう。柔らかさと、温かさに包まれながら、ほんの一瞬、自分が欲しいのは、カメラよりも絵莉花なんじゃないか、という気持ちがよぎる。

風向きが変わったせいか、下のグラウンドから、男子生徒たちの声が、途切れ途切れに聞こえてきた。

真夜中、母と父の怒鳴り合う声で目が覚めた。ドアを閉めていても、耳を塞《ふさ》いでも、その声が真菜の鼓膜を震わせる。

高校に上がった頃から、母と父は衝突することが多くなった。二人がどんな問題で揉《も》めているのかはわからない。けれど、もうずっと前から、父と母が笑顔で話しているところなど、目にしたことはなかった。

皿が割れる音がした。諍《いさか》いはなかなか終わらない。真菜は枕元《まくらもと》の時計を手に取り、蛍光塗料で光る針を見た。午前四時を過ぎていた。

そっとベッドから出て、ドアを開け、階段の一番上から、下の様子を窺《うかが》った。

何を言っているかは聞き取れないが、父の大声がやまない。足音をしのばせて、階段をゆっくり下りた。暗い中、リビングのドアに近づいた。扉の中央にはめ込まれたすり硝子の向こうに、向かい合った父と母のシルエットが見えた。

「あたしが、仕事を続けるために、会社を大きくするために、今までどれだけ頑張ってきたのか、あなた、わかってるの」

母が絞り出すような声で叫ぶ。

「おまえがたった一人で苦労したわけじゃないだろ」

ダイニングテーブルの上に、紙の束のようなものを叩きつける音が響く。リビングの隅からクッキーの鳴き声がする。この騒ぎで目を覚ましたらしい。ケージを引っかいているのか、金属に爪《つめ》がこすれる嫌な音がする。

「自分だって、あたしの稼ぎで食べてきたんじゃない」

その瞬間、父が両腕で母を押した。母の体がぐらりと傾き、床に倒れ込んだ。思わず真菜はドアを開けてしまった。父と母が驚いた顔をしてパジャマ姿の真菜を見た。

誰も何も言わず、ただクッキーだけが吠え続けていた。父が慌《あわ》てて、テーブルの上にあるものをつかんだ。薄っぺらい週刊誌のようなものを。

「真菜、明日、学校行かなくていいからな」

それだけ言うと、真菜の脇を通り抜け、大きな足音を立てて出て行ってしまった。

母はしゃがみこんだまま、床を見つめている。マスカラが落ちたのか、目の下は黒ずみ、タイトスカートの下から伸びたストッキングの脛《すね》の部分が大きく破れている。

「真菜、お願い。頭がずきずきするから、あの犬、静かにさせて」

母が真菜を見上げてそう言った。ケージに近づき、扉を開けて、クッキーを抱き上げた。クッキーが首筋を舐《な》める。

しばらく母のそばに立っていた。

「お水とか、持ってくる？」

母が黙って首を振る。

「学校、明日、行かなくていいの？」

「……明日は多分」

そう言いながら、母は乱れた髪とブラウスを手早く直した。

「家から出られないわ」

「……どうして？」

真菜の質問には答えずに立ち上がり、母はふらふらとキッチンのほうに歩いて行く。冷蔵庫の扉を開け、積み重なったタッパーを眺めて言った。

「こんなに作ってばかみたいよね」

母が蓋《ふた》を乱暴に開け、そばにあったゴミ箱に中身を捨てていく。赤いトマト煮、白いクリームシチュー、ひじきと豆の煮物、ポテトサラダ。次々とタッパーを空にした。

「こんなもの誰も食べない。だって、ちっともおいしくないもの」

憎々しげにそう言うと空になったタッパーをシンクに投げつけ、部屋を出て行った。

真菜はシンクの中のタッパーを見た。汚れた容器の内側を、蛇口から垂れた水滴が伝って落ちる。

あの男と会った日から、冷蔵庫の中のものはほとんど食べていなかった。家政婦さんが用意してくれたご飯と味噌汁を、ふりかけや梅干しだけで食べていた。そのことに母はいつ、気づいたのだろう。それでも、母に済まない、という気持ちはどうしたってわきあがってこなかった。

父と母が怒鳴り合う光景を前にしても、感情は驚くほど動かない。

幼い頃から、この家は壊れていた。

温かいものがあふれていたわけでもない。夫婦も、親子も、心が通い合うことなど、最初からなかったのだから。悲しくはない。何も落胆することはない。

自分にそう言い聞かせ、クッキーを床に下ろすと、真菜はパジャマの袖《そで》をまくり、汚れたタッパーを洗い始めた。べたついた油汚れを、洗剤をたっぷりしみ込ませたスポンジで、力まかせに何度もこすった。

深夜の六本木の路上で、テレビ局のプロデューサーと母が抱き合っている写真が、写真週刊誌の巻頭ページに載ったのは、その翌日のことだ。

いつものように、テレビを見ながら一人で朝食をとっていると、朝のワイドショーで、平原真希の不倫騒動が報じられた。特に驚きもせず、テレビを消し、うんざりしながらトーストを齧《かじ》った。

自分の部屋に戻り、カーテンの隙間《すきま》から覗くと、門の前に、たくさんの記者やワイドショーのレポーター、カメラマンが、立っているのが見えた。

「いいカメラ持ってるなぁ」

独りごちて、机の引き出しの中からペコちゃんのイラストが描かれたミルキーの赤い缶を取り出す。

「あと、もう少しなんだけど」

一万円札を数えながら、自分の顔がかすかに微笑《ほほえ》んでいることに、真菜は気づいた。

「これを着てみてくれる?」

ホテルの一室で、父親よりも年上に見える男が紙袋から取り出したのは、街にいる女子高生が着ているような白いブラウスにえんじ色のネクタイの制服と、袖が長めのベージュのカーディガン、白いルーズソックス。学校は私服だったから、制服を着るのは生まれて初めてだった。

洗面所で着替え、鏡に写る自分を見る。こんなに短いスカートを穿《は》いたことがないので、太ももの間がすーすーして心許《こころもと》ない。

部屋に戻って男の前に立つと、どろりとした目で見つめられる。

「うわー、似合う。最高」

そう言った途端、男が真菜をベッドに押し倒した。頬から顎《あご》、顎から首筋に移動する男の乾燥した唇。中途半端に伸びた髭《ひげ》がちくちくと痛い。歯の間から唾液《だえき》に濡れた舌が潜り込んできて、真菜の口の中で自在に動き回る。

そうしている間にも、男の手はせわしなく体を撫でる。ブラウスのボタンを外し、ブラジャーの上から、乳首の尖りをしつこく指先でこする。

真菜の口から、あえぎ声とも呼べない息が漏れると、男が下着を脱がし、両足を大きく開かせた。けれど、足にはルーズソックスを履いたままだ。

「いやらしー。濡れてるー。もっと開いて」

性器に顔を近づけて、男がうわずった声で言った。真菜の手を真菜の性器に導く。

「自分でいじってみて」

真菜はクリトリスをいじったり、中指を出し入れする。たいして気持ちがいいわけじゃないのに、エアコンの微《かす》かな音に、ねちゃねちゃと粘りの強い水の音が混じる。

しばらくすると、ベルトを外す音がする。そこからはほかの男たちといっしょだった。時おり、真菜が手を貸して射精に導くこともあったけれど、男たちは、決して挿入しなかった。絵莉花と男たちとの間で、あらかじめ話がついているのかもしれなかった。母親の平原真希のことも聞かれたことはない。

二学期が始まるころにはもう、二桁《けた》の数の男たちからお金をもらっていたけれど、真菜自身はまだ処女だった。

うっすらと目を開けると、窓辺のテーブルの端ぎりぎりに、さっきもらった数枚の一万円札が見える。

「あっ、もう……」

規則的に息を吐く男が、情けない声で言う。男と目が合う。頬が上気して、口がだらしなく開いている。この男が射精すれば、やっとカメラが手に入る。そのことを考えると、自然に顔がほころんでしまう。男の顔が醜く歪《ゆが》む。予想よりも短い時間で、迸《ほとばし》ったもののほとんどは、シーツの上にシミをつくり、ほんの少しだけ、真菜のふくらはぎを濡らす。

男は萎えたものの先端を、ティッシュペーパーで丁寧に拭き取っている。背中を丸めた男の情けない姿を尻目《しりめ》に、真菜はベッドを下りて、洗面所に飛び込む。制服やルーズソックスをむしり取るように脱ぎ、タオルをお湯で濡らして、ふくらはぎと中途半端に湿っている性器を拭いた。

着替えて出て行くと、男は窓際《まどぎわ》の椅子《いす》に難しい顔をして座り、煙草《たばこ》を吸っている。真菜が脱いだものを渡すと、

「いつまでやってんだこんなこと。親が知ったら、泣くぞ」

と痰《たん》がからんだ声で言った。ことが終わった途端、そんなことを言う男は多かった。

「寂しいんだろ？　傷ついてんだろ？　親に愛されてないんだろ？」

さっきまでの猫撫で声とはまったく違う、大人の、男の声でそう言った。すっきりした途端に先生みたいになる。真菜は心の中で皮肉っぽく笑う。射精させることよりも、説教を聞かされるほうがうっとうしかった。男たちは、真菜のような女子高生が、「こんなこと」をすることに、はっきりとした理由が欲しいらしい。自分の身の上など話したことはないのに、男たちは勝手に、真菜を可哀想《かわいそう》な女の子、と決めつけた。多分、そう考えたほうが、女子高生をお金で買っているという罪悪感も薄まるのだろう。

テーブルの上の三万円に手を伸ばそうとすると、男が真菜の手首をつかんだ。鋭い目がこちらを見据える。

手を離すと、ジャケットの内ポケットから長財布を出した。厚みのある札束がちらりと見える。男は親指をぺろりと舐め、一万円札を抜き出すと、腕を上げて、手を開いた。お札がひらひらと床に落ちていく。さらに、テーブルの上の三万円も手で払い、床に落とした。

「ほら、拾え。淫乱女《いんらんおんな》」

侮蔑《ぶべつ》の言葉も、真菜には響かない。四枚のお札を拾い、スカートのポケットに突っ込んだ。頭を下げ、部屋を横切って、ドアを開ける。閉める瞬間に、もう一度頭を下げた。表情のない顔がこちらを向いている。かすかに笑いながら、心の中で、ばーか、とつぶやいた。

門を開けると、玄関やリビングに灯りがついているのが見えた。真菜は小さくため息をつく。

写真週刊誌が出てしばらくの間、母の不倫は、テレビのワイドショーや女性週刊誌でも大きく取り上げられた。母として、妻として、仕事も家事も手を抜かない料理研究家として人気を得ていた平原真希は、一瞬にして、主婦の敵になった。椅子取りゲームの敗者のように、平原真希はその椅子を失いつつあった。

買ったばかりのカメラとレンズの入った重い紙袋と、コンビニの白いビニール袋を、玄関のわきにあるシューーズ・イン・クローゼットにこっそりしまう。廊下を駆けてきたクッキーを抱きあげ、リビングのドアを開けた。

「おかえり」

濃いめの化粧をした母が、耳たぶにイヤリングをつけながら、真菜に声をかけた。仕事が暇になっても、母はテレビ局や出版社に営業をかけているようで、接待と称しては夜、家を空けることが多かった。

「写りがひどいわ……。このライティング、法令線がこんなにくっきり。まるでお婆《ばあ》ちゃんみたい。この雑誌のカメラマンも腕が落ちたわね」

ダイニングテーブルの上に広げた雑誌を見て母が言う。

クッキーを抱いたまま、真菜も、その写真を見た。いつもの母に見えたが、それが母には不満なようだ。

ぱらぱらと雑誌をめくる手が止まる。最近、テレビでよく見る、料理研究家が優しく微笑んでいた。母よりずっと若い。母よりもずっときれいだ。母は何も言わずに雑誌を閉じ、真菜に向き合った。

「真菜に、ちょっとお願いがあるの」

鼻にかかった声音に、思わず身構えた。

「また、昔みたいに、ママといっしょに雑誌に出てくれないかなぁ……。真菜、なんだか最近すごくきれいになったし。真菜ちゃん、どうしてますか？　って、スタッフさんに聞かれることも多いのよ」

真菜は黙って首をふる。母の隣で言われるまま、不自然な笑顔を作ることは絶対にしたくなかった。それに、絵莉花に紹介され、出会った男たちが、万一、それを見たら……という不安も瞬《また》く間に膨らんでいく。

母が真菜の顔を見つめる。

「ママ、ここで負けられないのよ。真菜に協力してほしいんだけど」

なぜ、ここで勝ち負けの話が出てくるのか真菜には理解できない。もし、母が言うように仕事にも人生にも勝ち負けがあるとして、どうして自分が母と写真に写ることが勝ちにつながるのかがわからなかった。

「……ママ、前にも言ったけど、私、出たくないの」

「…………」

真菜の身長はとうに母を追い越していて、母が見上げるように真菜を見る。

「……ほんとに消極的ねぇ……。いったい、誰に似たんだろ。でも、考えてみてほしいのよ……じゃあ、行ってくるわね」

母は真菜の腕の中にいるクッキーの頭を撫で、リビングを出て行った。玄関ドアが閉まる音がした。カーテンの隙間から、門まで続く、テラコッタタイルを敷き詰めたアプローチを見た。

白いワンピースの背中が、闇《やみ》に浮かび上がる。ピンヒールのカツカツという音がここまで聞こえてきそうだ。母が門の外に出たのを確認して、真菜は玄関へ行き、シューズ・イン・クローゼットから紙袋とビニール袋を持って、リビングに戻った。箱を開け、カメラを取り出し、レンズをつけてみる。手のひらにずしりと感じる、その重みがうれしかった。

急に空腹を感じて、コンビニで買ったお弁当をレンジに入れる。その間に、レンズをクッキーに向けてみた。カメラで隠れた真菜の顔を、クッキーが不安そうに見上げる。自分の力で初めて手に入れた物だ。それがどんな手段であったとしても、真菜の体は今まで感じたことのない興奮に包まれていた。

お弁当が温まったことを告げる音がする。真菜はカメラをテーブルの上に置き、レンジからプラスチックの容器を取ってくると、ビニールを剝がして、鶏《とり》のそぼろ弁当を食べ始めた。カメラを手に入れた充実感に包まれているせいか、あぁ、おいしい、としみじみと思った。嚙《か》みしめるように、お弁当を食べた。

廊下の隅で、腕組みをした絵莉花が一人の同級生と何か楽しそうに話しているのが見えた。

一学期はあまり印象に残らない生徒だったのに、二学期になると、急にメイクや服装が派手になった。絵莉花に話しかけるたび、茶色い巻き髪が跳ねるように揺れる。あの子も多分……と、真菜は思った。

真菜の他にも、絵莉花を介して男と会う生徒が、この学校には何人かいた。男から金をもらうようになると、その誰もが、絵莉花と同じように大人びていく。

真菜以外は。

「欲しいバッグがあるからさぁ」

べたついた声で言い、甘えるように絵莉花の腕に自分の腕をからめる。絵莉花が女生徒の長い髪を、ひとさし指でくるくると丸めた。真菜の中でひりっとした感情が蠢《うごめ》く。あえて名前をつけるなら、それは嫉妬《しっと》という感情なのかもしれなかった。

近づいてくる真菜に気づくと、女生徒は「じゃ、頼んだわ」と手を振り、絵莉花のそばを離れた。

「屋上でも行こっかぁ」

紙パック入りのジュースを二つ手にした真菜に目をやると、絵莉花がだるそうに言った。真菜は黙ったまま頷《うなず》き、絵莉花と並んで、屋上に続く階段を上がっていった。

ドアには「強風のため開放禁止」という貼《は》り紙があったので、真菜と絵莉花はその前の階段に座り込んだ。九月の終わりになっても、ドアの明かり窓から差し込む光は、真夏のように強い。学校全体に設置されているエアコンの冷気も、ここまでは届かないようだ。

並んで階段に腰かけ、無言のままジュースを飲んだ。

「真菜はさ、もうやんないよね。カメラ買ったから……」

思わず絵莉花を見る。ピンク色の唇に挟まれたストローの中を、オレンジジュースが移動していく。ごくり、と小さな音がする。

「前に会った人でさ、いるんだよ。真菜と、したい、って、つまり……、意味わかるよね？」

頭の中に今まで会った男たちの顔が浮かぶ。でも、どの男もぼんやりとした印象があるだけで、はっきりとした像を結ばない。もう一度ストローをくわえて、乱れた前髪の間から、絵莉花がこちらを見る。

「つまりさ、真菜は初めてするわけじゃん？　だよね？」

真菜が頷く。

「……無理強いしたくないんだよね。真菜はさ、あたしとか、さっきのあいつみたいに、やりたくてやりたくてたまんない、とか、たくさんお金欲しいとか、そういうんじゃ、ぜんぜんないじゃん」

その言葉を聞いた途端、絵莉花との間に一本の透明な線が引かれたような気がした。紹介された男たちと会うこと。喜んでしているわけではないけれど、それをやめてしまったら、このまま、ずっと離ればなれになってしまうような気がした。

「……するよ」

そう言った真菜の顔を絵莉花がのぞきこむ。

「ほんとに？」

「カメラとレンズ一本、買っただけだもん。他のレンズとか、ストロボとか、いろいろ必要なんだよ」

その言葉も嘘《うそ》ではなかった。カメラやレンズ以外の機材も欲しかったし、フィルム代や現像代を気にせずに、写真を撮りたかった。けれど、それがいちばんの理由じゃない。

「わかった。あたしもついてくわ」

絵莉花が空になった紙パックを右手でくしゃりとつぶしながら言った。

「えっ……」

「いやいや。あたしはあたしで楽しむから」

「どういうこと？」

真菜を無視して、絵莉花が勢いよく立ち上がった。

「とにかく！」

絵莉花はつぶした紙パックを真菜に渡し、スカートを手で払った。階段を駆け下り、踊り場で振り返った。まぶしそうに真菜を見上げる。

「真菜はなんにも心配しなくていいんだよ。じゃね」

あぁ、今の絵莉花の顔を撮りたかった。真菜は思った。階段に続く廊下や教室から、生徒たちの声が響く。歪んだエコーのような音を聞きながら、真菜は自分が、ずいぶんと遠い場所に来てしまったような、そんな気がしていた。


細長いグラスの底からピンク色の泡が立ち上っている。

「かんぱーい」

真菜以外の三人がグラスを傾ける。真菜もほんの一口だけ口にふくみ、慌てて飲み込んだ。お酒を飲むのは生まれて初めてだった。

絵莉花は、半分ほどを勢いよく飲み干すと、

「おいしー」

と大きな声で言った。

絵莉花に連れられて入ったホテルの最上階の部屋は、ベッドルームが二つあった。

男二人と絵莉花は、真菜の知らない友人の話をしている。真菜としたい、と言ったという男は、隣に座っている。確かに見覚えはあるけれど、どこで会ったのか、何をしたのかは、どうしても思い出せなかった。

絵莉花が煙草をくわえると、絵莉花の隣にいる男が、ライターで火をつけた。

「真菜も吸う？」

黙って首を振る。

「もうっ、かたいなー」

そう言いながら、バッグの中をごそごそと探った。透明な円筒形の容器を開けて、水色のラムネ菓子のような錠剤を手のひらにざっと出した。二人の男はそれぞれ一粒ずつ、口に放り込んだ。

「真菜も、はい」

絵莉花が錠剤をつまんで真菜の目の前に差し出す。表面に羽を広げた鳥の絵が刻まれている。

「何、これ？」

「お菓子お菓子。はい、あーん」

真菜の舌の上に、絵莉花が錠剤を載せた。苦みが広がる。差し出されたペットボトルを受け取り、無理矢理に飲み込んだ。

いつの間にか、目の前のソファに座った絵莉花と男がキスをしている。ペットボトルを手にしたまま、真菜はその光景を見つめていた。ぼんやりと目がかすむ。舌がからみあう音と、絵莉花のあえぎ声がやけに大きく部屋に響く。目を逸《そ》らしたかったけれど、できなかった。

「まーなちゃん」

男の顔が近づいてくる。

次に目を開けたとき、自分が今どこにいるのかまったくわからなかった。

急に寒さを感じて、シーツを引き上げる。虫の羽音のようなエアコンの鈍い響きが聞こえる。窓のほうに目をやると、サイドテーブルの上に、二つ折りにした一万円札が見えた。あぁ、そうだった、と思って体を起こす。こめかみがひどく痛む。股《また》の間がごそごそするので、手を伸ばすと、乾いたティッシュペーパーが張り付いていた。剝がして見てみると、ところどころに赤い血がついている。

やっと思い出した。

さっき、生まれて初めて男と寝たのだ。特に痛みはないけれど、股の間に何かが挟まっているような異物感がある。数時間前の記憶が、真菜の頭の中でゆっくりと再生される。

「もっと痛そうな顔してほしいんだけどなぁ……効き過ぎたか」

男は真菜の両腕をベッドに押さえつけた。大きく開かれた足の間には男の腰が重石《おもし》のようにあって、閉じることができない。

男の声よりも、真菜が耳をすまして聞いているのは、リビングの向こうにあるベッドルームから漏れてくる絵莉花の声だった。少しずつ高まっていくその声を聞きながら、真菜は絵莉花の裸を想像した。腰をくねらせ、声をあげる絵莉花を。

お酒のせいなのか、体がやたらに熱い。入り口を何度か行ったり来たりしている男の性器が、一気に奥深く進んできた。しばらく体を密着させたまま、真菜の口の中で舌を動かしていた男が、再びゆっくり腰を動かし始める。男の前髪の先から、汗が滴《したた》り落ちてくる。

「痛い？」

真菜は首を振る。

鈍い痛みを感じていた下腹部は、今ではふわふわとした温かさに包まれているだけで、自分のなかに男の性器が在るかどうかも、はっきりとわからない。ちっ、と小さく舌打ちしながら、男は腰の動きを速める。聞こえてくる絵莉花の声が、深く突かれるたびに、自分の口からも声が漏れていることに気づく。男の右手が真菜の口を塞いだ。

「最初から、すごい、ね」

途切れ途切れにそう言って、男が左の乳首を噛んだ途端、真菜の中がびくびくと震え、汗まみれの男の体がどさりとのしかかってきた。

雲間から顔を出した太陽の光がまぶしくて、思わず目を瞑《つむ》った。

まだ夜ではない時間だということに、ほっとした。床に落ちていたバスローブを纏《まと》って、ベッドを出た。窓に近づくと、ビルと住宅がどこまでも続く景色が見える。どこに急いでいるのか、高速道路の絶え間ない車の流れを目で追った。

椅子のそばにあった自分のバッグから、カメラを取り出し、真菜は窓から見える風景を撮った。

ベッドルームを出ると、リビングにも男たちの姿はなかった。ホテルに入ってからの出来事がまるで夢のように思えるけれど、テーブルの上には、背の高いグラスが四つ残されていた。夢じゃない。そう思いながら、こめかみを親指で押さえて、隣のベッドルームのドアを開けた。

ベッドには、こちらに背を向けた絵莉花だけがいた。

「……絵莉花」

呼びかけても返事はない。真菜はそばに近づき、もう一度名前を呼ぶ。

「……うぅ、ん……」

小さな子どもが夢を見てうなされているような声だ。何度か寝返りを打った体があお向けになる。両腕は左右に投げ出されて、裸の胸が露《あら》わになる。乳房の谷間に、赤い傷痕《きずあと》が見えた。乳白色の肌に、くっきりと浮き上がるように、その傷はあった。

ふと思いついて、真菜は自分がいたベッドルームから、カメラを手にして戻ると、絵莉花のベッドの隅にそっと座った。

その傷を近くで見てみたかった。カメラを膝《ひざ》にのせ、息を殺して顔を近づけ、傷痕を凝視する。絵莉花が呼吸をするたびに、ケロイド状に盛り上がった部分が、かすかに上下する。何年も前に手術をしたはずなのに、傷口の色が鮮やかだ。触れてみたかったけれど、絵莉花が目を覚ますんじゃないかと思うと、傷の真上で指が止まる。

カメラを手にして立ち上がり、足元のほうにゆっくり回りこんだ。絵莉花は、まるで磔にされたキリストのように見える。窓からの光が、絵莉花を照らす。胸のふくらみや、わきの下のへこみや、おへそのくぼみに影が出来て、裸体がより立体的に浮き上がって見える。その瞬間を逃さずシャッターを切った。

黙って盗撮のような真似《まね》をしていると思うと、鼓動が速くなり、口の中はからからに乾いていた。それでも何度かシャッターを押した。

「真菜が撮りたいものなんて、消えてなくなっちゃうんだよ。あっという間に」

絵莉花が言った言葉を思い出した。ファインダーを覗いていると、いつか絵莉花も、自分の目の前から消えてなくなってしまうような気がしてならなかった。自分が思っているよりも早く、ここではないどこかへ。シャッターを切るたび、なぜだかそんな気がした。

「もしかして真菜、ちゃん？　平原さんの……まいったなぁ……」

男が口の中に放出したものをティッシュに吐き出し、洗面所でうがいをしようと立ち上がったとき、男がふいにそう言った。

いつか、そんなことを言われる日が来るんじゃないかと、最近は日々怯《おび》えていた。真菜が見知らぬ男たちと寝るようになって一年近くが経《た》っていた。

男の言葉に恐怖を感じて、急に手足が冷たくなる。床の上に転がっていたデイパックを抱えて、部屋を出て行こうとした。

「ちょ、ちょっと待って。服も着ないでどこ行くんだよ」

真菜の腕を男が摑《つか》んだ。チャックが開いたままのデイパックから、ホテルに来る前、写真屋で受け取ったばかりの写真が、ばさばさと音を立てて床に落ちた。花、建物、空、犬、子ども。自分が撮った写真を、真菜は裸のまま、慌ててかき集める。

「脅そうとしてるわけじゃないよ。……それより、この写真、自分で撮ったの？」

男は写真をつまみ上げ、シーツがしわくちゃになったベッドの上に並べ始めた。真菜は床に脱ぎ捨ててあった下着や服を慌てて身につける。男もデニムを穿きながら、並べた写真を見て言った。

「俺、平原さんが今みたいに有名になる前、家に撮影に行ったことあるんだよ。俺の、師匠の、アシスタントで……君がまだ、小学校一年か、二年のころかな。覚えてないと思うけど。師匠のカメラ、いじってただろ。俺、それ見てひやひやしてさぁ……。高いカメラだったから……。君、あのころとぜんぜん顔が変わってないね」

立ちつくす真菜のほうを見ることもなく、男は写真を一枚一枚、左右に分けていく。何か基準があるのか、真菜にはまるでわからない。ほとんどの写真は左側に分けられ、ほんの数枚を右側によけた。右側の写真を指さして男が言う。

「こっちは割といいと思う。だけど、こっち側はほとんどだめ。こういう写真撮る子、今、腐るほどいるだろ。ガーリーフォトとか言ってさ。もてはやす人も多いけど、多分、十年後には誰も残っていない」

真菜は黙ったまま、男の言うことを聞いていた。誰かに写真を見せたことなど、今まで一度もなかったのだ。自分が撮った写真の感想を聞くのは、裸を見られることよりも恥ずかしかった。

「写真を撮るのは好き？」

真菜は頷く。

「この先ずっと写真を撮っていきたい？　それで食べていきたいと思ってる？」

そう言われると心が迷う。だって、地球は一九九九年で終わるのだ。自分の将来など想像もつかない。写真で食べていくことなど、考えたこともなかった。男は右側に分けた写真をつまみ、じっくりと見ている。

「十代のころなら、こういう雰囲気のある、センスのいい写真は誰でも一枚や二枚は撮れる。だけど、感性だけでやっていこうとしてもすぐに行きづまるよ。もし、カメラマンとして食べていこうと思ってるなら……。ま、平原さんのお嬢さんが、そんな汚い仕事するわけないか。趣味でしょ、趣味。……こういうことするのも……」

口を歪めていじわるそうに笑い、手にしていた残りの写真を、左側のほうに乱暴に載せた。男の言葉に真菜は身構えた。何を言われるのか、何をされるのか。自分と母のことを知っているこの男が怖かった。

男はデニムのポケットから、プラスチックの四角い容器を出すと、中に入った粒状のキャンディを手のひらに転がし、それを口の中に放り込んだ。

三十代くらいだろうか、ストライプのシャツを着た体はひどく痩《や》せている。髪は肩まであって寝癖もついたままだ。子どもの頃、この男に本当に会ったことがあるんだろうか。まるで記憶になかった。

「……君とあんなことした俺がこういうこと言うのはずるいって、わかってて言うんだけど」

口の中のキャンディを舌で掻《か》き回すように舐めながら男が続ける。

「平原さんは、君が思ってる以上に有名人だ。しかも君とお母さんは瓜《うり》二つ。こういうこと、これからも続けるの相当まずいよ。わかってる？」

「あの……、ママに、母に……」

男の顔を見ずに真菜は言った。声がうまく出てこない。

「言うわけないだろ。平原真希の娘、金で買ったなんて知れたら、俺が業界、追放されちゃうからさ」

男は鞄《かばん》の中から財布を取り出し、お札を数枚抜いて、真菜に手渡した。

「もう、これで最後にしな。君の友だちもやばいけど、あの子のバックにいる男は相当やばいんだ。俺が言えた義理じゃないって、重々わかってるけどね。あとこれ」

そう言って男は一枚の名刺を差し出した。小さな文字と数字を真菜は目で追った。

「もし、君が本気で写真を撮りたいと思うなら連絡して。協力はできる。だけど、今日のことは、誰にも言わないでほしいんだ。俺も言わないよ絶対に。復唱して。誰にもこのことは言わないって……」

「だ、誰にも、このことは言わない」

「よろしい」

男がまじめくさった顔で頷いた。真菜は手にした名刺にもう一度視線を落とした。カメラマン、岸本コウジという文字を、目に焼き付けるように、くり返し読んだ。

「派手にやってんなぁ。絵莉花のやつ。今度は中学生、スカウトしてるじゃん」

学校のカフェテリアで紙コップのココアをのんでいると、斜め前に座った同級生の男子たちがひそひそと話す声が聞こえてきた。彼らが顔を向けているほうに目をやると、入り口にあるゴミ箱の近くで絵莉花と中学生らしい女生徒が、何かを話しているのが目に入った。頭ひとつ小さい二人の女生徒は、絵莉花が何か言うたびに、弾《はじ》けたように、おなかを抱えて笑っている。

「スカウト、って何だよ」

「だから、やりたがってる男に、この学校の女、紹介してんだってあいつ。芸能人とか政治家とかに。金取ってさぁ。あいつ、まじ、やべぇよなぁぁ……クスリにはまってるって噂《うわさ》もあるし、それに」

そこから先は、突然始まった校内放送で聞こえなくなった。

煙草や酒はもちろん、ドラッグにも絵莉花がはまっていることは真菜も知っていた。

「欲しいならいつでもあげるよん。そのほうが気持ちいいじゃん」

学校でも絵莉花は真菜の顔を見るたびにそう言った。気持ちが明るくなるお菓子だ、写真撮ったり、セックスばっかりしてる暗い性格の真菜にぴったりだ、と言って、ドラッグをすすめた。けれど、拒否した。見知らぬ男にお金をもらってセックスするだけで、真菜にとっては十分な体験だった。

「あっぷねぇ橋渡るよなぁぁぁ」

校内放送が終わって、また声が聞こえてきた。顔を向けると、真菜と目が合った男子が、やばい、という顔をして慌てて目を逸らした。

中学高校と、六年間同じメンバーで過ごすこの学年の誰もが、絵莉花と真菜が仲がいいことは知っている。もしかすると自分のことも、こんなふうに誰かに噂されているんじゃないか。それならそれで仕方がない、と力強く割り切れるほどの勇気はなかった。

話を終えた絵莉花がこちらに向かって歩いてくる。男子たちは、絵莉花をちらちらと盗み見る。

「かわいいねぇ。中学生は」

そう言いながら真菜の向かい側に座り、手にした紙コップのコーヒーを一口のんだ。

「……ねぇ」

絵莉花が真菜の顔を見る。

「……中学生も紹介してるの？」

できるだけ声をひそめて聞いた。それでも周りが、自分たちの会話に耳をすましていることがなんとなくわかった。

絵莉花はうつむき、両手の爪を見つめる。長く伸ばした爪には、派手なネイルがほどこされている。左手の小指にはピンキーリング。並べられた小さな石はダイヤだろうか。ガラス張りの天井から差し込む光にきらきらと光っていた。

真菜とは違って、絵莉花は普段どおりのやや大きめの声で話し始めた。

「需要と供給ってことだよ。ロリコンがほんっと多くてさ、最近。……しかも、この学校にはお金が欲しい中学生が山ほどいるんだもん。家が金持ちだっつーのに、まだ欲しいんだよねお金。……で、あたしの目の前に、ぴたっと合いそうな、でっぱりとへこみがあるわけだ。あたしはただ、それを組み合わせてるだけなんだけど」

絵莉花は紙コップを口に運び端を嚙んだ。

「真菜さぁ……小学生の知り合いとかいない？」

人が減ったせいか、さっきまでざわついていたカフェテリアが急に静かになった。けれど、近くに座る男子は席をたたない。

「……それも、……それも、需要があるからなの？……絵莉花、誰に頼まれてやってんの？」

手にしていた紙コップを絵莉花はプラスチックのトレーに叩《たた》き付けた。コーヒーが白いテーブルに飛び散る。背中を向けていた男子が、こちらを振り返った。

「もう！　さっきからなんなわけ？　なんで真菜が急に上から物言うわけ？　いきなりつっかかってきて、超気分悪いんだけど」

絵莉花が立ち上がって真菜を睨《にら》む。真菜の体は動かなくなった。

「あんたが今までやってきたこと、全部ばらしたっていいんだからね。あんたがいつ誰とやって、いくらもらったのか、あたし、全部メモしてるから。あんたのママに言いつけてやろうか。やたら若作りで、落ち目で、仕事のない平原真希にさぁ」

カフェテリアにいる誰もが、何が起こったのか、という顔でこちらを見ている。

「あんただって売春してんじゃん。ウリやってんじゃん」

絵莉花は大声で叫ぶと、カフェテリアを横切るように歩き、出て行った。

あの日以来、廊下を歩いていると、他の生徒たちはほんの一瞬だけ真菜を見た。そして、何も見なかったような顔をして、また、それぞれ友達との会話に戻っていく。露骨な噂話や陰口、いじめはないが、存在そのものを無視される。それがこの学校の生徒たちのやり方だった。

それまで普通に話しかけてくれていたクラスメートも、真菜とは口をきかなくなった。まるで、平原真菜という生徒など、最初から存在しないように皆はふるまった。

廊下の先に絵莉花が見えた。

真菜の知らない生徒と立ち話をしている。腕組みをする絵莉花の前で、生徒が媚《こび》を含んだような声をあげる。絵莉花に近づくにつれ、真菜の体は少しずつ緊張していく。すれ違った瞬間、絵莉花が自分を見たような気がするけれど、まっすぐ前を向いて歩いていたので、確認することはできなかった。

そのまま女子トイレに向かう。個室の鍵《かぎ》を閉め、しゃがみこんで、便座に顔を向ける。胃が何回か激しく収縮した。口から垂れた唾液の糸が水面とつながる。あの日から、ほとんどまともに食事をしていなかったのだから、吐きだすものなどないのだけれど。

ハンカチで口のまわりを拭《ふ》き、トイレの水を流しながら、自分は水族館の魚みたいだ、と真菜は思った。まわりからじろじろと無遠慮な視線を投げかけられるが、決してこちらから話しかけることはできない。自分とほかの生徒たちの間には分厚いガラスがあって、間を行き交う、さまざまなものを遮断してしまうのだ。

そのガラスの向こうから自分に近づいてきてくれた、ただ一人の人間が絵莉花だった。この学校に入ってから、絵莉花以外に親しい友達はいなかった。自分がここで過ごせたのは、絵莉花がいたからだ。真菜は改めて思う。彼女が自分を守ってくれたのだ、と。

けれど、あの日、絵莉花をひどく怒らせた自分には、もう、守ってもらう権利などないのだろう。いったん壊れてしまった関係を、どうやって繕えばいいのかわからなかった。

洗面台で手を洗い、カメラの入った重いデイパックを背負い直す。鏡の中に顔色の悪い痩せた自分が映っている。

あと少しだ。

あと少しで世界は終わる。それまでは、たった一人で写真を撮ってやり過ごせばいい。鏡の中にいる無様な自分も、世界も、何もかも終わる。それだけが今、真菜にとっての救いだった。


誰かの予言によって、世界が終わると噂されている一九九九年、七月を真菜は息をひそめて待っていた。

洪水か、地震か、疫病《えきびょう》か、それともカルト教団が起こす細菌テロ？　核兵器が飛んでくるのだろうか。地割れができて、暗くて深い、地底まで続く裂け目に、ばらばらとたくさんの人たちが落ちていく様を真菜は夢想した。

真菜は大学二年になっていた。中学、高校、大学と、変わらない顔ぶれとともに、真菜はまた年を重ねた。

絵莉花も真菜と同じように進学したが、顔を合わせることはほとんどなかった。それでも、教室や、カフェテリアや、キャンパスの片隅で、誰かが口にする「絵莉花」という音の響きを耳にすることがあった。それがどんなに小さな音であっても、真菜の耳はその響きをとらえ、そのたびに、胸のどこかがぴくりと震えた。

何の役に立つのかわからない、長くて退屈なだけの授業が終わり、教科書やノートを片付けていると、何列か前に座っていた男子が、大きな声で話を始めた。

「これって、どう考えても絵莉花のことだろ。あいつもぱくられちゃうわけ？」

「違うって、今、ヤク中で施設に入ってるって俺、聞いた」

「精神病院だろ」

「オヤジが事件もみ消すに決まってんじゃん。それに、あいつはもう日本にいないらしいよ」

「この学校も腐ってんな」

「おまえの頭もな」

顔を上げると、一人の男子が手にした写真週刊誌を何人かでのぞきこみ、弾けたように笑っているのが見えた。こちらをちらりと見たような気がしたが、真菜は目を伏せて気づかないふりをした。

「うわ、すげっ、このおっぱい」

もう一度、顔を上げたときには、彼らの興味は、もう違うグラビアページに移っていた。

真菜はわざと時間をかけて教科書やノートをデイパックにしまい、男子グループが机に放り投げていった写真週刊誌を手にした。閑散とした教室の片隅で、ページをめくる。

「ロリコン巨大売春組織の闇」

「政治家、弁護士、医師、芸能人、千人以上の大量の顧客名簿が流出」

「俳優Tの長女など、芸能人二世が深く関与か」

扇情的な文章が、ぎらぎらと浮かび上がり真菜の目に飛び込んでくる。左ページにはスエットにサンダル姿の男性容疑者が連行されていく写真。真菜は目を凝らして、粒子の粗いモノクロ写真を見たが、この男には見覚えがない。

細かい文字を追いながら、真っ先に探したのは、自分の名前が書かれていないかどうかだった。「料理研究家H」という文字は見当たらずほっとしたものの、「事件の舞台と噂されているのは、芸能人の子どもたちが多く通う私立K学園」という文言を見た瞬間、心臓を熱い手のひらでぎゅっ、と摑まれたような気がした。

自分が誰と何をしたのか、世間に知れ渡るのだろうか。自分も警察につかまるのではないか。頭の中で、様々な考えが浮かんでは消える。たった一人で世界の終わりを待つつもりだった自分が、こんな記事に動揺していることが滑稽《こっけい》でもあった。真菜は写真週刊誌を丸めて、デイパックに突っ込んだ。

教室を出て、カフェテリアの外にある公衆電話に向かった。PHSも携帯電話も持っていなかった。通じないはず、と思っていたから、三回の呼び出し音で「もしもし」という絵莉花の声が返ってきたときには、真菜のほうが驚いた。

「……誰?」

少しかすれた声がする。

「……平原……です」

「……ああ、真菜。元気? どした? 珍しいじゃん」

仲違《なかたが》いしたことも、今回の一件も、まるでなかったかのように話す絵莉花にどう返したらいいかわからず、自分から電話をしたのに、真菜は黙ってしまう。それでも振り絞るように声を出した。

「……あの……メモがあるって言ってたでしょ。前に……」

「……え、何のこと？」

「私が誰としたとか、そういう……」

しばらく沈黙が続いたあと、絵莉花が馬鹿《ばか》にしたように、くすっと笑った声がした。

「ないよそんなもの。あたしがそんな几帳面《きちょうめん》なことすると思う？」

「……」

「……っていうか真菜、なんにも心配いらないって。あの馬鹿が逮捕されてそれで終わり。今、客がもみ消そうとして必死だもん。来週にはみんなあの事件のことなんて忘れてるって……真菜、それでびびって電話かけてきたの？」

受話器を持ったまま頷いたものの、絵莉花には見えないのだ、と気づいて、小さく、うん、と返事をした。

「絵莉花、今どこにいるの？」

「……あー、これからまた病院。あの騒動でさ、オヤジがあたしのこと、病院に隠したんだよ。検査入院とか言ってさ、わけわかんない。そしたら、また心臓がさ。あー、もー、めんどくせ。これでおまえが死んだら、同情買えるじゃないか、ってオヤジが。ひどい親だよね。ったく」

電波の状態が悪いのか、ガガガという壁に何かが当たりこすれるようなノイズが入る。その合間に混じる絵莉花の声を必死に聞き取ろうとした。

「地球が終わる前にあたしがいっちゃうかも。なーんて」

「あの、絵莉花、また会え」

言葉の途中で電話はぷつりと切れた。受話器を戻し、もう一度、電話をかけた。ツー、ツー、ツー、と通話中を知らせる音だけが鳴っている。何度かけ直しても同じだった。

もう梅雨は明けたのだろうか、真夏のような日差しが、受話器を手に立ち尽くす真菜の背中をじりじりと焼いていた。夏休みの旅行の計画を大声で話す女の子たちの声で真菜は我に返る。もうすぐ世界が終わるっていうのに、なんでそんなにはしゃいでいられるんだろう、と真菜は思う。そして、その終わりかけた世界に自分がたった一人で立っていることを改めて認識する。

「……そうですね。母親が作る食事が子どもの体を作っていくわけですよね。どんな食材を選んでどう調理するか、……子どもへの愛情、みたいなものは、母親が食べさせる毎日の食事から自然に伝わっていくんじゃないかしら」

二人の女性が、母の言葉に真剣に頷き、ノートにペンを走らせている。Tシャツにデニム姿の若い男性カメラマンが、母にレンズを向ける。母に待たされ、部屋の隅に置かれた椅子《いす》に座った真菜は、カメラやライトなどの機材を目で確認する。

「だとすると、毎日の食事作りを任される母親の責任は重大ですね」

べっ甲フレームの小振りな眼鏡をかけた女性が首を傾《かし》げ、母に尋ねる。

「でも、私だってこんなふうにバタバタ過ごしてますでしょ。毎日きちんと食事を用意できるわけじゃないですよ。上手に手は抜いてます。ごめーん、今日はピザとってー、なんて娘に慌《あわ》てて電話したり」

「えー、先生でも、宅配ピザなんか召し上がることあるんですか？」

ネイビーのサマーセーターを着た年配の女性が笑いながら言った。

「ありますよー。娘がいちばんよくわかってます。私のだめなところは。ね？」

母が真菜に笑いかけたので、二人とも振り返ってこちらを見る。

「……あら、娘さん、ですか？　真菜さんでしたっけ？　昔、女性誌の記事でよく拝見しました。もう、こんなに大きくなられたんですねー」

笑顔を向ける女性たちに、真菜もぎこちなく会釈《えしゃく》をする。

「今日もね、実は手抜きの日なの。この近くにできたイタリアンレストランに行こうと思って。娘にせがまれちゃって。夫には内緒ですけど」

ふふ、と母が笑う。

「仲良し親子でいいですねー。でも、先生と真菜さん、姉妹にしか見えないわ。先生が作った食事を小さなころから食べていると、真菜さんみたいに美しい女性になれるんですね」

「失敗した試作品も山ほど食べさせられますけどね。料理研究家の子どももつらいと思うわ。その苦労は娘がいちばんよく知ってます」

カメラマンは、真菜に笑いかけた瞬間の母の顔にシャッターを切る。自分以外の女性たちのはしゃいだ笑い声にいたたまれない気持ちになる。


厚手のグラスに入ったガス入りのミネラルウォーターで、母はピルケースから取り出したいくつかの錠剤を流し込む。最近、新しく借りたオフィスからほど近いレストランの小さな個室で、真菜は母と向かい合って座っていた。

母が頼んだ、いくつかの料理の皿を、顔見知りらしい若い男性店員が運んできた。

「今日もとてもおいしそうね」

「ええ、いいイサキが入りましたので。先生とお嬢様のお口に合えばいいのですが」

「先生はやめて、って言ったじゃない。あと、お嬢様もね」

そう言ってまた真菜に笑いかける。真菜も口の端だけをわずかに上げて笑う。男性店員が出ていってしまうと、母の顔からゆっくりと笑顔が消えていく。アンチョビソースのかかったイサキのソテーを口にして、母は黙りこむ。どろりとした薄茶色のソースを、フォークの先で皿に広げている。

「ガーリックと、黒胡椒《くろこしょう》と……、あとは何かしら」

もう一度、フォークの先を舐《な》める。舌の上のかすかな味を確かめるように母の視線が部屋の中を虚《うつ》ろにさまよう。

「……白ワインビネガー」

ぽつりと言った真菜の顔を、母は目を細めて見た。近眼の人が、遠くのものを見ようとしているかのように。

「そう。……そのとおりね」

とめどなく仕事の話をしながら、母は目の前の皿を空にしていく。真菜は一口、二口だけ口にして、あとは水ばかり飲んでいた。

「今度ね、食器のシリーズをプロデュースすることになったの。真菜くらいの若い女の子がターゲットなんだけど」

「夜のね、料理番組、久しぶりにレギュラーなのよ。だけど、アシスタントの局アナがね」

次から次へと話しながら、母は唇についた油をナプキンでぬぐった。口紅の剝《は》げた顔は急に老《ふ》けて見える。

「……その子がね。……最近、真菜の、……ほら、学校のこと、ちょっと噂になったじゃない。……その子も高校まで同じ学校だったんだって。あそこ、派手な生徒も多いから、娘さん大丈夫ですか、なんて聞くのよね」

男性店員がデザートの皿を手にして部屋に入ってきた。母にはピスタチオのクレームブリュレ、真菜にはレモンのグラニータを。メインの皿を片付ける店員に母が明るく声をかける。

「とてもおいしかったわ」

店員はほとんど手をつけていない真菜の皿も表情を変えずに下げる。

「また、デートのときにいらしてください。今度はボーイフレンドと」

そう言って微笑《ほほえ》む。真菜もこわばった顔で笑い返す。

「あら、この子、ボーイフレンドなんていないわ。まだまだ子どもだもの」

母の言葉には応《こた》えず、店員は笑顔を残して、部屋を出ていった。

「真菜も男の子みたいな格好ばかりしてないで、もう少し女らしい服装してもいいかもね。いつまでも彼氏もできない、結婚しないじゃ、ママもパパも困るもの」

一番聞きたいことを、母は不器用に避けながら話を続ける。小さな虫歯を細い針金の先で突かれているような、むずがゆさを感じつつも、真菜は黙っている。

「……ねえ、真菜、最近、カメラに興味があるんだってね。パパが言ってたわ。このあと、少し時間があるの。買いに行こうか、カメラ。ママ、真菜が写真に興味あるなんてぜんぜん知らなかったわ。小さな頃から、ママの撮影にしきりに出たがってたもんね。あの頃からもう興味があったのね」

母の話を聞いているとひどくのどが渇く。真菜はミネラルウォーターを口に含み、ごくりと音を立てて飲み込んだ。

床に置いたデイパックを腿《もも》に載せ、中からカメラを取り出した。白いテーブルクロスの上に、黒くて重い塊を置く。そっと置いたつもりでも、ごっ、と鈍い音がする。母がおびえた表情でテーブルの上のカメラを見る。まるで大手術を終えた患者が、自分の体から取り出されたばかりの腫瘍《しゅよう》を見るような目で。

「……まぁ……いつの間に」

母の声がかすかに震えているような気がした。

「自分で買ったの」

「……言ってくれれば、少しは助けてあげられたのに……」

母の視線はテーブルの上から離れない。真菜もカメラを見ながら、溶けかけたグラニータを口に運ぶ。思いの外、ほろ苦さが口に広がって、思わず顔をしかめた。

真菜と母は、長い間、押し黙っていた。二人を取り巻く沈黙は、時間が経つにつれ、重力が増していくようだ。それとは反対に、個室の外からは、楽しそうな笑い声が聞こえてくる。

母はもう、テーブルの上のカメラを決して見ようとはしない。カメラ、という言葉も口にしない。あのときと同じだ。高校の頃、学校の誰もが、真菜の存在を徹底的に無視し始めたときと同じ。母の目の前には、真菜が「自分で買った」カメラは存在しないのだ。

母は、エスプレッソを一気に飲み干し、時計を見て言った。

「……あら、いけない。ママね、今、思い出したんだけど、やりかけの仕事がひとつ残ってたわ。……真菜、悪いけど、一人で先に帰ってね」

母の額に汗の粒が光っている。ハンドバッグの中から長財布を取り出し、お札を数枚抜き出した。

「最近、ママ、忙しくて一緒に買い物にもなかなか行けないじゃない。これで何か好きなものでも買いなさいな」

母は腕を伸ばし、真菜が畳んだナプキンの上にお札を置いた。毎月もらっているお小遣いよりもはるかに多い。

「真菜はもう少しゆっくりしていきなさい。時間あるんでしょ。ここで、もう一杯お茶でも飲んで、ね」

そう言って慌《あわ》ただしく部屋を出て行った。そして、また、真菜は一人取り残された。

すっかり冷めてしまったエスプレッソを一口飲む。さっき口にしたレモンのグラニータよりもずっと苦い。

母もあの男たちと同じなのかもしれない。人は、抱える必要のない罪悪感を軽くするためにお金を払う。どうやって真菜がカメラを手に入れたのか、母は追及しない。ほんの少し手前で、母は踵《きびす》を返して去って行った。そのことに罪の意識があるんだろう。

ふいに、どこかのホテルで会った男の言葉が耳元で再生される。

「寂しいんだろ？　傷ついてんだろ？　親に愛されてないんだろ？」

見当違いだ、と真菜は思う。愛情とか、温かな心の交流を期待したことはないのだ。けれど、母が自分にいちばん近く寄り添っていた時のことを、真菜はおぼろげに思い出すことができる。

幼い頃、幼稚園に入る前のこと、母が仕事を始めるずっとずっと前。毎日のように、家の近所にある公園に連れていってくれたあの頃。母は着古したTシャツを着て、背中を丸め、いつまでも砂場で遊ぶ自分だけを見つめていた。自分が手を振れば振り返し、ママ、と呼べば、甘い声でなぁに、と聞いてくれた。

真菜はお札を二つ折りにしてデニムのポケットにしまった。そして、カメラを手に取る。母が座っていた席にレンズを向ける。空になったエスプレッソのカップと、かすかに赤いルージュのついた白いナプキン。誰もいない目の前の席を写真に撮る。

シャッターを切った瞬間に、ほんの一瞬、母がつけていた香水の香りが鼻先をかすめたような気がした。


世界は終わらずに続いていく、ということが、こんなにもしんどいことを、真菜はその夏に知った。

七月の終わりになっても、八月になっても、洪水も地震も細菌テロも起こらなかった。その瞬間を、真菜は写真に収めるつもりでいた。夏の間じゅう、繁華街を歩きまわり、世界が終わる、そのときを待ち構えていた。

鼓膜を震わす騒音、どこから湧《わ》いて出てくるのか、数え切れない人々の雑踏、排気ガスと人いきれの混じった、ほこりっぽい空気。古い油を使った食べ物のにおい。欲情にかられるまま、人混みの中でキスを繰り返すカップル。いつもと変わらない弛緩《しかん》した日常が、だらりと続いている。目の前を流れていく光景を、息もできないような夏の熱気の中でただ眺めていた。

失望のあとにやってきたのは恐怖だった。終わらないこの世界で、自分がどう振る舞えばいいのか、途方に暮れていた。

「三万でどう？」

顔を強《こわ》ばらせて坂道を上る真菜の目の前で、男が指を三本立てている。灰色のスーツを着たサラリーマン。脇《わき》に汗染《あせじ》みができている。父よりずっと年上かもしれない。頭頂部は薄く、猫背で、ワイシャツのボタンは今にも弾けて飛んで行きそうだ。口を開くと、ヤニに汚れた乱杭歯《らんぐいば》が見え、ドブのようなにおいがした。絵莉花が紹介してくれた男たちとは、まるで違う世界に住んでいる人間だ。

男のあとを真菜は黙ってついていく。丸々と太った鼠《ねずみ》が目の前を横切る。坂道を上がりきったところにある寂れたラブホテル。部屋に入ると、男は汗まみれの真菜を立たせたまま、服を剝いだ。スカーフのようなもので目隠しをし、ネクタイで後ろ手に縛り上げた。前戯もなしにいきなり挿入された。真菜が受け入れたもののなかで、たぶん、一番太くて硬い。中に入ってもまだ膨張を続けているような気がした。圧迫感と痛みは、男が腰を動かすにつれ、快感に変わった。

今までにあげたことのないような声が出た。自分の中から、どっとあふれ出たものが太腿を濡《ぬ》らす。男が二回、果てたあとも、真菜はその上に跨《また》がり、腰を振った。

いつか絵莉花が言ったように、体の中に虫が湧いているような感じがした。その虫はじー、じー、と鳴いた。二度と聞きたくない、耳障《みみざわ》りな声で。セックスをすれば、しばらくの間、鳴き声は止《や》む。その声がまた、聞こえてくると、真菜は街に出て、数枚の一万円札と引き替えに、見知らぬ男たちと寝た。けれど、渡される一万円札は、高校生のときより少なくなっていた。

ホテルから出ると、夜が明けるまで、街で写真を撮った。ルーズソックスの女子高生、声をかける男たち、キャバクラの客引き、あやしい薬を売るイラン人、路上にしゃがみこむ若い男、作り笑顔でチラシを配り続ける若い女、吐瀉《としゃぶつ》物をまき散らす中年男の丸い背中。

街に漂う死んだ目をした人々を見ていると、もしかしたら、この世界はもうとっくに終わっていて、自分も、目の前にいる人たちも、この世には実在しない幽霊なんじゃないかという気がしてくる。

何を撮っても何かが違う気がした。けれど、何が違うのかがわからない。被写体と自分との間にとてつもない距離を感じる。何を撮っても楽しい、と思えたあの頃に戻りたかった。

後期の授業が始まっても、大学にはほとんど行かなかった。自分の部屋のベッドの上で、プリントした写真を左右に分けていた。よく撮れていると思うものは右側に置いた。左側にできた写真の山を見て、真菜はため息をつく。

「感性だけでやっていこうとしてもすぐに行きづまるよ」

もう何度となく再生された、あの男の言葉が頭の中に響く。机の引き出しから、ペコちゃんのイラストが描かれた赤い缶を取り出す。蓋《ふた》を開け、折りたたまれたお札の下にある、一枚の名刺を手に取った。

岸本コウジ、という名前の下に書かれた電話番号を真菜は見つめる。岸本が言ったように、写真で食べていこうと思っているわけじゃない。けれど、世界がこのまま続いていくとして、自分がここでやりたいことは写真しかないのだ。写真を撮ることが楽しい、と思えないのなら、自分はこれからどうやって死ぬまでの時間をやり過ごせばいいんだろう。

名刺に記された電話番号が、この世界と自分とをつなぐたった一本の命綱のような気がした。携帯電話を握ったまま、真菜はもう何度も唾《つば》を飲み込んでいた。番号の最初の数を押す人差し指がかすかに震える。

「……なんにも変わってないね。田舎の女子中学生が書くしょんべんくさいポエムといっしょだ」

手にした写真の束を岸本は机の上に投げ出した。氷と水の入ったグラスを持ち上げると、底から垂れた水滴が、真菜のプリントの上にぽたぽたと落ちた。

「この写真にきらりと光るものを見つけるのは、サハラ砂漠でこぼした米粒探すより難しいかもしれない。好き勝手に撮ってるだけ。自分の指使って、自分の気持ちいいことしかしない、オナニーと同じだ」

自分の作品を見せることも、その感想を聞かされることも、ましてや才能がないと言われることも、真菜には耐えがたいことだった。否定の言葉に慣れていない。耳が痛い。

岸本のオフィスの窓からは、代々木公園の緑が見える。電話をかけたのは三日前。直接電話に出た岸本に、「平原真菜です」と名前を告げると、長い沈黙のあと、日にちと時間だけが一方的に伝えられた。

指定された時間に来たものの、打ち合わせが長引いたと言って、玄関わきにある小さなスツールに座らされ、一時間も待たされた。しばらくすると、スーツを着た男たちが、奥にある部屋から出てきて、真菜の顔をちらりと見た。真菜は無意識に目をふせる。彼らが出て行ったあと、岸本のアシスタントだろうか、ボーダーの長袖《ながそで》シャツを着た目つきの鋭い男が、真菜を呼びに来た。

マホガニーの大きなデスクの向こうに座っている岸本を見た。こんな顔だっただろうか。顔は覚えていないのに、岸本がしたことは覚えている。挿入はしないで、真菜の性器をしつこいほどまさぐり、最後は口の中で果てたのだ。

「……ということなので、もう帰っていただいていいでしょうか」

そう言って椅子から立ち上がろうとする。これで話が済んでしまっては困る。世界が終わらないからこそ、自分は困っているのだ。

「ここで働きたいんです」

真菜が口にした瞬間、ドアがノックされ、お盆を持ったさっきの男が入って来た。男は真菜の前にファイヤーキングのミントグリーンのカップを置く。煎《い》りたての豆で丁寧に淹《い》れたコーヒーの深い香りがする。

男はデスクの上に広げられた写真をちらりと見る。その間、誰も言葉を発しない。

男が出て行くと、真菜が再び口を開いた。

「写真のこと教えてほしいんです。ここで働かせてくれませんか」

立ち上がり頭を下げた。誰かに頭を下げるのは生まれて初めてだった。

「無理無理。君みたいなお嬢さんには無理だから。絶対に」

岸本は真菜の顔から視線を逸《そ》らし、コーヒーを一口飲んだ。

「岸本さんに写真のこと教えてほしいんです」

「写真学校とか行けよ。一から教えてくれるから。金には困ってないだろ。これからデジカメがもっと安くなれば、廃業するカメラマンがいっぱい出てくる。……カメラマンに未来はありません。将来的に食えないです。やめたほうがいいですよ。平原さんのところでお仕事すればいいんじゃないですか。人生安泰でしょ、そのほうが」

「ばらします」

男の目が真菜を見据える。

岸本は真菜が思っていたよりもずっと年上に見えた。額の真ん中で分けて、肩まで伸びた髪は脂《あぶら》っけも艶《つや》もない。白髪がところどころ混じっている。セルフレームの眼鏡は初めて会ったときにもかけていただろうか。

「母にあのこと全部話します」

岸本がドアをちらりと見る。声をひそめて言う。

「……それ、世間では恐喝って言うんだよ。ばらされて困るの、そっちじゃないの」

「私は何も困りません」

「そうやって一方的に押すだけで何とかなると思ってるところが世間知らずだっつーんだよ」

岸本は眉間《みけん》に皺《しわ》を寄せ、プラスチックの四角い容器を出し、粒状のキャンディをつまんで口に入れた。

「なんでもします」

「……」

岸本が腕を組み、真菜を睨む。

「ほんとになんでもするんだな」

真菜は黙って頷《うなず》く。

「じゃあ。母親の許可とってこいよ。平原真希の。今日、あんたがここに来てることだって、どうせ知らないんだろ。あんたみたいなお嬢さんをここで働かせて、後でばれて迷惑かかるのはこっちなんだよ」

真菜は何も答えられなかった。ドアがノックされ、さっきの男が顔を出した。

「次のアポの方がいらしてますが」

「わかった」

そう言って岸本は机の上にあった写真を乱暴に集め、円筒形のゴミ箱に投げ入れた。

「働く大人は忙しいからさ。もう帰ってくれる？」

再びドアが開き、さっきと同じようなスーツ姿の男たちが部屋に入ってきた。すれ違いざま、互いの肩がぶつかる。ずり落ちたデイパックを肩にかけ直し、真菜は頭を下げて部屋を出た。


「ママ、急な打ち合わせが入ってな。今まで真菜が来るの待ってたんだけど」

母のオフィスには父しかいなかった。父は慣れない手つきでお茶を淹れ、ストライプの模様が入った湯呑《ゆの》みを真菜の前に置いた。確か、母がプロデュースした食器だ。ソファに座った父が背中を丸めて、お茶をすする。

父と面と向かって話すのは久しぶりだ。いつの間にこんなに年をとったのだろう。頭頂部の髪の毛は薄くなり、おなかも出ている。くすんだ色をした目の下のたるみ。人前に出ることの多い母は、若さを今でもなんとか保っているが、父の老化は、顔や体に、はっきりとその兆候を現し始めていた。

母には今、マネージャーを兼ねた若い男性スタッフがいて、父は会社の経理を預かる立場にあるらしかった。昔のように母と一緒に雑誌の撮影現場やテレビ局に行くこともほとんどなくなっていた。

「真菜から連絡してくるなんて珍しいな。で、なんだ、話って……」

真菜は手にしていた湯呑みをテーブルに戻すと、ぽつりぽつりと、言葉を選んで話し始めた。将来は、写真の仕事がしたいこと。岸本コウジというカメラマンの事務所で働きたいこと。母の許可が必要だと言われたこと。大学ももうやめたいと思っていること……。父は真菜の顔から視線を外さない。言葉も挟まない。ただ、黙って耳を傾けていた。

「お願いします」

頭を下げると、

「おい。そういうのやめてくれよ」

と、照れたような顔をして頭を掻《か》いた。

「ママにそっくりだと思ってさ」

父が湯呑みに口をつけた。ごくり、と音がする。

「……真菜が今、話をしているときの顔、ママが、ずっと昔、料理の仕事したい、って言ってきたときにそっくりだ」

母に似ている、と言われると、心がかすかにざわつく。似てなんかいない。そう言いたかったけれど、今は口をつぐんだ。

「女の人がさ、何かをやりたい、って言ってきたときには、もう始まってるんだ。……男はさ、もう、そうなったら口をぽかーんと開けて見ているしかないんだよ」

父が手のひらでおなかをゆっくりとさする。

「許して……くれるの？」

「真菜が初めて自分からやりたい、って言ったことだ。ママには話しておくけど、大学に籍だけは置いておけよ。いつでも戻れるように」

目の端を父が親指で拭《ぬぐ》った。それが涙ではないことを確認して、真菜はほっとする。

「パパもママも、真菜といっしょにいてやれる時間が少なくて申し訳なかったと思っている。真菜のことはいつでも心配しているんだ。……だって……家族なんだから」

父にあっさり許可がもらえてほっとした気持ちと同時に、家族、という言葉が、真菜の皮膚をサンドペーパーのように擦《こす》る。父が口にする「家族」という言葉は、真菜にはまだ何の色も塗られていない枠線だけの塗り絵のように思えて仕方がなかった。

「あぁ、平原真希さんのお嬢さんですよね。お母様からお聞きしました。カメラマンのアシスタントを始められたと。……岸本さんのところだったんですねぇ」

岸本に仕事を依頼する代理店や版元の人間は、スタジオの隅にいる真菜を見つけると、にこやかな顔で近づいてきて、こう言った。

「いつか、仕事をご一緒される日も来るんでしょうね……。楽しみです」

真菜は曖昧《あいまい》に頷き、頭を下げた。居心地の悪さを感じたまま、岸本のオフィスで働くもう一人のアシスタント、ミノルと共に、撮影に使った機材を片付け始めた。

ここで働き出して半年になる。

仕事を始める前、岸本に平原真希の娘であることは黙っていてください、と頼むと、「名前売ろうって、みんな必死になってんのに。おまえ、バカなの？」と一蹴《いっしゅう》された。

その日から、岸本に怒鳴られ、コーヒーの入った紙コップを投げつけられる日々が始まった。

この世界では、自分が何者でもなく、何の力もないことを思い知らされた。しばらくの間、一日が終わると、緊張で体が固まり、首が回らなくなっていた。

岸本の暴言に耐えられなくなったときは、今まで寝たことのある男の中で一番気持ち悪かった男を思い浮かべた。爪《つめ》の間に黒く汚れが溜《た》まり、足と性器からひどい臭《にお》いのする男だった。真菜の口の中につっこんだ性器を、顎《あご》がはずれそうになるくらい、スライドさせた。あれに比べれば、まだましだ。真菜は自分を騙《だま》しながら、岸本の言葉に耐えた。

それまでは、ただ、自分の好きなものを好きなときにぼんやりと撮っていただけで、カメラの機材の知識など、ほとんど無いに等しかった。撮影が終わったあとに質問をしても、岸本には徹底的に無視されたから、ミノルに聞いた。機嫌のいいときには答えてくれたが、機嫌が悪いと、

「人に頼らないで、自分で調べなよ」と口を閉ざした。

ミノルは真菜よりも五歳上で、岸本の秘書でもあった。大学を出たあと、ここで働き始めて三年になるという。

普通のバイトの経験がない真菜は、オフィスにかかってくる電話にすら、うまく出られなかった。

「……電話とれない、って、今までどうやって生きてきたんだよ」

頭を抱えたミノルが真菜のために、渋々、電話応対マニュアルを作ってくれた。

「食えるようになったらすぐに独立すること。ミノルと真菜、ぼんくら二人雇う余裕はないから」

岸本は繰り返しそう言った。口は悪かったが、あまりお金にならない、細々とした物撮《ぶつど》りの仕事などを、ミノルにふることも多かった。

岸本の仕事が終わったあと、さらに深夜まで、場合によっては明け方まで、ミノルの仕事を手伝った。ミノルのやり方を盗み見ながら、被写体によってどんなレンズを使うのか、ストロボをどこに当てて、どれくらいの強さで使うのか、真菜はその日に覚えたことを家に帰ると必死にメモした。

昼休みに、コンビニで買ったパンを五分で口に詰め込んだあとは、オフィスにある写真集をめくった。岸本の作品集も見た。いくつかの賞を取った洋酒メーカーの広告写真は、真菜も以前から目にしていた。それ以外にも、これも岸本が撮っていたのか、という写真が数え切れないほどあった。

岸本の指には結婚指輪が光っていたし、そのまわりに複数の女性がいることは、すぐにわかった。仕事の打ち上げが終わり、バーで酔いつぶれた岸本を、愛人のマンションまで送り届けたこともあった。岸本は口も酒癖も女癖も悪かった。酒が入れば同業者やクライアントの悪口が機関銃のように飛び出した。

けれど、岸本の写真には、不思議な透明感と押しつけがましくない暖かみがあふれている。そのことが、真菜には不思議でならなかった。

時間のあるときには、ミノルと真菜の撮った写真を見て、一言、二言、感想をくれることもあった。真菜もアシスタントの仕事がやっと終わった深夜や明け方、繁華街に出向き、そこにたむろする人たちを撮り続けていた。渋谷円山町、新宿歌舞伎町、新大久保、池袋、錦糸町、秋葉原。真菜はいろんな人間やくだらない物が入り交じる、猥雑《わいざつ》な街の風景を一心に撮った。

「殺したくなるくらい、へたくそ。だけど、これ撮るのやめんな」

ある日、岸本が何気なく放った言葉が真菜の心を浮き立たせた。ほめ言葉じゃないことはわかっている。けれど、撮り続けていいと許可をもらったようでうれしかった。

ミノルはミノルで、男性のポートレイトを中心に写真を撮っていた。ほとんどの場合、岸本は真菜の写真よりもミノルの写真を大げさに褒めたが、その日に限って、

「いつか、この阿呆《あほう》に追い抜かれるかもな。……じゃあな」

それだけ言って二人の顔を交互に見たあと、オフィスを出て行った。ミノルが顔を強ばらせて、立ちつくしている。真菜もその少し後ろに立っていたが、体を動かすことができなかった。しばらくの間、黙っていたミノルは、

「いいよな、女は……」

と真菜のほうを振り返って言った。言った瞬間から、ミノルの顔が羞恥心《しゅうちしん》に満ちて

いくのを真菜は見逃さなかった。

「……ごめん」

嫌みを言われるよりも、素直にあやまられるほうが真菜には居心地が悪かった。


ミノルと同じように、岸本に仕事をふってもらえるようになったのは、このオフィスに来て、五年が経《た》ったころだった。自分の撮りたい作品と並行して、食べていくための写真を撮ろうとしていた。電話に出ることはもちろん、クライアントにお世辞を言うことも覚えた。雑誌の細々とした仕事の依頼が、真菜に直接来ることもあった。

「ほんとに食えんのかなぁ、俺……カメラマンとして」

渋谷駅に近い安居酒屋の二階で、ミノルがつぶやき、赤ワインをあおった。

表参道の交差点で、若者を呼び止め、スナップ写真を撮る、という仕事で、真菜は一日中、ミノルのアシスタントとして働いた。撮影に立ち会った新人の女性編集者はおどおどして通行人に話しかけることができず、真菜が積極的に声をかけた。

二月の東京、日の差さないビルの陰に立っていると、すぐにブーツの中の足はつま先から感覚がなくなってくる。

真菜は二杯目のホットワインを飲んでいたが、体の芯《しん》に残ったままの冷えは溶けていかない。さっきから続くミノルの愚痴を真菜は黙って聞いていた。最近、ミノルは自分の将来について嘆くことが多かった。

　食べていけずに廃業するカメラマンは、まわりにいくらでもいた。売れっこだった先輩カメラマンが、道玄坂のラブホテルでアルバイトをしているという噂《うわさ》を聞いたばかりだった。岸本自身にも、以前のようにギャラのいい、大きな仕事が続けて入るわけではない。

「おまえはいいよなぁ。……親が金持ちでさぁ。東京の実家暮らしで何も困ることないじゃん」

　酒に弱いミノルが、いつものように真菜にからみ出す。

「生まれてから金に困ったことなんかないだろ。何不自由なく育ったんだろ。趣味でカメラ始めて、俺よりもいつの間にか、うまくなりやがって。……なんて不公平なんだよ」

　ミノルの一方的で断定的な口調は、真菜と寝たたくさんの男たちを思い出させた。

「俺なんて高校のときさぁ、最初のカメラ買うときさぁ、暗いうちから漁港でバイトして、オヤジたちにからまれてさ、何カ月かかったと思ってんだよ。おまえなんか、最初から親がほいほい、いいカメラ買ってくれたんだろ」

そう言いながら、煙草《たばこ》の煙を真菜の顔に吹き付ける。

「……ううん。自分で買った」

「へえ。バイトしたんだ……」

「……うん」

「何のバイトだよ？　あ、あれだ、母親の仕事手伝うとか、そういう、ちゃらいやつだろ？」

ホットワインに入っていたクローブが舌の上に残った。真菜はそれを指でつまんで紙ナプキンの上に載せた。

「……援交。……それでお金貯《た》めたんだ」

真菜がそれを誰かに話したのは初めてだった。同性しか愛せないミノルに、つい気が緩んだ。言ったあとで、思っている以上にミノルに心を許していることに気がついた。もうひとつの秘密も打ち明けてしまおうか、と迷いながら、枝付きの干し葡萄《ぶどう》をひとつひとつ枝から外して、皿に並べた。

「……ろくでなし、だな」

しばらく黙っていたミノルは干し葡萄をひとつ、口に入れた。

「……俺はさ、いい写真撮る人ってのは、その人の人間性がすばらしいからだとずっと信じてたのよ。……だけどさ、岸本もおまえも、人間としてはどっかおかしいんだよ……。……なのにさ、なんで、写真はあんなに……岸本の写真はなんで優しい感じなんだよ。より良く生きようとしてる人こそ、いい写真が撮れるんじゃないのかよ」

ミノルの言う通りだ。岸本はろくでなしで最低の人間だ。そして自分も。

けれど、岸本の写真にどうしようもなく心を摑《つか》まれていた。

例えば、ハイブランドのワイシャツを着た男性モデルが、まっぱだかの赤ん坊を抱いている一枚のモノクロ写真。今にも泣き出しそうな赤んぼうを、困ったような顔であやそうとする、その一瞬。べたべたとした甘さはないのに、小さなものへの慈《いつく》しみを感じさせる写真だった。写真を見れば、撮影した人が世界をどう捉《とら》えているかがわかる。真菜が見ている岸本という人間より、岸本が見ている世界のほうが、あたたかく血の通った世界に感じられた。

写真という作品と、それを撮った人間を混同してはいけないことは真菜にもわかっていた。けれど、そのろくでなしに言われた言葉が今でも心のどこかを震わせていた。

「たいしたもんだな。舌が覚えてるんだろうな」

三カ月前、岸本がホテル代わりに借りている小さなマンションで、冷蔵庫の中に残っていた肉や野菜で適当に作った炒《いた》めものを、岸本は褒めた。そのときの岸本の顔を思い出すと、真菜の胸はひどく苦しくなる。自分が作ったものを、自分が好きになった男が喜んで食べる。そのことをうれしく思う自分に驚いた。

その夜、真菜は岸本と寝た。

岸本が高校生の自分をお金で買ったときは、真菜の体は男の欲望を解消するだけの道具でしかなかった。自分の体が誰かのために使われたり、自分の欲望を吐き出すために、誰かの体を使ったり、それがセックスなんだと、真菜は思っていた。

声をあげるたび、岸本がうれしそうな顔をするのが意外だった。この人は、自分を丸ごと受け止めてくれるんじゃないか、という淡い期待が浮かぶ。唇や舌や指が繰り返す長い愛撫《あいぶ》。耐えきれず、懇願して、やっと挿入された途端に達した。

寝たあとに、わき上がってきたのは、この男に永遠に服従したい、という強い思いだった。その遠い先に、結婚や家庭、というかすかな灯りが見えて、真菜はその思いを自分の深いところに閉じ込めた。その先は行き止まりだ、と、誰かが耳元で囁《ささや》いたような気がして。

未来がない、とわかっていても、岸本にどうしようもなく惹《ひ》かれていく自分がいた。岸本と同じように、ろくでなしの自分のなかに生まれた小さな泡のような感情を、真菜は持て余していた。

ミノルが右手を上げて、店員を呼び、もう一杯、赤ワインを追加した。男にしてはやけに白いミノルの耳たぶと目の下がワインと同じ色に染まっている。

「おまえみたいにさ、東京でしか手に入らないもん、生まれたときからずっと平気な顔して手に入れて……センスなんて自然に磨かれるに決まってんじゃん。俺みたいに、青森のど田舎で生まれたやつなんてさ、最初から勝てるわけないじゃん」

ミノルがしゃっくりを繰り返す。

「俺の実家なんて民放一局とＮＨＫしか映らないんだぜ」

思わず真菜がぶっ、と声に出して笑うと、ばかにすんな、とミノルが干し葡萄の粒を投げてきた。干し葡萄は真菜の頰に当たった。

「おまえの人生、このあと死ぬまでずっと茨《いばら》の道が続きますよーに」

ミノルが言うように、真菜は茨の道の始まりに立っているのかもしれなかった。世界が終わるわけじゃない。自分が世界を終わらせていくんだ。くだらない恋で。二十五歳になった真菜は、そのことに少しずつ気がつき始めていた。

岸本のまわりにいるたくさんの女の一人として過ごすまま、真菜の年齢は三十歳を超えていた。ミノルはとうの昔に独立し、一人、オフィスに残った真菜は、自分の仕事をこなしながら、岸本の仕事も支えていた。不景気とはいえ、広告や雑誌の仕事は途切れずにやってきた。真菜が平原真希の娘である、ということは、業界では周知の事実で、女性誌の料理ページに、真菜を指名してくる編集者も多かった。

美しい女性や、ピカピカの新車や、美味《おい》しそうな料理を撮った。真菜はひとつひとつの仕事を丁寧にこなしたし、評価も高かった。

平原真希と、平原真希が作る料理も何度か撮ったことがある。ギャラのいい、おいしい仕事だった。母はひととおりの撮影が終わったあと、

「ありがとう」

と言って真菜を抱きしめた。それを見た父やまわりのスタッフも涙ぐんでいた。とんだ茶番劇だ、と真菜は心の中で苦笑した。その瞬間、自分と母の歩く道は、これから先、交差することなどないのだ、と悟った。

三十歳になったときに家を出た。

「仕事、もっと一生懸命したいから。ママみたいに」

家を出ることを強く引き留めた母も、真菜の嘘《うそ》で首を縦に振った。本音を言えば、仕事など、もうこれ以上したくはなかった。岸本と会う時間をどうにかして増やしたかっただけだ。十代や二十代のときに抱えていたような写真への情熱はどこかに消え

去っていた。

　夜の街に出かけて人を撮るのは、時間のあるときだけに限られた。街と人は変わり、真菜だけがそこに立ちつくしていた。時々、制服を着た女子高生が中年のサラリーマンに肩を抱かれて、ラブホテルに入っていくのを見かけた。今はもう、声をかけてくる男はほとんどいない。仕事ばかりしている険しい女の顔をしているからだろうと、真菜は思った。

「そういう顔しないところが良かったのに。おまえ、案外、普通の女だったな」

　帰らないで、と、半ば叫ぶように言った真菜の顔を、軽蔑《けいべつ》したような目で岸本が見た。普通の女だった、と過去形で言われたことが、真菜を痛めつける。

「高校生のおまえにもう一度会いたいよ。……撮ってる写真も、なんだかつまんないし。あと、オフィスの荷物、早く取りに来いよ。来週から新しいアシスタント来るんだから」

　それだけ言うと、岸本は真菜の部屋を出て行った。初めて好きになった男に嫌われ、邪険にされていることに、改めて打ちのめされる。

　講師をしている写真学校を出たばかりの女の子をスタッフとして入れるから、オフィスから出て行ってほしい、と岸本に言われたのは先週のことだ。その子が岸本の新しい女であることは真菜にもわかっていた。

くだらない恋が終わって、真菜はもう自分の人生を十分に生きたような気がした。岸本と会わない時間に慣れた頃、自分の体に異変を感じた。薄々は気がついていたのだ。けれど、それを確認するのが怖かった。仕事もそれまでどおり続けた。初めて産婦人科を受診したときには、もう中絶のできない週数になっていた。モニターに映る、空豆の形をした暗い空洞の中で、人間もどきが手足を動かしている。

終わらない世界で、真菜はたった一人、途方に暮れていた。

第三章

「うん。どこが悪いってことはないねぇ……。胃が痛いっていうのは、ストレス性のもんだと思うよ。昨日の地震でさ、同じように不安定になってる妊婦がいたもの。ま、ちょっと様子は見たほうがいいけども。母子共に健康。妊娠経過も悪くない……ただ、ちょっと痩《や》せ過ぎてるくらいで。最近の妊婦は、太り過ぎはよくないっていうと、妊娠中にダイエットするからなぁ。加減ってもんを知らないんだ」

そう言いながら白衣を着た山口がゆっくりと湯呑《ゆの》みを口につけた。

山口は、晶子が中野のスイミングスクールで指導員の仕事をするようになってから、ずっと世話になってきた医師だ。昼食会やベビースイミング、ペアスイミングなど、晶子の取り組みにも理解があり、これまで二十年ほど関わっているマタニティスイミングの指導者育成にも顧問として協力してくれている。

真菜のマンションで一晩過ごし、朝になって横浜の自宅に帰ろうとしたときのことだ。部屋で寝ている真菜に声をかけようとドアを開けると、真菜がベッドのそばで、胃のあたりをおさえてうずくまっている。

「陣痛？　おなかが痛いの？」

「……だいじょうぶです。胃が、少し、痛いだけなので……」

そう言う真菜の顔は蒼白《そうはく》だ。

かかりつけの病院を聞くと、偶然にも恵比寿《えびす》にある山口のクリニックの名前を口にした。電話をすると運良く山口が出た。渋る真菜をタクシーに乗せ、病院までやってきたのだった。診察が終わり、真菜は診療室で体を休めている。

午前の診察が始まるまで、まだ二時間近く時間がある。早朝に起こしてしまったことをわびると、

「なに産科医だから。昼も夜も関係ない。仕方ないさ」

と耳の後ろを掻《か》きながら笑った。頭だけでなく、眉毛《まゆげ》にも白いものが交じる山口は、自分よりも二歳近く年上だ。病院の経営やお産のほとんどは、同じ産科医である息子とその妻に任せていたが、それでも週に一度は診察日を設け、担当患者の子どもをとりあげ続けていた。

「去年、息子たちがこの病院、建て直したいって言ってきたときは、反対したんだけど、前のおんぼろビルのままじゃあ、昨日みたいな地震が来たら、ぺしゃんこになってたかもなぁ……」

山口が話す間にも、床から突き上げるような揺れが続く。院長室のソファのまわりに積み上げられた資料や本の山は、斜めに崩れたままだ。

「……先生、ちょっと気になる子なんですよ。……申し訳ないんだけど、もしお産が始まったら連絡をいただけないでしょうか」

山口が手元にあるカルテに視線を落とす。

「あぁ……健診にも来たり来なかったりだったみたいだねぇ。最近、よくいる不良妊婦さ。まったく。助産師たちも気にはしてたみたいだな……ま、予定日ももうすぐだし、地震のこともあるし、このままここにいてもらったほうがいいかもな」

よろしくお願いします、と深く頭を下げる晶子を見て、山口が笑った。

「しかし、あんたもあいかわらずだな。その、おせっかい癖。自分の身内でもないのに。若い人には嫌われるだろ」

「先生ほどじゃありませんよ」

「口が減らんとこも僕とそっくりだ。僕らみたいなのがいるから、日本は良くならないんだ、って、この前、息子に説教されたばかりさ」

と言いながら豪快に笑う。

山口がまだ産科医としてお産の現場にいるのなら、自分もマタニティスイミングの仕事を続けていてもいいのかなと、晶子はふと思った。

ダイヤの乱れはあるものの、東横線はいつも通り、たくさんの乗客を乗せて運行していた。

ソファで寝たせいか、肩や首が鈍く痛む。大きなバッグを抱えて立っていた晶子に、金髪の若い男の子が席を譲ってくれた。

「ありがとう。助かるわ」

そう言うと、男の子はぶっきらぼうに頭を下げた。

このまま眠ってしまいたかったけれど、頭の芯《しん》が興奮しているからか、目を閉じてもなかなか眠ることができなかった。

口を閉ざしたまま座席に座る人たち、窓の外を流れていく景色は、普段となんにも変わらない。昨日起こった地震なんてまるでなかったことみたいだ。

それでも、昨日、真菜の家で見た津波の映像が、フラッシュバックのように頭の中で再生される。仙台にいる息子夫婦と孫、病院においてきた真菜のことが、喉《のど》に刺さった魚の小骨のようにひっかかっている。

そして、たくさんの自分の生徒たち。母親も子どもも、その家族も、誰もが無事でいてほしい。晶子は膝《ひざ》の上で両手を組み、祈るような気持ちで目を閉じ続けていた。

「ただいま帰りました」

「おう、大変だったな」

自宅の玄関ドアを開け、遼平の顔を見た途端、安堵《あんど》のため息が出た。

「目白はどうだった?」

「……え、えぇ。それがね、目白までたどり着けなくて、渋谷のね……私のクラスにいた生徒の家に泊まらせてもらったのよ」

「……そうか」

なんとなく真菜のことはまだ詳しく話さないほうがいいような気がした。深く聞こうとしない遼平に、晶子は心の中で頭を下げる。

洗面所で手と顔を洗い、部屋着に着替えて、リビングに戻ると、遼平が熱いお茶を淹《い》れてくれていた。

テレビは、地震の被害状況を流し続けていた。ソファに座り、画面に目をやる。大《おお》船渡《ふなと》、気仙沼、八戸《はちのへ》、大洗、苫小牧《とまこまい》……。津波が田畑や人や家をのみ込んでいく光景は、何度見ても、胸がつまる。

「……ずっとカメラマンをやってきた俺が言うべきことじゃないと思うけど、なんでも映せばいいってもんでもないな……」

遼平はそう言って、チャンネルを変えた。けれど、どの局も同じようなものだった。地震、津波のニュースに混じって、ふいに「原発」という言葉が耳に飛び込んでくる。「緊急事態宣言」「原子炉」「冷却装置」。アナウンサーと、局の解説委員だろうか、二人の中年男性の会話に聞き慣れない言葉が混じる。真菜の家で見たテレビで確かに福島の原発の映像を見た記憶はあるが、津波の方にばかり気を取られていた。

「えっ……。原発ってどういうこと？　そんなに大変なことになっているの？」

「福島の第一原発でトラブルが起きて、放射能漏れの恐れがあるそうだ。第一原発から半径十キロ圏内に避難指示も出てるみたいだよ」

「放射能……」

「津波で一号機、二号機、三号機の非常用ディーゼル発電機が動かなかったのさ。一号機の中の圧力が急上昇してるとかで」

遼平がくわしく説明してくれたが、晶子には今ひとつ状況が飲み込めない。話を聞いているうちに、急に眠気がわき起こってくる。聞いているふりをして頷《うなず》いていると、テレビの男性アナウンサーがカメラ目線でこう言った。

「……微量の放射能が出る可能性はありますが、人体には大きな影響を与えることはないであろうと考えられています」

アナウンサーの声が次第に遠くなる。ソファに横になり、晶子はいつの間にか眠りに落ちていた。途中、遼平が毛布をかけてくれたことには気づいたが、ありがとう、とお礼を言う気力もなかった。

深い眠りの中で晶子は夢を見ていた。戦争が終わったあと、平塚の国民学校に通っていたとき、大量の墨をすって教科書を塗りつぶしていた。「原子炉」「燃料棒」「炉心溶融」「放射性物質」……そんな言葉を、夢の中の晶子は何度も塗りつぶしている。

「先生、なんでこんなことしないといけないんですか？」

「こうしないと、叱《しか》られてしまいますから。……ほら、ここ、薄いから重ねて塗りなさい」

「誰に叱られてしまうんですか？」という晶子の質問を無視して、先生は背を向けた。先生、先生。何度も呼びかけるが、ノースリーブのブラウスを着た背中が遠くなる。

うつらうつらと夢を見続けて、次に目が覚めたときには、口はだいぶ傾いていた。何度起き上がろうとしても、体が重い。もしかしたら自分はひどく疲れているのかもしれない、と晶子は思った。

福島第一原発の一号機が爆発した、というニュースが流れたのは、その日の夕方のことだった。骨組みだけになった一号機の建物が映っている。まるで爆撃を受けたような無残な姿だ。けれど、その状況を説明するアナウンサーと記者の言葉は要領を得ない。

「もし原子炉や格納容器が壊れていたとしたら……大量の放射性物質が屋外に放出されるという事態が起きているという仮説が立てられます」

もし……？　仮説……？　ずいぶん、曖昧《あいまい》なことを言うのね。そんなニュースって聞いたことないわ。そう思いながら晶子は、洗濯物を畳む。

どこからか子どもたちが遊ぶ声がする。いつもと変わらない日常の夕方と、アナウンサーの深刻な口調が、ひどくアンバランスに感じられた。

三月十三日の朝、「おい」という遼平の声で目を開けた。顔の前に電話の子機を差し出している。

「仙台からだ」

晶子はベッドから体を起こして、受話器を耳にあてる。

「ばぁば。ちさほだよ」

電話の向こうの弾むような孫の声で一気に目が覚める。

「ちさほ……あなた、だいじょうぶだったの？」

「うん。あのね。ちさほ、地震のとき、お友達と駅ビルにいたの。ものすごーく揺れたよ。びっくりした。ちさほはだいじょうぶだったんだけど、お友達がね、余震がくるたびにしゃがみこんじゃって……」

「まぁ……怖かったんだね」

「うん。だから、ちさほ、お友達の家までいっしょに帰ってあげたの。だけど、電車が止まってね。そこから歩いて帰ったんだけど。ちさほがなかなか帰ってこないからって、ママにすっごく叱られたよ」

「そうだったの……。ママもちさほが帰ってくるまで心配だったんだね。でも、けがもなくて良かった。じぃじもばぁばもだいじょうぶだから。ちさほ、えらかったね」

「……うん。だけど、中学の卒業式、いつになるかわかんないよ。お友達にあげるプレゼント買ったのに渡せるのかなぁ」

来月は高校生なのに、いつまでも小さな子どものように甘えたしゃべり方をする孫の幼さに苦笑しながら、ちさほが、自分と同じように他人の世話を焼いてしまうことが晶子にはうれしかった。

「こっちはみんな無事ですから。安心してください」

最後に電話に出た息子の妻の一言で、晶子の心に立ちこめていた不安の靄《もや》が、ほんの少し晴れたような気がした。

真菜のお産が始まったと、山口のクリニックから連絡が来たのは、三月二十日の午前中のことだった。中野のスイミングスクールも、暫定《ざんてい》的に、三月末までの休館が決まった。今から家を出てもお昼前にはクリニックに到着できるだろう。そう考えながら晶子は迷っていた。

自分の母親をすでに亡《な》くしているとか、何らかの事情を抱えた生徒の場合、出産を終えた後、顔を見に産院に行くことはあるが、お産に立ち会うことはほとんどない。

山口に連絡をくれと伝えたものの、おせっかい過ぎるかしら……と思いながら、冷凍室を開けて、小さなペットボトルに入れて凍らせた麦茶を保冷袋に詰める。そもそも、彼女にはお産に立ち会う人や、産後の世話をしてくれる人がいるのだろうか。

ふと思い立って、バッグの中に手を突っ込み、ハガキの束を探した。老眼鏡をかけ、一枚一枚めくりながら真菜を連れてきた雑誌編集者の名前を探す。木原弘美。里帰りして、無事に出産を終えたと、二カ月前に便りをもらっていた。

編集者らしい凝ったデザインのハガキの右下に、自宅と実家の住所が記されていた。自宅と里帰り先に電話をかけてみるが、何度かけても通じない。もう一度、住所を確かめてみる。福島県双葉郡……。原発のあるあたりじゃなかったかしら。突然、熱した砂を指で擦りつけられたような戸惑いが広がる。だいじょうぶ。だいじょうぶよ。そう自分に言い聞かせることになんの根拠もない。けれど、そう思わずにはいられなかった。

自分に気合いを入れるように、ふっ、とお腹《なか》に力を込め、晶子はバッグのジッパーを勢いよく閉めた。

「あぁ、平原さん……。まだちょっと時間がかかるかも。お母様もさっきお見えになったばかりで……」

顔見知りの助産師が、真菜のいる病室を教えてくれた。真菜の母である平原真希がいるのなら、自分の出る幕はないか。それなら挨拶《あいさつ》だけして帰ろうと思った。節電対策だろうか、薄暗い廊下を、真菜のいる病室に向かって歩いた。

三階の一番奥の部屋。失礼します、と言いながら、引き戸をそっと開けると、近くにいた一人の若い助産師が困ったような表情を晶子に向けた。中の様子は見えないが、奥から、女性の怒声が聞こえてくる。耳を塞《ふさ》ぎたくなるような声だ。

「これはどういうこと。あの、岸本の子どもでしょう。……まわりはみんな知ってたわよ。仕事が忙しいんだとばかり思ってたわ。家にも寄りつかないし。……半年会わないでいたら、いきなり出産、ってどういうことなの。……父親のいない子ども産んでどうするのよ」

自分が怒鳴られているわけでもないのに、ヒステリックなその声を聞くと、叱られた子どものように、体がすくんでしまう。

「高校のときだって、ママ、あなたが何してたのか知ってるのよ。いつ、どこで、誰とどうしたか、全部教えてくれた人がいるのよ」

矢継ぎ早に女性は怒鳴り続けているが、反論する声は聞こえない。

「あのとき……お金を、……お金をたくさん使ったのよ。その苦労なんかわからないでしょう」

「もうやめないか」

とりなす男性の声が聞こえたが、女性の怒りは高まっていく一方だ。

「やっと仕事が持ち直してきたのよ。そんなときに……」

部屋を間違えてしまったんだわ。

そう思い、引き戸の横にある名札をもう一度、確認しようとした。その時、晶子のほうにヒールの音が近づいてきた。お産をする場所には不似合いな尖《とが》った音だ。

すれ違いざま、その顔を見た。怒りでひきつった顔をしているが、確かに、料理研究家の平原真希だ。甲高い靴音を響かせて、廊下を歩いていく。続けて、部屋から慌《あわ》てて出てきた中年の男性がその後を追っていった。

晶子が部屋の中に入ると、奥のベッドの上で両手両足をついた真菜が、真っ赤な顔で荒い息を繰り返し、痛みに耐えていた。真菜の腰を助産師が手のひらで摩《さす》っている。

「平原さん、だいじょうぶ？」

晶子が声をかけると、真菜はゆっくりと顔を上げた。額を汗の粒で光らせ、黙って頷いたあとに、眉間《みけん》に皺《しわ》を寄せる。何度も目にしたことのあるお産の光景だ。けれど、真菜が耐えているのは陣痛の痛みだけではないような気がした。

「おまえの人生、このあと死ぬまでずっと茨《いばら》の道が続きますよーに」

分娩台《ぶんべんだい》の上で、寄せては返す波のように、周期的にやって来る陣痛に耐えている間、いつかミノルの言った言葉が真菜の耳の中で響いていた。

真菜は生まれてから一度も、大きな病気や手術をしたことがない。子どもを産むときには大きな痛みを伴うものだ、と頭ではわかっていたものの、その痛みの強さは真菜の想像をはるかに超えたものだった。この痛みが、茨の道が始まる合図なのかもしれないと思った。

「ちょっと内診しますね」

まだ二十代だろうか、女子高生のようなあどけなさが残る若い助産師が、開かれた両足の間を確認する。

「あぁ、もう頭が戻らなくなってる。もうすぐだね。先生呼んできますね」

張りのある丸い頬を光らせて、微笑《ほほえ》みながら助産師は出ていった。

出てきてはだめだ。この世界は終わり始めているのだから。痛みに耐えている間にも、ネットで見続けた画像の数々が頭をよぎる。津波に流された街、田畑、人。瓦礫《がれき》に埋もれた原発。真菜が子どもの頃から待ち続けてきた世界の終わりが、すぐそこにあった。

終わっていく世界に生まれてきてはだめだ。戻りなさい。真菜は今にも白分の体から出て来ようとしている生き物に語りかける。だめ。この世に来てはだめ。痛みは次第に強くなる。そのたびに、真菜は晶子の手を握りしめた。

「……すみません」

強い痛みに、思わず晶子の手の甲に爪《つめ》を立ててしまった。

「お産の最中にあやまる人なんていないわよ。年寄りの伸びきった皮膚なんて、そう簡単に傷つきゃしないから」

笑いながら額の汗を拭《ふ》いてくれた。

「先生……」

「なに？」

「……こんなに痛いのは……私のせいなんですかね」

晶子は眉間に皺を寄せて一瞬何かを考える顔をしたが、ふっと笑って握っていた真菜の手を軽く叩《たた》いた。

「何言ってるの。痛いのはみんないっしょ。ほら、これ飲んで。あともうちょっとよ」

そう言いながら、ペットボトルに刺したストローを真菜の口に近づける。勢いよく吸い上げると、冷たい麦茶がのどを滑り落ちていった。

いくらやさしくされても、この人のことがやっぱり苦手だ。

さっき、病室にいた母の怒鳴り声も聞いているはずだ。だから、この人は自分に同情してここにいるんだろう。晶子の手のひらは温かい、というより熱い。できればその手をふりほどいてしまいたかったけれど、お腹の底から突き上げるような痛みがわき起こるたび、命綱のように晶子の手を握りしめてしまうのだ。

下腹部が引きちぎられるような痛みに、時折、ふっと意識がかすむ。気がつくと、開いた両足の向こうに、年老いた医師が立っている。

「あともうひといきだな」

にこにこと笑いながら言う。

世界が終わるのに、どうしてこの人は子どもを取りあげようとしているのだろう。そう思った瞬間に、熱いかたまりが股《また》の間をぬるりと通り抜けていった。目の端から涙がこぼれる。感動して泣いていると思われたらいやだな。

「おめでとう」と言いながら、晶子が顔をのぞきこむ。

おめでとう？　本当にそうだろうか。うれしいわけがない。だって、この子はこんなに泣いている。この世界に生まれてきたことが悲しくて泣いているんだろう。助産師が抱えて見せてくれた血まみれの子どもに、産んでしまってごめんね、と真菜は心の中でつぶやいた。

「これ……さっき、お父さまが受付に預けてらしたみたいだね。お母さまは相変わらずお忙しいのね……花瓶に活《い》けようか」

晶子は顔が隠れてしまうくらいのカサブランカの花束を抱え、大きな紙袋を手に提げている。子どもを産んでから、なぜだかにおいに敏感になった。新生児特有の乳臭いにおいしかしなかった狭い病室が、瞬《また》く間に花の香りで満たされていく。ベッドのそばに重そうな紙袋を置いて、晶子は出て行った。

お産から二日経《た》っても、体の芯はどんよりと重い。それでもなんとか体を起こして、ベッドの上から紙袋の中身をのぞいた。モンブランで有名な銀座のケーキ屋の箱と、タッパーがいくつか見えた。

うんざりした気持ちで目を逸《そ》らし、真菜はベッドの隣のコットに寝ている子どもに目をやった。

標準よりもやや小さな女の子だった。昨日までは、念のため保育器に入っていたが、今日から真菜の病室で過ごすことになった。白い産着《うぶぎ》を着て、お地蔵さんのような顔で寝ている。かわいい、とか、愛《いと》おしい、という気持ちはまだわいてこない。母乳を与え、おむつを替えるだけで精一杯だった。

晶子がカサブランカを活けた花瓶を持って戻ってきた。サイドテーブルの上に花瓶を置いたあと、ふと、足下の紙袋に目をやった。

「あら、これ。生ものかな。……どうにかしたほうがいいわね」

紙袋を持ち上げて、中身を真菜に見せた。ケーキの箱と、タッパーをいくつか取り出す。タッパーの半透明の蓋《ふた》から、中身が透けて見える。トマト色の煮込み料理のようなもの、緑とオレンジはブロッコリーと人参《にんじん》だろうか。

「ケーキは……産後に食べると、おっぱいが張ってしまうからね。少しならいいけど。あ、でも、こっちのおかずは少しくらいならつまんでもいいんじゃないかしら」

晶子がタッパーの蓋をほんの少し開けようとする。

「食べません」

思わず尖った声が出た。

「タッパーに入ったものが、好きじゃないんです」

マタニティスイミングのクラスに通っているときも、そんな言葉を晶子に投げつけたことがあった。あのときだって、言ったあとに自分をひどく責めた。母よりも年上の晶子に、お産にまで立ち会い、時間を見つけては産院に来てくれる晶子に、そんなことを言いたくはなかった。

「そうだった。真菜さん、私のクラスでも食べなかったね」

「……すみません」

タッパーを見ると、たった一人で食事をしていた頃をどうしても思い出してしまうのだ。出産してから、なぜか母のことばかりが頭に浮かぶ。

母に言われたこと、母にされたこと。子どもを産んだ途端、完治していたはずの古傷に錆《さ》びたナイフを当てられたような気持ちになる。そのいらだちを晶子にぶつけるのは間違いだ、と頭では分かっていても、まるで実の母のように世話を焼いてくれればくれるほど、自分の中にある刺々《とげとげ》しい感情があらわになる。

「……いいのよ。産後なんだから、もっとわがまま言いなさい。このケーキは、助産師さんたちに渡そうか。おかずは、私が食べるね。平原真希の作ったものなんてなかなか食べられないもの。お手並み拝見ね」

わざとおどけながらそう言って、晶子は帰り支度を始めた。

「また来るからね」

春らしい薄桃色のストールを首に巻き付け、紙袋を手に、晶子は病室を出て行った。

家族でもないのに、あの人はなんだって……。真菜はため息をつく。母からも父からも、こんなふうにかまわれたことはない。テリトリーを無視して、晶子は自分に近づいてくる。その距離感の無さに困惑していた。

「もうだいじょうぶですから」

晶子の顔を見るたびに、その言葉を口に出すタイミングを、逸し続けていた。

「もう終わったな日本。おまえもさぁ、タイミング見て逃げ出したほうがいいぜ。俺、しばらく彼氏とカナダに逃げるわ」

ミノルはそう言いながら、出産祝いだ、と言って持ってきた、幼児ほどの大きさがあるテディベアをベッドに置いた。病室に入ってきたときから大きな白いマスクをしていたが、息苦しくなったのか、いつの間にか顎《あご》の下にずり下げている。

「風邪？　花粉症？」

「俺、被曝《ひばく》したくないんだよ。吸い込みたくないのよセシウムとか。浄水場からも出たからな。まずいよ」

ミノルが鞄《かばん》から出した新聞をベッドの上に放り投げた。葛飾《かつしか》区の金町浄水場の水道水。1キロあたり210ベクレルの放射性ヨウ素が検出。見出しの大きな文字が目に飛び込んでくる。

入院して以来、気にはなっていたが新聞にもネットにも目を通していなかった。子どもの世話でめまぐるしく時間が過ぎていき、そんな余裕もなかった。

「子どものミルクとかさぁ、やばいんじゃない。水道水で作ってたら」

そう言われて、ふと自分の胸元に目をやる。母乳を与えてはいるが、自分が食べたり飲んだりしたものが母乳になるのだから……。汚染された水でする沐浴《もくよく》は？　洗濯は？　食事は？　コップの水に一滴のインクを落としたように、みるみるうちに不安が広がっていく。

考えている間にもまた床が揺れた。地震なのか、めまいなのか、最近は自分でも判断がつかない。コットの中で子どもが声をあげた。真菜はベッドから出て抱き上げる。

「しっかし、おまえが母親とかさぁ。驚いたわ。いちばん虐待《ぎゃくたい》とかしそうなタイプじゃん」

ミノルが真菜の腕の中をのぞき込み、子どもの頬をそっと人差し指でつついた。

「なんで今さら産もうと思ったわけ。岸本のおっさんはどうせ逃げ回ったんだろ」

「……向こうは知らない。妊娠したことも、産んだことも」

ミノルが真菜の顔を見た。長くて濃い睫《まつげ》に縁取られたまぶたが、かすかに痙攣《けいれん》している。

「おまえ、一人でやろうとしてんの。子育てとか……だって、仕事とかどうすんの。

……あっ、そっか、平原真希の世話になるわけね。いいねえ、いいうちの子は」

「……あの人はお産の最中に大声で怒鳴り散らして帰ったよ。……元々、仲なんか良くないもの」

しばらくの間、子どもの顔を見て黙りこくっていたミノルが、ちょっと抱っこさせてもらってもいい？　と腕を伸ばしてきた。まだすわっていない首を支え、壊れものを扱うように、子どもをそっと抱く。

「私生児で、生まれてきた国は地震に原発かぁ……」

窓際《まどぎわ》に立ち、ミノルが歌うように言う。真菜は窓の外を見る。

三月の晴れた空。目には見えないけれど、毒のような放射性物質が浮遊して、雪のように降り積もっているのだろうか。セシウム。ベクレル。そんな言葉をこの子もいつか口にするんだろうか。

「名前、もう決めたの？」

振り返ってミノルが聞く。

「うん……絵莉菜《えりな》って」

ずっと前から決めていた名前をその日、真菜は初めて口にした。

「そっか。えりなちゃん……いい名前じゃん」

ミノルが頬ずりするように子どもに顔を寄せる。

「こんなろくでなしの母親のとこにどうして生まれてきたかねぇ。不憫《ふびん》だなぁ……」

絵莉菜が口をくちゅくちゅと動かしながら大きな声で泣き出した。

「あぁ、おっぱいかも」

真菜がパジャマの胸元のボタンを開け始めると、ミノルが慌てて絵莉菜を真菜に戻した。

「女ってさぁ……やっぱ怖いわ俺」

ミノルは授乳を始めた真菜から離れ、テディベアを抱っこして言った。

「なんかすっかり母親の顔してんじゃん。母親になって自分の過去とか上書き保存するつもりなんでしょ」

あぁ怖い怖い女は、とつぶやきながら、テディベアに顔を埋める。

「だけどさぁ、おまえほんとにだいじょぶなの？　子育てとか」

「なんとか一人で頑張ってみる」

その瞬間にまた揺れを感じた。ミノルが不安そうに天井を見上げる。一人で頑張ってみる、とは言ったものの、真菜には子育ての何が大変なのか、地震と原発事故に見舞われたこの国で子育てをするということが、どれくらい自分の心と体を消耗させていくのか、はっきりとわかってはいなかった。

産院から自宅に戻って、一週間が過ぎた。真夜中、絵莉菜に授乳をしながら、真菜はパソコンの画面を凝視していた。たくさんの情報に接すれば接するほど、心は迷う。テレビから流れるニュースが正しいかどうかなど、生まれたときから疑ったことはなかった。けれど、そんな自分でさえ、「ただちに健康に影響を及ぼすものではありません」と繰り返す無表情のキャスターを見ていると、ほんとうにそうだろうか、と疑いの気持ちが生まれる。

ネットの情報をたどると、さらにその先が見えなくなった。ドイツやノルウェーの気象機関の放射性物質の拡散予測、チェルノブイリやスリーマイル島の原発事故の動画、原子力を専門とする科学者たちの話。見れば見るほど、聞けば聞くほど混乱した。子どもや若い人ほど、放射能汚染の影響を受けやすい、という情報を目にしたときは、手の震えが止まらなかった。

世界が終わっていくのはかまわない。世界と共に自分が消えてしまってもかまわない。愚かなことをし続けた自分が放射性物質で汚染されてもかまわない。けれど、絵莉菜の体だけは汚したくなかった。

ふと、腕の中にいる絵莉菜を見た。乳房をくわえたまま、大きな目でこちらを見ている。パソコンの画面を見つめて、不安にかられているときも、絵莉菜は自分の顔を見ていたのかと思うと、ほんの少し申し訳ない気持ちになり、ぎこちなく笑いかけた。

授乳をすると、やたらに喉が渇く。真菜はテーブルの上にあったペットボトルの水を飲む。ミネラルウォーターの買い置きは、あと数箱あるが、ネットでは在庫なしの表示ばかりだ。

沐浴は大鍋《おおなべ》に沸騰《ふっとう》させたお湯を冷まし、それをベビーバスにうつして使った。沸騰させたところで、水道水が安全なものになるとは思えなかったが、給湯器から出たお湯に、絵莉菜をつからせるのには抵抗があった。

洗濯に使う水は仕方がないと自分を納得させたが、ベランダに干すのは怖くて、部屋の中に干した。自宅に戻って以来、窓はほとんど開けていない。

ネットで高性能の空気清浄機を捜した。気休めだ、と思ってはいても、買わずにはいられなかった。窓の隙間《すきま》も部屋の換気口も、新聞紙とガムテープで目張りした。

絵莉菜を取り巻く空気と水を少しでもきれいにしたかった。絵莉菜が唯一《ゆいいつ》口にする母乳を安全なものにしたかった。買い置きの玄米を炊《た》き、西日本の野菜を取り寄せ、食べた。

授乳やおむつ替えの合間には、部屋中の床を何度も水拭きした。そうでなくても夜中は頻回の授乳で起こされる。くたくたに疲れているのに、眠っていても常に頭のどこかが興奮していて、眠りは浅く、体は重い。

絵莉菜が寝ているすきに慌《あわ》ただしくシャワーを浴びると、ごっそりと髪の毛が抜けた。それが産後に起こる体の変化だとわかっていても、排水溝を覆《おお》う黒い髪の束が、不吉なものに見えてしかたがなかった。

外は少し歩いただけで汗ばむような陽気だったが、部屋に入った途端、さらにむっとする澱《よど》んだ空気に包まれた。廊下を進み、リビングに入る。南向きの窓の大きなサッシの四隅は、新聞紙とガムテープで目張りがされていた。その異様な光景に驚きながらも、晶子は息苦しさに耐えかねて、ガムテープを剝《は》がしていく。窓を開けると、入ってきた風がひんやりと心地よかった。

「開けないでください！」

振り返ると真菜が怖い顔でこちらに向かってくる。晶子が開けた窓を勢いよく閉め、鍵《かぎ》をかけた。

「でもねぇ、ちょっとこの部屋、空気が悪いと思うの」

晶子が最後まで言わないうちに、真菜はどさりとソファに座りこんだ。

産後の女性は多かれ少なかれ、疲れた顔をしているものだけれど、真菜の顔は中でもひどくやつれている。その時、寝室のほうから、泣き声が聞こえた。立ち上がろうとした真菜を、晶子は手で制した。

寝室の窓も目張りがされていた。薄暗い部屋の隅には空気清浄機の青いランプが光る。ベビーベッドの絵莉菜を抱き上げると、紙おむつが重そうにふくらんでいる。背中にじっとりと汗をかいている。そのままリビングへ行き、床のラグに寝かせて、おむつを開いた。股の間が赤く腫《は》れている。おしり拭きでさっと汚れを落としてから、洗面所に連れて行こうとした。真菜が不安そうに見上げる。

「ちょっと洗ったほうがいいね。かぶれると後が大変だから」

「……先生……このマンションの水道管から出たお湯を使うのは、やめてほしいんです。お鍋に一度沸騰させたお湯が入っているから……」

そう言ってキッチンのほうを指さす。言われるまま、赤ん坊を抱えてキッチンへ行くと、鍋がいくつも並んでいた。蓋を取ると、確かにガス台に載った鍋すべてにお湯が入っている。床にはミネラルウォーターのペットボトルが並び、洗い場の横にはポット型の浄水器が五個。どれも、いっぱいに水で満たされていた。

今は真菜の言うことに反論しないほうがいいだろう。そう直感した晶子は、リビングに戻り、絵莉菜を真菜に渡す。

「わかった。沐浴の準備するね」

そう言いながら、ブラウスの袖《そで》をまくった。

人肌になっている鍋の湯を、浴室の床に置いたベビーバスに注いでいく。鍋の重みがずしっと腰にかかる。こんなことを産後の体で毎日やっているのかしら。

裸にした絵莉菜の体にガーゼをかぶせ、そっとお湯につけた。入れた瞬間、ほんの少ししかめっ面《つら》をしたが、しばらくすると、気持ちよさそうに手足を伸ばす。絵莉菜は産院で見たときよりも、手足がぷくぷくとして、赤ちゃんらしさが増している。

こうやって毎日一人で沐浴させてたら、しんどくもなるわね。そう思いながら、晶子は両手鍋の残り湯で、きれいになった絵莉菜の体を流した。

「おっぱいあげててね」

着替えをすませた絵莉菜を真菜に預ける。

「あのね。今日はタッパーに入れたおかずじゃないわ。野菜もしっかり洗って使うから。あなたの用意した水でね」

不安げな顔で授乳している真菜をソファに残して、晶子はキッチンで食事を作り始めた。

冷凍庫を開けると玄米ご飯が一食分ずつ冷凍されている。それをレンジで温め、青菜と鮭《さけ》と豆乳を入れた雑炊を作った。副菜はアスパラガスの白あえと、千切りにんじんとツナのサラダ。瞬く間に作り終え、ダイニングテーブルに並べた。

「冷めないうちに、ほら、ね。絵莉菜ちゃん抱っこしてるからゆっくり食べて」

れんげですくった雑炊に真菜はゆっくりと口をつける。その目が一瞬、ほんのりと光を帯びたような気がした。

「……あったかいです」

「まだあるから……。たくさん食べなさいね」

お腹に何も入っていなかったのか、真菜は早いペースで雑炊を口に運ぶ。

おいしい、とは決して言ってくれないけれど、タッパーに入れたおかずみたいに、食べたくない、とはっきり言われるよりはいい。せわしなくれんげを口に持っていく真菜を見ながら、晶子は自分をなぐさめた。

雑炊を二杯食べ終えた真菜の頰がほんのり赤く染まっている。言うなら、お腹がいっぱいになった今だ、と晶子は思い切って口を開いた。

「あのね、真菜さん……私の家に避難してこない？」

真菜が顔を上げる。

「地震の日からおせっかいばかりやいて、あなたが嫌がってるのも知ってる。だけどね、私、目が離せないの。あなたがしたいように、できるだけやってあげる、私の家で。一日暇にしてる主人もいるから。……こんな状況でしょ。一人で食事も作って育児もして、そんな生活続けてたら、絵莉菜ちゃんと共倒れになっちゃうわ……」

真菜は口を開かず、晶子の顔をただ見ている。かすかに眉間に皺が寄る。

「あなたのお母様の代わりができるとも思ってないわ。だけど、絵莉菜ちゃんと二人だけでここにいるのはよくないと思うの。……体がもうちょっと回復するまで、ね。そうしたらすぐここに帰ってくればいいんだから。二日でも三日でもいいのよ」

目を伏せた真菜はやはり黙っている。否定の言葉を口にしないのだから拒否しているわけじゃないんだわ。晶子は畳みかけるように言った。

「明日の朝、車で迎えに来るわ。あ、そうだ、カメラも忘れずにね。うちの夫と真菜さん、多分、話が合うわ」

まるで、この親子を誘拐しようとしているみたいだと、あまりの差し出がましさに、晶子自身が驚いている。その気持ちを誤魔化すために、わざと舌を出して、絵莉菜におどけた顔をして見せた。

車窓から、もうすぐ満開になりそうな桜の木が見えた。すっきりと晴れた春の空に、白に限りなく近い薄桃色の花のかたまりがよく映える。

地震や原発事故があっても桜は去年と同じように咲いている。戦争が終わった年の夏と同じだ。街が焼け野原になっても、食べるものがなくても、青空が広がり、蟬《せみ》時雨《しぐれ》が聞こえることに、十歳の晶子は自然のたくましさを感じた。

食べたいものをお腹いっぱい食べる。やりたいことを全部やる。自分の住む世界をよくしていく。際限なく膨らむ自分の夢や希望を、どこまでも広がる青空や、うるさいほど鳴く蟬の声が応援しているようだった。

けれど、今は、あのときの気持ちとはまったく違う。大きな津波で街や人が消えても、それでも桜は何事もなかったかのように咲いている。それがひどく残酷なことに思えた。

地震も原発事故もいつ収まるのか、誰にもわからない。自分の軸足をどこに置いていいのかがわからない。そんな場所で、子どもを持つ親や妊婦が生活するのは、なんて酷なことなんだろう。

鞄の中に手を入れると、マタニティスイミングのクラスの生徒たちが送ってくれたハガキの束に触れた。出産直前までクラスに通った生徒の出産報告だった。「無事に生まれました！」という躍るような文字に、「東京を離れます」という一文が添えられたハガキも、ぽつり、ぽつり、と混じるようになった。

出産報告はとうにもらっていたのに、「沖縄に避難します」と書いてきたのは、真菜と同じ時期にクラスに通っていた雑誌編集者の木原弘美だ。避難、という言葉は晶子にどうしても学童疎開《そかい》を連想させる。あのとき、敵の爆弾の落ちてこない場所に子どもたちは逃げた。食べ物もない、親と離れた生活。自分の子どもや孫には絶対にさせたくないと思っていた。それと似たような体験を自分の生徒たちがしている。焼夷弾《しょういだん》は降ってこないし、食べ物もあるけれど、今は戦争中と同じなのだ。けれど、敵の姿が見えないことが、何より不気味だった。

真菜と木原弘美がどれくらい親しい関係だったのかはわからないけれど、同じように赤ん坊を抱えた知人が、東京からいなくなった、と知ったら、ちょっとショックかもしれないわね。ぼんやり考えながら、改札口を通り抜けた瞬間、幼稚園くらいの女の子に軽くぶつかった。

「あら。ごめんなさいね」

マスクをし、背中に赤いリュックを背負った女の子が見上げる。手を引く母親も顔半分が隠れるようなマスク姿で大きなトランクを引いている。頭を下げた晶子に軽く会釈《えしゃく》を返すと、改札の向こうに消えて行った。

あの親子も避難するのかもしれないわねぇ。ホームの向こうに小さくなっていく親子の背中を見ながら晶子は思った。


「空気と水のこと、とても心配しているの。産後だから特にね。落ち着くまでは彼女のやりたいようにやらせてあげてほしいの」

その日の夜、頭を下げた晶子の顔を見て、遼平は、

「おまえが神妙な顔で頭下げるときは、俺に反論する余地はもうないんだよなぁ」

と笑いながら言った。

翌日、真菜と絵莉菜は横浜の家にやって来た。

「汚くて古い家よ。あなたの育った家とはぜんぜん違うでしょうけど」

絵莉菜を抱いた真菜は、物珍しそうに部屋の中を見回した。長男が使っていた二階の部屋を、遼平は二人のために、丁寧に掃除してくれていた。窓には真菜の部屋と同じように目張りがされている。手先の器用な遼平が短い時間でやってくれたのだ。

「……すみません」

それを見て、真菜が小さな声で言った。

「あなたがここですることは、体をしっかり休めることよ。してほしいことはなんでも言ってほしいの。……ま、とりあえず、下でお昼でも食べようか」

日の当たるリビングの窓にも、しっかりと目張りが施されていた。真菜が食事をしている間に、晶子は絵莉菜を沐浴させ、おむつを替え、肌着とベビーウェアに着替えさせた。

「生まれたての赤ん坊はかわいいもんだなぁ……」

真菜の前に座った遼平がしみじみと言う。

「見てるだけなら、いくらでもかわいいわよね」

軽口を叩きながら、晶子は真菜に目配せする。真菜の口元がかすかに笑ったような気がした。

「あの……すみません。私……」

遼平に向き直って、真菜が頭を下げる。

「いやいや。君のほうが被害者だよ。この人のおせっかいにつきあわされてさぁ。……だけど、君がカメラマンだっていうから。同業者が困ってたら、そりゃ俺だって放ってはおけないよ。……カメラ持ってきたんだろ。あとで、ゆっくり話しような」

目を細めて、遼平が笑う。会社を定年退職して以来、夫のそんな笑顔を見るのも、晶子にとっては久しぶりのことだった。

「ほらほら、じぃじにも抱っこしてもらおうか」

晶子は絵莉菜を遼平の腕に預けた。今にも眠りそうな小さな体を、遼平が腕の中でゆっくりと揺らす。

「抱っこ……お上手ですね」

真菜がつぶやくように言う。

「自分の子どもだって、こんなふうに抱いたことはなかったよ」

そうそう、と晶子が、遼平の言葉にあいづちを打つ。

「仕事、仕事で、子育てなんて、なーんにも手伝わなかった。テレビのロケで、長い間、家を空けることも多かったから、帰るたびに、子どもが大きくなっててさ。育てたのは俺じゃなくて、この人なんだから。まぁ、あの頃の男なんてみんなそんなもんだけど。なんでも女房まかせで」

「そうよ。女手があれば、なんとかなるのよ。子どもが死にそうなときだって……」

晶子は部屋の隅にある飾り棚に目をやる。古いモノクロの写真を引き伸ばして飾っていた。布団《ふとん》に横になった耕平の写真だ。

「お子さんを……？」

　真菜が尋ねる。

「一人は生まれてから亡くして、もう一人は妊娠中にだめだったの。ほんとだったら、四人の子持ちだったのよ。……生きてたら、もう立派なおじさんよね。二人とも」

　うとうとしていた絵莉菜が、遼平の腕の中で声をあげた。

「あ、おっぱいかも……すみません。二階であげてきます」

　そう言って真菜は子どもを抱え、部屋を出て行った。

　背中を見送ってから、晶子はもう一度、飾り棚を見た。耕平の写真の隣には、もう一枚、赤ん坊の写真が飾られている。自分の子どもではない。マタニティスイミングに通っていた生徒の子どもだ。晶子の手帳にいつも挟まれている桃色のベビーウェアを着た赤んぼうの写真。

　同じことは繰り返したくない。あの子の写真をあんなふうに飾ることだけは絶対にしない。晶子は改めて誓った。

「テレビの草創期に、俺たちカメラマンに仕事を教えてくれたのは、映画畑の人だったのさ。映画の世界って、徒弟制だろ。物覚えが悪いと、下駄《げた》で頭をパコーンと叩かれてさ」

「今だってカメラマンの世界は同じですよ。……私もよく師匠に物を投げつけられました」

古いアルバムを広げて、遼平が笑っている。仕事の話は真菜には退屈なんじゃないか、という晶子の心配をよそに、うれしそうに耳を傾けている。

ダイニングテーブルに座った二人の話を聞きながら、晶子は台所で夕食の後片付けをしていた。絵莉菜は真菜の腕の中でおとなしく眠っている。

「だから、昔のテレビは、映画みたいに引きの絵が多かったんだ。今は、ドラマでもなんでも、顔のアップばっかりだろ。それをハイビジョンで見せられたら、なんだかグロテスクな感じがしちまうんだよなぁ……」

「もう、そのくらいにしたら。真菜さんだって疲れちゃうわ。あなたに気を遣って聞いてくれてるのよ」

話が終わらない二人をそのままに、後片付けを終えた晶子はソファに腰をかけた。テーブルに置かれた雑誌を開く。ライターをしている生徒が送ってくれたものだ。ぱらぱらとページをめくっていくと、「愛は胃を通っていく」という大きな見出しと、見覚えのある顔が目に飛び込んできた。平原真希だ。

こうして見ても、やはり真菜と、うりふたつだ。彩《いろど》りよく盛りつけられた料理の皿を前に、エプロン姿の平原真希が、やさしそうな顔で笑っている。

その記事を見ながら、晶子は真希が産院に持ってきたタッパーを思い出していた。真菜が食べない、と言った料理を家に持ち帰り、口にしたのだ。晶子が買ったこともないようなスパイスをふんだんに使ったロールキャベツとひよこ豆のサラダ。確かにおいしかった。

「手間暇かけて料理をすることは、家族への愛情表現でもあるんですよ。私も娘に、その愛情を伝えたいと思っています」

そう。そのとおり。平原真希の言うとおりだ。でも……。

「嘘《うそ》ばっかり……」

いつの間にか後ろに立っていた真菜が冷たい口調でつぶやいた。遼平はトイレにでも立ったのか姿がない。お母様にそんなこと言ったらだめよ、と言いかけたけれど、無表情な真菜の顔を見て、口を閉じた。そして、心のどこかで、真菜の言うとおりかもしれない、と晶子は思っていた。

「ほんとうになんのトラブルもなく、よく出るわね。真菜さん、お産も軽かったし」

リビングのソファで絵莉菜に授乳をしていると、部屋の隅でアイロンを掛けていた晶子が言った。

真菜たちがこの家に来てから、晶子は真菜と絵莉菜の洗濯物だけ、室内に干していた。厚手のベビーウェアなどは、晶子が一枚一枚、アイロンで乾かしてくれる。

「基本的に体が丈夫にできているのよ。お母様が作った料理を子どもの頃から食べているから。多分、体力も抵抗力もあるのよね」

確かに晶子の言うとおりかもしれない。生まれてから今まで、大きな病気をしたこともない。高校生の頃、不特定多数の男と寝ていたときだって、一度も性感染症にかからなかった。もし、それが母の料理のおかげだとしたら、母に感謝をすべきなのかもしれない。そう頭で思っても、心はまた冷えていく。

毎日三度、晶子は食事を用意してくれた。母の料理のように、凝った香辛料や、名前もわからないような食材を使うわけでもない。どこにでも売っている食材で、バランスよく、彩りもよく、そして、しみじみとおいしかった。

テーブルにつくと、温かな料理が並んでいる。湯気の立つ卵とトマトのスープ、中華鍋から皿にあけたばかりのイカとセロリの炒《いた》め物。

「できたてだから、すぐ食べなさい」

食事のたびに晶子はそう言い、絵莉菜を抱っこして、真菜に先に食べさせようとした。遠慮がちに箸《はし》を動かす真菜の前で、遼平は、カメラマン時代の話を聞かせてくれる。時には、食事中でも遼平の写真を見せられて、意見を求められることもあった。面倒だなと思いつつも、自分を一人のカメラマンとして認めてくれているようでうれしかった。

真菜はただ、絵莉菜の面倒をみていれば良かった。家事を手伝おうとすると、

「家に帰ったら全部自分でしなくちゃいけないんだから。この家にいる間は甘えていいのよ」

と晶子は笑いながら言った。

晶子の家は、温かく、居心地がいい。けれど、ここに長くいればいるほど、自分の中にざらりとした、手触りの悪い、扱いにくい感情が日々生まれてくる。

晶子の温かい料理を食べれば、母の作ったタッパーに入った料理をチンして食べたことを、どうしても思い出す。晶子と遼平と、にこやかに話していると、誰もいない広い家でたった一人で過ごした夜を思い出してしまう。

見ず知らずの他人である自分を、ここまで面倒をみてくれる晶子と遼平には感謝している。けれど、この家にいると、これがほんとうの家族なんだと言われているよう

な気になる。居心地の良さを感じれば感じるほど、自分のどこかが、硬く、縮んでいくようなのだ。

晶子の家に来てから、一週間以上が経っていた。食事と睡眠をきちんととっているからだろうか、今まであっためまいやふらつきもなくなった。体力が元に戻るにつれ、自宅にいつ戻ろうか、と考え始めていた。いつまでも晶子の世話になっているわけにはいかない。

産後一年は仕事をしないでも食べていけるだけの蓄えはあった。一歳になったら保育園に預けて、仕事を再開する予定だった。けれど、地震と原発事故によって状況がどう変わるのかがまったく見えてこない。

ミノルだけでなく、ほかの知り合いのカメラマンやデザイナーからも、西日本や沖縄に避難した、というメールが携帯に届いていた。雑誌や広告の仕事で食べていくことを考えると、真菜には東京で生活する道しかない。けれど、運良く、保育園に入れたとしても、絵莉菜が放射能にまみれた園庭で遊んだり、給食を食べることが耐えられなかった。

じゃあ、どこへ行けばいいのか。自分と絵莉菜が暮らし、仕事をする場所……どこに生活の場を求めたらいいんだろう。本当のことを言えば、仕事はおろか家の外に出ることも怖かった。

「天気のいい日は、絵莉菜ちゃん抱っこして日光浴してもいいのよ」

晶子に言われても、生まれたての絵莉菜に外の空気を吸わせることに、とてつもない恐怖を感じていた。

寝起きしている二階の部屋、目張りした窓から下の庭を見た。晶子と遼平の洗濯物が物干し竿《ざお》に揺れている。家の前の道を、幼稚園くらいの子どもの手をひいた母親が、片手でベビーカーを押して歩いて行く。自分にはあの母親のようなたくましさがない。そんなふうに怖じ気《おけ》づいている自分が、仕事に出かけ、絵莉菜を保育園に送り迎えできるとは到底思えない。

一人で育てていけるのだろうか……。覚悟をして産んだはずなのに、産んでしまったあとに、そんなことを思う自分を真菜は恥じていた。

「あらあら。ずいぶん厳戒態勢なのね、この家。思い出すわー、戦時中のこと」

晶子の家にやってきたその人は、リビングに入るなり、目張りした窓を見て、大きな声で笑った。

体を包むようなゆったりとした真っ黒のワンピース。白髪の交じった髪の毛をボブに切り揃《そろ》えて、深紅に近い口紅をさしている。晶子の小学校時代の同級生らしいが、外見も、着ている洋服も、晶子とはまったく違う。

「こっちで打ち合わせがあったから、中華街に寄ってきたのよ。地震だ、原発だ、って熱海の山奥にこもってると、気持ちがくさくさしてくるからね。だけど、中華街もずいぶん人が少なかったわ。ゆっくり遊べて良かったけどね。はいこれ」

中華料理店の名前の入った派手な紙袋をテーブルに置く。

「あぁ……あなたが真菜さん。晶子から聞いてるわ。平原真希のお姫様、預かってるって。私、料理番組の台本も書いてたからね。何度かお会いしたことあるわよ」

そう言って、真菜に名刺を渡した。脚本家、桜田千代子。住所は静岡県熱海市。歯切れのいい物言いは、真菜が今まで仕事をしてきたスタッフたちと、どこか似た雰囲気がある。

「大変よねぇ、あの人も。平原真希から逃げてこの家に来たんでしょ」

「ちょっとちょっと、変なこと言わないで……」

慌《あわ》てる晶子を尻目《しりめ》に、千代子はダイニングテーブルの上に、中華街で買ってきたものを広げた。

「ほら、食べましょう。真菜さんも」

慣れた様子でキッチンに入り、お茶の準備を始めようとする。

「あら、ペットボトルの水もこんなに……。お姫様預かると大変ねぇ」

床に置かれたペットボトルの箱を見て、千代子があきれたような声を出す。

「すみません私。名刺を持ってくるの忘れて……」

千代子に近づき頭を下げると、湯呑《ゆの》みを並べながら晶子が言った。

「真菜さん、カメラマンなのよ」

「あら、じゃあ遺影の撮影をお願いしようかな」

「縁起でもないこと言わないで」

千代子を晶子がたしなめる。

「この人、昔はこんなんじゃなかったのよ。深窓の令嬢でね。頭もいいし、美人で」

話しながら晶子が手土産の月餅《げっぺい》や中華風蒸しパンを皿に並べた。

千代子が蒸しパンを手でちぎりながら笑って言う。

「アメリカに負けたばっかりに。戦後は頼れるものがなくて必死だったわよ。落ちてるものだって拾って食べたわ。……あら、甘いもの嫌い？」

真菜はお菓子に手をつけていなかった。

「少しは食べたら……。おいしいわよ」

千代子が大きな目で、じっと真菜を見つめている。その強い視線に耐えきれず、蒸しパンを手に取り、小さくちぎって口に入れた。

「小鳥じゃないんだから……。聞いてたとおり、本当にお姫様なのねぇ」

千代子が二個目に手を伸ばす。

「そんなんで子どもを育てていけるの。子育てって、あなたが考えているより、ずっと大変よ。ま、私は経験ないけどね……」

あきれたように言う千代子の顔を、晶子が不安げに見つめる。

「でも、育てられなくなったら、赤ちゃんポストに入れるか、この人に預けるのね。親がなくても子どもはちゃんと育つらしいから。安心して」

二階から泣き声が聞こえてきた。

「ほら、真菜さん、絵莉菜ちゃん、泣いてるわよ」

天井を見上げながら、急《せ》かすように晶子が言う。

「お菓子、ごちそうさまでした」

二人の顔を見ないまま、逃げるように二階に上がった。

自分が不安に思っていたことを千代子に言われて、真菜には返す言葉がなかった。

千代子の言葉に傷ついたと嘆くほど自分は若いわけでもない。けれど、親の資格がないと言われたようで、子育ては自分には無理なのか……と弱気になる。

腕の中で、絵莉菜は真っ赤な顔をして母乳を飲んでいる。さっき食べた蒸しパンは、放射能で汚染されていなかったろうか、とつい考えてしまう自分が嫌になる。その不安と一生つきあっていくのかと思うと、また、暗いものが胸の中に広がっていく。

大人になった絵莉菜は自分を責めるだろう。

空気も水も食べ物も汚染された場所にどうして。健やかに、安全に、生きることが約束されてない時代に、なぜ自分を産み落としたんだ、と。自分だけでなく、これから子どもを持つ親は、必ずこの言葉をつきつけられる。

セックスして、妊娠したから、子どもを産む。そんな当たり前のことが許されなくなる。親になる資格や、親でいられる資格は、この国に住む大人たちから永遠に剝奪《はくだつ》されたんだ、と真菜は思った。


夜中の授乳を済ませたあと、ペットボトルの水を飲もうと、一階に下りていくと、キッチンのガス台の前に晶子が立っていた。甘いにおいがたちこめている。足音に気がついた晶子がこちらを振り返った。

「大豆の甘煮《うまに》よ。これは北海道の去年の大豆だから、放射能の心配はないと思うけど……ちょっと味見してみる？　熱いからよく冷ましてね」

　ふっくらと煮えた大豆を小皿にとり、渡してくれた。

「今日、悪かったわね」

「……いえ」

　真菜はスプーンに載せた大豆を口に入れた。ほのかな甘味が口の中にふんわりと広がっていく。

「戦時中にね、母がお手玉に入れてくれたのよ。炒《い》った大豆をね。それを隠れてぽり囓《かじ》って……。でも、大豆はまだいいほうね。薬も食べたのよ、私と千代子さん」

「薬……ですか？」

「軽井沢の寮に疎開してたときね、千代子さんのお母さまが娘の体を心配してメタボリンっていうビタミン剤を持たせたの。ほのかに甘いのよ。それをね、お菓子代わりに、飴《あめ》みたいに舐《な》めて。おなかが空《す》いていたからねぇ、つい囓ってしまうのよ。まだゆっくり舐めてる友達をうらめしそうに見たりして」

　鍋をかき混ぜながら、おかしそうに晶子が言う。

「私たち、その頃まだ、食べ盛りの十歳よ。だから、私や千代子さんが、食い意地はってるのは仕方ないのよね。どんなときだって食べられるかどうか心配だし、食べてない人がいると気になって仕方ないのよ。死ぬまでこの性分は直らないわね。千代子さんも悪い人じゃないのよ。だから、あの人の言ったこと、あんまり気にしないでね」

「わかってます……」

真菜がそう言うと、夜になって急に強くなった風で、流し台の上にある窓がカタカタと揺れた。

「あのね、真菜さん」

晶子が鍋に蓋《ふた》をし、ガスの火を止めた。エプロンをはずして真菜に向き合う。

「あなたが出産したクリニックの院長先生、私、昔からお世話になっていてね。……あなたがここにいること、電話で伝えておいたのよ。ほら、絵莉菜ちゃんの一カ月健診とか、あなたの産後健診とか、もうすぐあるでしょう。あなたの自宅に連絡がいっても困るじゃない。……それで、院長先生が言うにはね、あなたのお父様から何度かクリニックに連絡があったらしいの。居場所を知らないかって。ここにいること、ご実家には伝えてないのよね？」

晶子の言葉に真菜は頷《うなず》く。

父や母は自分の出産を喜んでいない。そう思ったから、退院した後は、一度も実家には連絡していなかった。

「この家にいる間にね、一度、お父様だけでも来ていただいたらどうかしら。お父様だって、孫の顔は見たいでしょう……」

「…………」

黙っている真菜に晶子は畳みかけるように言う。

「お父様と二人だけで会うよりいいと思うの。私はあなたの家の詳しい事情は知らないし、失礼なことを言うようだけれど、お母様よりお父様の方があなたの力になってくれるような気がするのよ。あなたが自宅に帰ったとき、助けてくれる人は一人でも多いほうがいいんだからね……」

晶子は畳んだエプロンをダイニングテーブルの上にそっと置いた。

「先生……」

真菜の声に晶子が顔を上げる。

暗い照明の下で、晶子の顔の影が濃くなってひどく疲れているように見える。それは多分、自分と絵莉菜のせいだ。ずっと思っていたことが、ふいに口をついて出た。

「先生はどうしてそんなふうに……人の世話を焼くんですか？　私が自宅に帰ったあとのことまで、どうして心配するんですか？」

一度、口を開いたら止まらなくなった。

「先生にとって、私はただの生徒でしかないじゃないですか。しかも、先生のクラスにまじめに通っていたわけじゃないです。先生が作ってきたものも、食べたくないって突っぱねた生徒です。……どうして、私をそんなにかまうんですか？」

晶子の指がダイニングテーブルの縁をゆっくりと撫《な》でている。少し迷ったような顔をしたあと、晶子は口を開いた。

「昔ね……あなたみたいな生徒が一人いたの。ご実家と折り合いが悪くてね。産後に彼女を手伝ってくれる人は誰もいなかったのよ。ご主人もお仕事が忙しくて……」

風がさっきより強くなった。流し台の上の窓に激しく揺れる木々の影が映っている。

「産後の体調も悪かったし、子どもの体重の増えも良くなくてね。……彼女といっしょに通っていた生徒からその話を聞いて、一度だけ様子を見に行ったことがあるの。でも、あなたと同じよ。……ううん、あなただけじゃないわ。家の中に家族以外の誰かが入ってくること、今の人は誰だって嫌がるわよね。私みたいな図々《ずうずう》しい人間が入り込んでくるのは、特にね……。彼女も一度は家に入れてくれたけど、そのあと訪ねたときは入れてもらえなかったわ」

三月十一日。

突然、晶子がやってきたときのことを真菜は思い出していた。うっかり鍵をかけ忘れた部屋にいきなり晶子は入ってきたのだ。もし、ドアに鍵をかけていたら、いくらチャイムを鳴らされても晶子を決して家の中には入れなかっただろう。

「たった一人でがんばっていたのよ。ずっとね。でも、耐えきれなかったのね……彼女はある日、なかなか泣き止《や》まない子どもを洗濯機の中に入れてしまったの……」

そう言いながら部屋の隅に目をやる晶子の視線を、真菜は追いかけた。飾り棚の上には、絵莉菜と同じくらいの生まれたばかりの子どもの写真があった。

「子どもの泣き声がうるさいって、隣の人から何度か苦情があったみたいなのね。……彼女はそれをとても気にして……。すごくまじめな人だったから。その事件があったときは、週刊誌なんかで、ずいぶんひどい報道もあったのよ。……鬼畜だ、鬼母だって……書かれてね」

晶子の話を聞きながら、真菜は飾り棚の上にある子どもの写真を見つめ続けていた。

「……かわいい子でしょう。彼女が撮って送ってくれたものなのよ」

女の子だろうか、桃色のベビーウェアを着た子どもが、こちらを見て笑っている。絵莉菜も最近、あんな顔をすることがある。

あやされて、うれしくて笑っているわけではなくて、ただ筋肉が収縮してこういう顔になるのだと、出産前に読んだ育児書に書いてあった。それでも、絵莉菜のその表情を初めて見たときは、睡眠不足や頻回にあげなければならない授乳のつらさなど、一気に吹き飛んだような気がした。

一瞬の表情を写真に残そうとした母親と、自分の子どもに手をかけた母親が、真菜には、どうしても同じ人物には思えなかった。

「彼女が悪いわけじゃないわ。生まれたばかりの子どもと二十四時間、二人きりでいたら、誰でもおかしくなるものよ。どんなに理性的な大人だって。……真菜さんも少しはわかるでしょう?」

真菜は頷いた。

自分の家に来ないか、と晶子に言われるまでの毎日、誰とも一言も話をしなかった。一日中、まだ、睡眠や授乳のリズムの整わない絵莉菜の世話に追われた。泣き止まない絵莉菜を抱き続け、やっと眠ったと思いながら、ベッドに寝かせると、再び、泣き始める。絵莉菜を抱いたまま、ソファでうとうとしたこともあった。自分の食事や入浴すらままならない。浅い、断続的な睡眠しかとれないので、常に頭痛がした。自分しか絵莉菜の面倒を見る人がいないし、それをやるのは当然だ、と頭でわかっていても、突然叫び出したくなる衝動にかられることがあった。

「……少し、寒くなってきたわね」

晶子が真菜に椅子《いす》をすすめ、自分も座った。ダイニングテーブルのそばにあった小さな電気ストーブを点《つ》け、真菜の足下に向けた。

「泣き止まない子どもを抱っこして、真夜中にマンションの踊り場であやしたり、シャッターの下りた商店街を歩いてる彼女を見かけた人もいるのよ。……だけど、みんな見ていただけ。頼る人のいない彼女に声をかける人は一人もいなかったの。彼女はほんとうに一人ぼっちだったのよ」

晶子が立ち上がり、やかんにペットボトルの水を入れて、火にかけた。

「あの子が亡《な》くなったのはね、私に責任があるの……」

背を向けたまま晶子が言う。

「……私が殺したようなものだと思っているわ」

ガスの燃える音と換気扇が回る音で晶子の声が聞き取りにくくなる。真菜は立ち上がり、晶子に近づいた。

「……先生、でも……何も、そこまで……。先生はただ、その人に水泳を教えただけじゃないですか」

晶子の小さな肩がかすかに震えている。

「自分の生徒はね、自分のクラスに来てくれた生徒は、私にとっては、自分の娘みたいなものなのよ。……うるさがられても、嫌がられても、私は彼女にしつこく声をかけるべきだったと、今でも思っているの」

ガスの火を消して、晶子はティーポットとマグカップを用意した。

「眠れなくなるといけないからね。カモミールティーでいいわね」

真菜は頷く。こちらを見た晶子の目がかすかに赤い。

「彼女が洗濯機に子どもを入れて、スイッチを押すまでに、私にはできることがあったはずなの……。それに、彼女と子どもを密室に閉じ込めたのは、私の……私たちの世代のせいだ、って思うこともあるわ」

茶葉をポットに入れ、やかんのお湯を注いだ。

「私たちが欲しがったの。家族だけの家を。そこで、子どもを育てたかったのよ。誰にも干渉されずに家族だけでね……」

カモミールの甘い香りが広がる。

「私の生まれた家は質屋でね。兄が三人もいて、店で働く人も同居してて、大家族で育ったのよ。賑《にぎ》やかで楽しかったけど、一人になりたい、って思うことも多かったわ。夫の転勤で今にも倒れそうな、ぼろぼろの舎宅で暮らしたこともあるのよ。……だから、うれしかったのよ。また、こっちに転勤になって、団地で暮らし始めたとき。窓はサッシで、すきま風なんて少しも入ってこないし、お湯だって使い放題。家族だけで入れるお風呂《ふろ》もあるんだもの。……今なら当たり前の、そんなことがほんとうにうれしかったのよ」

晶子がマグカップにお茶を注ぎ、真菜に手渡した。カップのぬくもりが手のひらに伝わる。

「私はね……そのとき自分が喜んで手にいれたものの先に、鍵《かぎ》のかかるカプセルみたいな密室で、たった一人で育児して、苦しんでる母親たちがいるんだって思ってるの……。だからって、昔の生活に戻れなんて今さら言っても無理だけどね。……でも、今、何気なく選んだことが未来を決めちゃうってことは確かにあるのよ。真菜さんには、まだわからないかもしれないけどね……」

晶子がマグカップを手にしたまま、椅子に座る。真菜もテーブルの向かいに座った。

何気なく選んだことが未来を決める。晶子の言葉が自分のなかに深く沈んでいく。自分が今、無意識に選んでいる何かが、絵莉菜の生きる未来を狭めることになるとしたら……。

「まぁ……私みたいに、残りの人生が短いと、そんなことも考えちゃうのよ。大変な戦争も経験したけれど、命は残ったわ。結婚もしたし、子どもも産んだ、仕事もした。

自分の人生、やりたい放題、楽しく生きたんだもの。……せめて、自分と縁のあった生徒とその子どもには、つらい思いをしてほしくないの。ただ、それだけなのよ」

そう言ったあとに、もう一度、晶子は飾り棚の上の写真を見つめた。真菜も目を向けた。

赤ちゃん用の布団に寝て、手足を伸ばしている小さな女の子。じっと見ているうち、ファインダー越しに、この子を見つめていた母親の視線に自分の視線が重なっていくような気がした。

「先生……」

「ん？」

向き直り、晶子が真菜の顔を見る。

「……私、こんなふうに誰かの話を聞いたことがないんです……」

「…………」

「つまりその……先生みたいな、自分よりずっと年上の誰かの話とかを……」

「……お父様や、お母様の？」

晶子の言葉に真菜は黙って頷いた。

「……確かにそう。自分の親とじっくり話す機会なんて、なかなかないものね……」

晶子が言葉を続ける。

「私の勝手な持論だけどね。子どもが生まれたときって、親とじっくり話せるいい機会だと思うのよ。親とうまくいってない人は特にね。だから……おせっかいついでに、もう一度言うけど、ここにいる間に、お父様に来ていただかない？　ただ、絵莉菜ちゃんの顔を見せるだけでいいんだから。だいじょうぶよ」

晶子がいたずらっ子のような笑顔になる。だいじょうぶ、という晶子の言葉を信じたわけではないし、自分一人で絵莉菜を育てていく、という気持ちには変わりがない。けれど、絵莉菜と祖父母との関係は、なるべく平坦《へいたん》なものにしておきたい。

地震や、原発事故で何が起こるかわからない毎日だ。万一、自分が命を落として、絵莉菜がたった一人で、この世に残されることを思うと、やりきれなかった。生まれたときから父親のいない絵莉菜に、自分の両親が、ほんの少しでも力になってくれるなら。絵莉菜のためなら、晶子の言うように父とだけでも会っておいたほうがいいのかもしれない。

そう思いながら、真菜はすっかり冷めてしまったカモミールティーを飲み干した。

その二日後、父がやって来た。

「あぁ……、本当に真菜の赤ん坊のころにそっくりだ……」

そう言って、ソファに座る父は、腕の中の孫に微笑《ほほえ》みかけた。さっき、昼寝から起きたばかりの絵莉菜は、ぐずぐずと子猫のような声をあげていたが、次第に声が大きくなり、すぐに本格的に泣き始めた。

真菜は絵莉菜を受け取り、床に敷いたキルティングマットの上でおむつを換えた。その様子を父が目を細めて見つめている。

「子育てなんて、何にもできないと思っていたけれど、慣れたもんだなぁ……」

「そうですよ。真菜さん、最初のお子さんなのに、なんでも上手になさるから」

お盆を手に、リビングに入ってきた晶子が声をかける。

「本当に何から何まで娘がお世話になって……先生のことは恵比寿のクリニックのドクターからお聞きしたんです。娘がマタニティスイミングに通っていたなんて、私は何も知らなかったもので……本当にご迷惑をかけて申し訳ありません」

父が頭を深く下げた。父と母には、妊娠したことも子どもを産むことも黙っていた。もちろん、マタニティスイミングのクラスに通っていたことなど、父が知る由《よし》もない。

「もう、やめてくださいな。真菜さんとお会いしたのも何かの縁ですよ。私のおせっかいに真菜さんにつきあっていただいてるだけなんですから」

晶子が父の前にティーカップを置いた。父の足下には、絵莉菜へのおみやげだろうか、おもちゃの量販店のカラフルなロゴをあしらった大きな紙袋が置いてある。

父と顔を合わせるのは、恵比寿のクリニック以来だった。病室で怒鳴り散らした母を追いかけていった父は、その後も、病院に顔を見せたことはなかった。

「あの窓は……」

父が顔を上げ、目張りをした窓を見ている。

「あぁ……今は、放射能だなんだって、何があるかわかりませんでしょう。生まれたばかりの絵莉菜ちゃんもいるし。念には念を、って、うちの主人が……まぁ、どれだけ効果があるのか、ほんとのところはわかりませんけどねぇ」

晶子が笑いながら、こちらを見る。真菜は黙って軽く頭を下げた。

「あの、私、うっかりして買い忘れたものがあって、これから近所のスーパーまで行ってきますね。すぐに戻りますが、お父様、どうぞゆっくりしていってくださいね」

晶子はそう言って部屋を出て行こうとした。まさか父と二人きりにされるとは思わず、急に不安な気持ちになる。晶子の顔を見ると、一度だけ大きく頷き、引き戸を閉めた。

広い窓から差し込む光は、すっかり春らしく温かい。おむつを換えてもらってご機嫌なのか、マットの上の絵莉菜は、しきりに手足を動かしている。外の庭にやってきた鳥が、甲高い声でせわしなく鳴いている。

「元気そうだな……」

父がティーカップに口をつけた。

「うん……」

と言ったまま言葉が続かない。

「真菜があの部屋からいなくなったってわかって、ママと二人、ずいぶん慌てたんだ……。もしかしたら、子どもを連れて海外に逃げたんじゃないか、なんて話しててさ。だけど、二人とも元気そうで、ほんとうに良かった」

父も緊張しているのか、話をしている最中にも、何度かごくりと音を立てて、紅茶を飲んだ。

「ママも……心配しているんだ。病室で真菜に怒鳴ったことを、ずいぶん気にしている。子どもの頃、真菜に寂しい思いをさせたんじゃないかって。だから、あんな」

「寂しい思い……」

父の言葉に、なんだか妙に白けた気持ちがわき起こってくる。あの頃、自分と寝た不特定多数の男たちも、よくそんなふうに言った。

寂しくて、親の愛情に飢えて、訳のわからない男たちと寝たわけじゃない。言葉にして、人に説明できるような理由なんかないのだ。もちろん、このことを父に話すつもりもなかったが。

一九九九年に世界が終わると信じていた自分の幼さが、今は妙に懐《なつ》かしく感じられる。ただ、世界が終わればいいと思っていた。それでも世界は終わらずに、生きていくために仕方なく仕事を始めた。そこで出会った男に恋をして、捨てられて、新しい命を産み落としたときになって、世界は目の前で終わろうとしている。

なんてタイミングが悪いんだろう。世界と自分との相性の悪さに、思わず心の中に意地の悪い笑いがこみ上げる。

「でも、ママだって一生懸命だったんだ。元々、専業主婦で、何の後ろ盾もないママが料理研究家として仕事をしていくのは並大抵のことじゃなかった。それは、パパもそばで見ていてわかってる」

「パパ……」

父が絵莉菜のそばに座る真菜の顔を見た。

「本当はもっと、何か言いたいことがあるんじゃないの？」

父がスラックスの後ろポケットからハンカチを取り出し、額の汗を拭《ふ》いた。

ティーカップに口をつけ、ごくごくと残りの紅茶を飲み干す。真菜は空になった父のカップに紅茶を注いだ。

「妙に勘が鋭いところも、ママにそっくりだな……」

そうつぶやくと、もう一度、ハンカチで汗を拭《ぬぐ》った。

「ママに、新しい仕事が来てるんだ。赤ちゃんの離乳食についての本でね……。地震が起こる前に来た話だから、これからどうなるのかも実際のところわからない。まだ、先の話だ……。でも、いずれ、この子も……いや、絵莉菜も離乳食を食べるようになるだろう。本になるかどうかはわからないけど、ママの作った離乳食を食べている絵莉菜の姿を、真菜に写真で」

「絶対に嫌」

思わず大きな声が出た。

「いや、今すぐってことじゃないんだ。パパは真菜の気持ちもわかってるつもりだ。でも、仕事と割り切ったら真菜もママと会えるんじゃないかって、そう思ったんだ」

「あの人の作ったものを、絵莉菜に食べさせるのは絶対に嫌なの」

そう言い切る真菜を、父が困ったような顔で見つめている。

マットの上に寝ている絵莉菜を抱き上げた。温かでやわらかい絵莉菜の体は、まだ腕の中にすっぽりと収まるほど小さい。その体をぎゅっと抱きしめた。

生まれたときに比べれば、絵莉菜はずいぶん大きくなった。母乳以外のものは何も与えていない。自分が絵莉菜をここまで大きくしたのだと思うと、誇らしい気持ちになった。

だからこそ余計に、汚《けが》したくはなかった。

守りたかった。放射能だけじゃない、あらゆる毒から。

「ここに来て、先生の作ったものを毎日食べさせてもらってわかったの。あの人の作ったものは、豪華だけれど、ちっともおいしくなかった。きれいだけど冷たかった。そんなものを絵莉菜に食べさせたくないの」

父の顔が次第に青ざめていく。

「あの人はよく言うでしょう、テレビや雑誌で。愛は胃を通っていくって。だけど、あの人の作ったものは愛じゃない。毒だよ。愛情の振りをした毒だよ。あの人が作ったものを食べて、私はおかしくなったの。だから私、男の人にお金もらって」

左の頰に強い痛みが走った。

目の前で、父が今にも泣きそうな顔で立ちつくしている。父の代わりに腕の中の絵莉菜が泣き始めた。その声で、真菜は生まれて初めて父にぶたれたのだと気がついた。

「……おまえが高校生のときにやってたことを聞かされたとき、パパやママがどんな気持ちだったかわかるか……」

父にぶたれた左の頬が、じんと熱を持っている。真菜は目の前の父には目もくれず、腕の中で泣いている赤ん坊を見た。そろそろ授乳の時間だ。

けれど、父の前で胸をはだけるのは抵抗があった。仕方なく、真菜は腕を静かに揺らした。

「俳優とか、タレントとか、有名人の子どもたちに声かけて、金を持ってる大人の相手させて、最初から、双方から金をむしり取るのが目的だったんだ。……事件をもみ消すために、親たちは言われるままに金を払ったよ。おまえたちの将来を思って。……それは全部、ママが必死になって働いた金だ」

絵莉菜の声が段々と大きくなり、つぶった目からぽろぽろと涙がこぼれる。真菜は父に背を向けて、シャツをめくり、乳首を口にふくませた。よほどお腹《なか》が空いていたのか、音を立てて乳を飲む。

「おまえの同級生に、阪口絵莉花……という子がいただろう」

父が真菜の背中に声をかけた。

えりか、という音が、耳に懐かしく響く。真菜は背中を向けたまま、小さく頷いた。

「……高校を出たあと亡くなったそうだ。病気を苦に自殺したと聞いたけれど……実際のところはわからない。いろいろな……噂《うわさ》がある」

自分の子どもの名を呼ぶたびに、絵莉花のことを思い出さない瞬間はなかった。乳白色の乳房の谷間に浮かび上がる赤い傷痕《きずあと》。小さな絵莉菜を抱えた今の自分を見たら、きっと、こんなふうに言うだろう。

「真菜、ど最悪なタイミングで子どもなんか産んじゃって、ばかじゃないの。地球が終わるって、あれほど言ったじゃん」

口の端を持ち上げて、いじわるそうに笑いながら。その笑顔を思い出すうちに、どうしようもなく絵莉花に会いたくなる。

デパートの屋上で二人して、世界の終わりを望んだ。父よりも母よりも、自分に寄り添ってくれた、たった一人の友人だった。

「おまえだって、その子のように、どんな目に遭ったかわからない。それを思うと……。ママとパパがどんなに苦しんでいたかわかるか。ママの仕事のせいで、寂しい思いをさせたかもしれないけれど、パパとママは何不自由なくおまえを育てたつもりだ。ママだって、できる限りのことをしたんだ。どんなときだって真菜のことを一番に考えて。……だって、パパとママと真菜は家族なんだから」

声に涙が混じり始める。かすかな興奮と陶酔が漂う父の言葉から、少しずつ逃げ出したくなる。晶子にすすめられるまま、どうして父に会いたいなどと、ほんの一瞬でも思ったのだろう。

「……パパは、いつも」

授乳をしながら真菜は口を開く。

「自分が見たいようにしか見ないんだね。いろんなこと……」

声がかすれて、小さく咳払《せきばら》いをした。父の顔を見ないまま、言葉を続ける。

「だから、ママも仕事を始めたんだよね。……多分」

くっ、くっ、と母乳を飲み込む小さな音だけが響く。

「パパがママをちゃんと見ないから、ママは飽き足らなくなったんでしょう。パパの妻で、私の母親をやってるだけじゃ、ママはちっとも幸せじゃなかったんだよ」

「真菜……」

父が息をのんだような気がした。

「パパは、いつも、家族だから、って言うけど、血がつながっていたって、人間だもの。相性があるよ。パパと、ママと、私の、家族としての相性は最悪だと思う……」

心を通わせる家族という人間も、ありのままの自分を受け止めてくれる家庭という場所も、自分にはない、ということを何度確認すればいいんだろう。

淡い期待を抱くたびに、打ち砕かれる。甘いお菓子が欲しいと手を伸ばしているのに、手渡されるのは、舌が痺《しび》れるような胡椒《こしょう》の瓶だ。

それくらい、私たち家族はちぐはぐだ。

「パパには私がなんで高校生のときにあんなことをしたのか、一生わからないと思う。……だって、自分だってよくわからないもの」

満腹になったのか、絵莉菜が乳房から口を離した。その口元を拭うのにテーブルに置いたガーゼを取ろうと、真菜は振り返った。父は肩を落として、リビングの真ん中で変わらず立ち尽くしている。

「パパ、父親なんていらないんだよ。だから私、一人で子ども産んだんだよ。パパだって形だけだったじゃない。ママのことも私のこともちっとも守れなかったじゃない」

長い沈黙が続いた。

庭にやってきた鳥が一度だけ、空気を切り裂くような声で長く鳴いた。

その声にはっとして、父は、床に置いたおもちゃ屋の大きな紙袋に躓《つまず》きそうになりながら、急かされるように部屋を出て行った。

しばらくして、車が遠ざかっていく音がした。真菜は腕の中の絵莉菜を見る。目の合った絵莉菜が、かすかに微笑んだような気がした。笑い返しながら、自分の家族は、腕の中にいるこの子だけなのだと思った。

絵莉菜は、自分のことを家族だと思ってくれるだろうか。絵莉菜が伸ばした手に、望むものを、自分は間違えずに載せてあげることができるだろうか。

しばらく考えたあとに、そんな自信などまったくないことに気づいた。父にぶたれた左の頬は、まだ、かすかに熱を持っていた。

「あら、もうお帰りになったの？　お父様、お忙しいものね。初めて絵莉菜ちゃん見て、うれしかったでしょうね」

そう言いながら、晶子はトートバッグの中から、買ってきたものをテーブルの上に並べ始めた。絵莉菜はリビングに敷いたマットの上で、ぐっすり眠っている。晶子の言葉に曖昧《あいまい》に頷きながら真菜もキッチンに立ち、野菜を冷蔵庫に入れるのを手伝った。

「先生にもいらっしゃるんですよね。お孫さん……」

「そうよ、仙台にね。地震のときは大変だったけれど、でも、家族全員、無事だったわ……」

晶子がとめどなく孫の話を始めた。それを聞きながら、晶子も、父と同じように、家族というものの形を正確に描ける人だ、と改めて思う。

家族のことを案じる。家族のために、温かい灯《とも》りを灯して、毎日の食事を作る。愛情を向けることに喜びを感じ、愛情を向けられれば、それを臆《おく》することなく受け取れる。そうしたことに、どうしようもなく違和感を抱く自分がいる。晶子の家を居心地良く感じれば感じるほど、心の中にできる影も濃くなっていく。

「先生……」

晶子は重ねた皿を食器棚にしまおうと、腕を伸ばしている。真菜はそれを受け取り、一番上の棚に置いた。

「あの、私……体の調子も戻ってきたし、そろそろ自宅に戻ろうかと思って……」

晶子が真菜の顔を見上げる。

「……そうね。顔色もいいし。絵莉菜ちゃんも元気だものね……」

真菜を見つめる目がかすかに赤みを帯びていく。真菜は慌てて顔を逸《そ》らす。晶子も背を向け、勢いよくシンクに水を流し始めた。

視線の先、テーブルの上に重ねられた数日前の新聞が真菜の目に留まった。

「福島原発事故、最悪のレベル7に引き上げ」と書かれた大きな見出しが目に入る。

携帯のニュースで知ってはいたが、新聞の一面、いつもより大きな文字で目にすると、いっそう恐怖が募る。

そうだ。世界は終わる。幾度も、その事実をつきつけられる。ぐらぐらとした不安定な世界で、自分は絵莉菜と二人だけで生きていくしかないのだ。

「先生……」

真菜の声に晶子が振り返る。

「先生たちが……、先生たちの世代が、いい暮らしを望まなかったら、こんなこと起こらなかったんじゃないですか……」

違う。晶子に言いたいのはそんなことじゃない。自分だって、その恩恵を享受《きょうじゅ》してきたのだ。水を流す音が止む。

「先生たちが、こんな国にしたんですよね」

晶子の手から、水滴が落ちた。

「先生、前に言ってたじゃないですか。自分に責任があるって……。自分が喜んで手に入れたものの先に、苦しんでる母親がいるって。先生たちが望んで、生活が便利になって、時間に余裕ができて、先生みたいに、仕事をする母親もいて。……だけど、そんなこと、母親しながら仕事もするなんて、誰にでもできることじゃないんじゃないですか」

父に会って、父にぶたれて、自分の奥底にしまいこんできた感情が、堤防が決壊するように、あふれ出していく。

頭ではわかっている。

言っても仕方のないことを言って、晶子に甘えているだけだということを。

聞いてほしいのは晶子じゃない。自分の言葉をほんとうに聞いてほしいのは……。

「そんな母親たちに振り回された、子どももいたんじゃないですか。先生みたいに、仕事も母親業も器用にできる人もいるけれど、そうじゃない人だって」

明るい照明の下で、レンジで温めた食事を、一人で食べてる子どもも、いたんじゃないですか。私みたいな。最後の言葉は音にならず、真菜の内側にだけ響いた。

「すみません……」

そう言った瞬間、晶子の手が左頰に触れた。父にぶたれたところは、もう痛くはなかったけれど、晶子のひんやりした指先が心地良かった。

「……真菜さんが言うように……私たちのせいかもしれないね……」

晶子にそんなことを言わせた自分を真菜は責めた。リビングから絵莉菜の泣き声が聞こえる。頭を深く下げ、絵莉菜を抱き上げてから、逃げるように部屋を出た。

自分でそうだと思っていても、誰かに言われると、痛みは余計に増す。さっきまで聞こえていた二階の足音が聞こえなくなった。もう寝たのだろうか。そう思いながら、晶子は天井を見上げる。真菜は今日眠れるだろうか。真菜のうっすらと赤く腫《は》れた左頬を思い出して、後悔が押し寄せる。真菜の父が手を上げたのだろう。食い違いはあっても、時間をかければ、家族はわかりあえる。そう思って生きてきた。だって、血のつながった家族なんだから。自分が、当たり前に思ってきたことが、通用しなくなったのはいつからだろう。

流し台の上にある照明がぱちぱちと点いたり消えたりする。下がっている紐《ひも》を何度か引っ張ると、さっきよりも薄暗い光が灯る。蛍光灯の端が黒ずんでいる。寿命なんだわ、と晶子は思う。

夜更《よふ》けの台所に、ぶぅん、という冷蔵庫のモーター音が響く。初めて冷蔵庫を手に入れたのは、長男の悠平が生まれてしばらく経《た》ったころだった。冷たい飲み物、冷やした西瓜《すいか》、アイスクリーム。それを遼平や悠平に食べさせることが喜びだった。自分だけの洗濯機、掃除機。なにか一つを手に入れるたびに、自分が豊かになった気分になった。炊飯器、電子レンジ、電気ポット。温かいものをいつでも子どもたちに差し出し、与えることが幸せだった。

少しずつ豊かになって便利になった。

そして、同時に、何かが少しずつ損なわれていったのだ。自分の知らないところで。余った時間で女たちは仕事に出た。自分のクラスにもそんな生徒たちがやってきた。理解があるふりをして、ほんとうのところは、彼女たちのことなんかなにもわかっていなかったのかもしれない、と晶子は思った。生後すぐに保育園に預けられる子どもたちが不憫《ふびん》だった。生まれて一年足らずで、母親と離れるなんてかわいそうよ。もっといっしょにいてあげて。そんな言葉を何度ものみこんだ。

嘘《うそ》でもいいから、夫を誉《ほ》めて、持ち上げて、その気にさせて。繰り返しそう言っても、変わらない夫を何人も見てきた。大学を出て、仕事もしている立派な大人だ。愛し合って自分の子どもまで産んでくれた妻にどうして優しくできないのか。嚙《か》んで含めるように話しても伝わらない焦燥感。どうして妻がそこまでしなくちゃいけないの。夫になんか頼らなくても子育てはできるわよ。だって、自分だってそうしてきたんだから。それが晶子の本音だった。

地震の日、真夜中、出かけようとした真菜の顔を思い出す。泣くのを我慢している小さな女の子みたいな顔をしていた。そして、さっき見た真菜の赤く腫れた頰。真菜だけじゃない。満ち足りない子どものまま、クラスにやってくる生徒が増えたのはいつ頃からだろう。大人になれず、どこかが大きく損なわれた子どものまま、子どもを産んで、子育てが上手《うま》くいくわけがない。子どもに伝わるのは、愛なんかじゃなく欠損だ。欠損だけが受け継がれていくのだ。

明るいものを、温かいものを、自分より後に生まれた人たちに渡していたはずなのに、それは自分が思っているよりも、ずっと冷たくて硬いものだったのかもしれない。真菜に言われたように、私たちは望みすぎたのかもしれない。もっと、もっとたくさん。二つの手のひらに載せられないものを私たちは欲しがったのだ。

再び点滅を繰り返していた蛍光灯が、突然消えた。

自分の手元が暗くなる。自分がやってきたことが、すべて無駄だったような気になる。そんな気持ちを洗い流すように、蛇口をひねって、冷たい水で晶子は両手の甲を濡《ぬ》らした。

「カメラのほう向いて。絵莉菜ちゃんの顔をもう少しこっちに向けられるかい」

遼平が、晶子と絵莉菜を抱いた真菜にカメラのレンズを向けている。

庭の梅の木のそばに立ち、真菜はぎこちなく笑う。絵莉菜は、まぶしそうに目を細めている。

この家に来てから、外に出るのは初めてだった。いつまでもそんなことは言っていられない、と自分を奮い立たせてみても、勇気が必要だった。やはり絵莉菜に外の空気を吸わせることには抵抗があった。絵莉菜を抱っこしながら、乳児用のマスクがないか、ネットで探す自分を想像した。

「あの……今度は私が……」

絵莉菜を晶子に預け、遼平が手にしていたカメラに手を伸ばした。

「出来上がりで、お互いの写真の腕がばれちまうな」

遼平がおどけて言う。

絵莉菜を抱いた晶子、そして遼平に向けて、真菜は数回、シャッターを切った。使いこまれたカメラの重さが手のひらに伝わる。ファインダーの中の三人の姿がにじむように揺れ始めて、真菜はもう一回、慌《あわ》ててシャッターを切った。

家まで送るから、という申し出を断り、真菜は抱っこひもの中の絵莉菜と共に、晶子の家の最寄り駅で車を下りた。

「実家みたいなもんなんだからね。また、いつでもいらっしゃい。私もまた、あなたの家に押しかけていくからね。何かあったら遠慮しないで連絡するのよ。わかった」

念を押すように晶子が言う。

「ありがとうございました」

そう言うのがやっとだった。

「ほら、電車来るわ。気をつけてね」

真菜を改札口の向こうに送り出すと、晶子はすぐに背を向けて、遼平の待つ車のほうへ歩いて行った。人混みに紛れて見えなくなるまで、真菜はその小さな背中を見つめていた。

着替えや紙おむつが詰め込まれたキャリーバッグを引きずり、生まれたばかりの子どもを前に抱っこして電車に乗るのが、これほど緊張を伴うことを真菜は初めて知った。節電のために、照明を落とした車内が、より不安を募らせる。空いた座席はなかったので、真菜は手摺《てす》りにつかまって立っていた。

しばらくすると、抱っこひもに慣れないせいか、絵莉菜がぐずぐずと泣き始めた。次第に大きくなる声に、まわりの乗客たちが、ちらちらと視線を投げかける。

途中で降りようにも、急行に乗ったので、もう終点まで電車は止まらない。泣き続ける絵莉菜の体を揺らしながら、その小さな口を、ふと手のひらで塞《ふさ》ぎたくなって、はっとする。

自分も泣きたい気持ちになりながら、終点のホームが見えてくるのを、今か今かと真菜は待った。

駅から歩く気力はなく、自宅までタクシーに乗った。泣くのに疲れ、眠ってしまった絵莉菜の重さがずしりと肩にかかる。真菜自身もぐったりと疲れていた。

マンションのドアを開けると、黴《かび》くさいにおいが鼻をつく。部屋全体がほこりっぽい。とりあえず、絵莉菜をベビーベッドに寝かせ、目張りに使ったガムテープや新聞紙を剝《は》がし、窓を開けた。

気持ちのいい四月の風が部屋を通り抜けていく。揺れるカーテンを見ながら、そこに含まれている見えない毒を想像する。あとで、念入りに掃除機をかけ、床を水拭きしないといけない、と真菜は自分に言い聞かせた。

ダイニングテーブルに置きっぱなしになっていたパソコンを立ち上げ、たくさんのメールに目を通す。その中に見覚えのある名前を見つける。岸本。すぐに削除しようとして、手が止まる。結局、ほかのメールをチェックしてから、いったんはゴミ箱に入れた。

晶子の家へ出かけるまで目を通していたサイトを、再び真菜は読み始めた。膨大な情報に押し流されそうになる。次に来るかもしれない地震、放射能の影響、子どもを連れて逃げ出した人たちの体験談。東京は、日本は終わりだ、という言葉が、何度も目に飛び込んでくる。

たくさんの人が、世界の終わりを自覚すればするほど、そのスピードが加速していくような気がした。

そのとき、部屋がきしみ、かすかに揺れた。この古ぼけたマンションで、死んでいく自分と絵莉菜の姿を真菜は想像する。骨が砕け、皮膚が裂け、口から血を流し、自分の手では、どかすことのできないコンクリートのかたまりに押しつぶされて死んでいく。その恐怖に、これから一人で耐えていかなくてはならないのだ。

揺れが収まったあとに、さっきゴミ箱に入れた岸本のメールを読んだ。

一時的に仕事を休み、京都で暮らすという内容だった。原発のことも、放射能のことも、避難する、とも書いていないところが岸本らしい。

「京都は揺れません。困ったことがあれば」

その言葉の最後には京都市内の住所が添えられていた。なぜ今になって、こんなメールを送ってくるのか、真意がわからない。けれど、どうしても、そのメールを消すことができなかった。

岸本に会いたいと思っていること、生きるために、東京から逃げて、誰かに頼ろうとしていること。岸本のメールに、自分の本心をつきつけられたような気がした。

晶子の家から引いてきたキャリーバッグは、まだ開けてもいない。このまま行ってしまおうか。揺れるカーテンを見ながら、真菜はしばらくの間考え続けていた。

翌朝、新幹線の座席に座った瞬間、思わず安堵《あんど》のため息が出た。

自宅からタクシーに乗り、東海道新幹線の停車駅である品川駅に着いても、真菜の心は揺れ動いていた。生後二カ月にも満たない絵莉菜とともに、岸本のいる京都に行って、いったいどうするつもりなのか、答えが出ぬまま、足は新幹線の乗り場へ近づいて行く。

ホームに着き、絵莉菜の口元に、ガーゼのハンカチをふわりとかぶせる。マスク代わりのつもりだった。真菜自身も大きな白いマスクで顔の半分を覆《おお》っている。気が変わったら途中で戻ればいいんだ。中途半端《はんぱ》で曖昧な決心を胸にしまい、真菜は滑りこんできた新幹線に乗り込んだ。

それでも、東京から離れるにつれ、自分の心が軽くなっていくのがわかる。地面の揺れない場所に、放射能のことを考えなくてもいい場所に行きたかった。携帯の緊急地震速報が鳴り、小さな揺れが起こるたび、瞬時に、自分と絵莉菜の死を思った。恐怖と安堵を繰り返すことに、真菜は疲れていた。

抱っこひもの中の絵莉菜は、深く眠っている。一時間ほど前に授乳したあとは、ぐずりもせず、きょときょとと視線を動かしていたが、いつの間にか、まぶたを閉じていた。

京都駅のホームに降りて、真菜はマスクを外し、大きく息を吸い込んだ。改札を抜けて、駅ビルのトイレで、手早く絵莉菜のおむつを換えた。

春らしいカラフルなディスプレイに彩《いろど》られたブティックの前を歩きながら、節電で照明を落としている薄暗い東京の街を思う。行き交う人々の表情も、どこかのどかで、とげとげしさがない。同じ日本だろうか、と真菜は思う。

駅前でタクシーに乗り、運転手に岸本の家の住所を見せる。

十分ほど走り、通りに面した、真新しいマンションの前で車を降りる。

ここまで来ても、もうこれで十分じゃないか、という気持ちと、ここまで来たんだから、という気持ちがせめぎ合う。かすかに震える指で、どうにか岸本の部屋番号を押した。

反応はない。もう一度押しても誰も出ないので、仕方がない、とあきらめ、自動ドアに向かって歩き出そうとしたとき、インターホンから、「はい」と聞き慣れた声がした。

「……平原……真菜です」

やっとの思いで告げると、長い沈黙が続いた。絵莉菜が、真菜の顔をじっと見つめている。馬鹿《ばか》なことをしている母親に呆《あき》れているんだろう、と思った。

「……角を曲がったところにカフェがあるので、そこで待っててもらえますか」

岸本は、なぜだか敬語でそれだけ言って、インターホンを切った。

古い町家を改造したカフェに、真菜は入っていった。北欧風の低いソファに腰を下ろし、店内を見回す。出産前はよくこんな店で打合せをした。けれど今は、学生風の若いカップル、一人でパソコンを眺めている学生たちの中で、子どもを抱いた自分だけが異分子のようで、ひどく居心地が悪い。

抱っこひもから絵莉菜を抱き上げると、ベビーウェアのおしりの部分が重い。こんなカフェのトイレでおむつを換えるのは無理だ。どうしようか……と思っているうちに、目の前に岸本が立っていた。ぎょっとしたような顔をして、絵莉菜を抱いた真菜から、すぐに目を逸らした。

水の入ったグラスを持ってきた店員に岸本はコーヒーを頼む。

「どうしてここがわかったんですか？」

そう言う岸本の顔を見た。自分が記憶していた顔と目の前にいる男の顔はずいぶん違う。おびえた表情をしているせいか、最後に会ったときより、ずっと老《ふ》けて見える。

「……メールをいただいたので……」

岸本につられて真菜も敬語になる。

「あぁ……。リストから削除されてなかったんですね。仕事関係の人には全員送るように頼んだから……アシスタントに」

あぁ、あの子が、と真菜は思う。岸本が講師をしている写真学校を出た女の子。アシスタントが代わっていなければ、岸本でなく、あの子が自分にメールを送ったのか。岸本が放った削除、という言葉に、落胆の気持ちがじわじわと広がっていく。

岸本はちらちらと腕時計に目をやる。立ち去るタイミングをはかっているんだろう、と真菜は思った。岸本は、絵莉菜を決して見ようとしなかった。

あのときと同じだ。

たくさんの男たちと寝て、小遣いをもらい、そのお金で買ったカメラを、母は無視し続けた。まるで、この世界には存在しないかのように。見たくないものを人は無視する。見たいものだけで、人は世界を作る。世界がひび割れたとき、見たくないものがそこからあふれ出ることがわかっていても。

そしていつも、決して手には入らないものに向かって、手を伸ばしてしまう自分に真菜は苦笑する。何度でも同じことを繰り返す愚かさにも。

絵莉菜が腕の中で体を動かし始める。真菜を見つめて大きな声で泣き始めた。

どうしようか、と一瞬、迷ったけれど、真菜はシャツのボタンを開けて、ブラジャーを下げ、片手で乳房をつかんで、絵莉菜の口に含ませた。

新幹線の中で授乳したときは、大きなタオルで胸元を隠した。でも今はそうしたくなかった。カフェの中で胸をはだけ、授乳をする真菜を盗み見る客も多かった。好奇の目を向けては、見なかったような顔ですぐに目を逸らす。岸本もコーヒーカップに口をつけたまま、視線をテーブルに落としていた。

青筋の浮いた自分の乳房は、さぞやグロテスクに見えるだろうと思った。見たいなら見ればいい。半ばやけっぱちな気持ちで授乳を続けた。

そうか、と思う。岸本に頼りたくてここまで来たわけじゃない。絵莉菜を見てほしかったんだ。一度でいいから岸本の目に絵莉菜を映してほしかった。どうすればいいか、その方法を必死で考える。真菜は授乳をしながら岸本に伝えた。

「私とこの子の写真、撮っていただけませんか？　それだけお願いできませんか」

しばらくして、岸本が目を合わせないまま頷《うなず》いた。

カフェの近くの児童公園で、望みどおり、岸本は絵莉菜を抱いた真菜の写真を撮ってくれた。角度を変え、岸本は何回もシャッターを切った。岸本に写真を撮ってもらうのは初めてだった。自分と絵莉菜にカメラを向ける岸本がどんな感情を抱えているのか知る由もない。けれど、岸本にとって、自分と絵莉菜が単なる被写体だったとしても真菜は満足だった。

「写真はメールで送っていただけますか？　もうお会いすることはありません」

そう言う間も岸本は黙ってカメラを片付けている。真菜は岸本に頭を下げ、公園を後にした。歩きながら、抱っこひもの中の絵莉菜と目が合う。視線を合わせると、絵莉菜が笑ったような気がした。パパ。あれがパパよ。素敵な写真を撮るの。真菜は話しかける。もう二度と会えないけれど、確かにあの人は絵莉菜のパパなんだよ。真菜の言葉の意味もわからないまま、絵莉菜はただ、ふんわりとした笑顔を浮かべている。

新幹線のチケット売り場で、真菜は停車駅を確認していた。姫路、岡山、広島……。ここまで来たんだ、いっそのこと、もっと西に行ってしまおうか、数日でも、一週間でもいい。そんな考えが頭をかすめる。そのとき、バッグの中の携帯が震えた。発信者は一緒に仕事をしたことのある女性誌の編集者だった。

「急な仕事で悪いんだけど……」

化粧品の物撮りの仕事だった。物撮りなら、子どもを産んだあとも家でできますから。そう言って、出産直前に自分から営業をかけていたのだ。断るわけにはいかない。仕事用の声で返事をしながら、とにかく、いったん東京の自宅に戻ろうと決めた。行きとはうって変わって、絵莉菜は車内でぐずぐずとひきずるような泣き声を上げた。出張帰りだろうか、疲れきった表情のサラリーマンが、にらむように真菜を見る。仕方なく席を立ち、車両を出て、デッキに立った。絵莉菜の顔が赤らんでいるように見えて、額に触れた。車内が暑いせいか、それとも熱があるのか、じんわりと熱いような気がする。こんなに小さな赤ん坊を、今日一日、自分の都合で連れ回したことを、真菜は後悔した。

車窓から見える空は、もうだいぶ日が傾いている。もうすぐ名古屋駅だ。病院に連れて行くにしても、大きな街のほうがいいだろう。このまま名古屋に泊まってしまおうか。

間もなく着いた名古屋駅で新幹線を降り、改札口に向かおうとしたとき、刺々《とげとげ》しい言葉が真菜の足を止めた。

「東京から逃げて来たのに、こっちのほうが放射線量が高いってどういうこと?」

振り返ると、絵莉菜より少し大きいくらいの赤ん坊を抱いた若い母親が、手にした

iPad の画面を見つめている。

「こんな小さな国で、安全なところなんてないよ。風向きによって、どこにでも飛ぶんだから」

　おじいちゃんだろうか、そばにいる年配の男性が、弱々しい声でそう言った。

　二人の言葉に真菜の心はまた揺らぐ。具合が悪いかもしれない絵莉菜に、もうこれ以上、負担をかけたくなかった。改札の手前で踵《きびす》を返し、ホームへ続くエスカレーターを上がり、止まっていた新幹線に飛び乗った。

　乗車券を確認しにきた車掌に指摘され、こだまに乗ってしまったことに気づいたが、乗り換えて、ぐっすりと眠っている絵莉菜を起こしたくはなかった。額に手をやる。さっきのような熱さはない。ほっと一息ついたものの、真菜自身がひどく疲れていた。岸本に会った緊張のせいだろうか、こめかみが重く痛む。絵莉菜を産んでから、遠出をするのも初めてなのだ。こんな調子で、東京の自宅まで帰れるんだろうかと、不安になる。

　熱海駅が近い。仕事で何度か泊まったことのあるホテルの電話番号を手帳に控えてあったはずだ。そう思い、真菜はバッグの中を探った。

　手帳を開いた瞬間、挟んであった名刺が床に落ちる。拾いながら、その名前に目をやった。桜田千代子。晶子の家で一度会ったあの人だ。一緒に食べた中華街の蒸しパンを思い出しながら、今日一日の出来事を一人で抱えたまま、自宅に帰りたくない、と真菜は思った。伸ばした手をつかんでくれるとは限らないのに、気弱になると誰かにすがろうとする自分が情けなくなる。

それでも、ホテルに連絡する前に、一度だけ電話をしてみよう。そう思って、真菜は熱海駅で下車した。

「一生、身を粉にして働いて、あたしが手に入れたものはこの小さな家と車だけ」

そう言いながら、千代子は車一台がぎりぎり入るくらいの駐車場に、器用にハンドルを切ってコンバーチブルのジャガーを駐《と》めた。

熱海駅から車を十分ほど走らせた山の中腹に、千代子の家はあった。ログハウス風の平屋建てだが、一人で住むには十分な広さだ。もうすっかり日は暮れて、暗闇《くらやみ》のなか、玄関の灯りだけが眩《まぶ》しい。

「ほら、その子、ここに寝かせて」

家の中に入ると、千代子はぶっきらぼうに言いながら、リビングの隣にある十畳ほどの和室から、長座布団《ながざぶとん》とタオルケットを持ってきてくれた。絵莉菜は自分の拳《こぶし》を舐《な》めながら、機嫌良く手足を振り回している。

千代子に聞かれ、夕飯はまだ食べてない、と答えると、

「晶子の家みたいに、ちゃんとした食事なんか出せないからね。余り物よ。水も水道のだから」

そう言って、ダイニングテーブルに、小皿を並べ始めた。

一日、歩き回ったからか、今まで感じたことのないような空腹感があった。千代子が出してくれた佃煮《つくだに》や、ふきの煮物に、真菜は何度も箸《はし》を伸ばした。

「晶子のところが嫌で逃げ出してきたんでしょ、息苦しくなって。あなたを見たときから、そんなことになるだろうと思ってたわ」

前に座った千代子が皮肉っぽい口調でつぶやく。

「違います……」

真菜は箸を置いて言った。

「じゃあ、なんで、突然、私に電話してきたの。横浜から来たんじゃないの？」

「京都から……」

「……なんだってそんなところに。子連れで疎開《そかい》でもするつもり？」

真菜は千代子の淹《い》れてくれたお茶を飲んでから、一息に言った。

「絵莉菜の、子どもの父親に会いに行ってきました。でも、もう、二度と会いません」

目を丸くして、千代子が真菜の顔を見つめている。

「あなたって人は……」

そう言ったあとに、肩を震わせてくすくすと笑い始めた。立ち上がり、皿を片付けながら言う。

「ほんとに馬鹿だねぇ。いろんな人に迷惑かけて……」

いや、だけど、昔の私みたいだ。背中越しに、千代子が小さな声でそう言った。


こんなに深く眠ったのは何日ぶりだろう。布団に横になったまま、夜中に二回、絵莉菜に授乳した。乳房をくわえさせたまま、真菜は朝まで目を覚まさなかった。

この家はずいぶんと日当たりがいい。障子の向こうから差すまぶしい光は、もうどこか初夏の気配を孕《はら》んでいるような気がした。

昨日の移動で疲れたのか、絵莉菜もぐっすりと眠っている。額に触れ、ひんやりとした感触に安心する。

和室の襖《ふすま》を開けて、リビングに出ると、テラスに千代子が立っていた。

「おはようございます」

声をかけ、千代子の隣に立った。昨夜、来たときには気づかなかったが、深緑色に木々が茂った山の向こうに、小さく海が見える。

「あなた、人の家に突然来て、主《あるじ》より遅く起きてくるってどういうこと？　ほんとに、お姫様ね」

千代子が真菜の顔を見て、笑いもせず憎々しげに言う。

「すみません……」

「料理研究家の娘なんでしょ。朝食くらい作ってね。あ、だけど、冷蔵庫に入ってるのは三日分の食料だからね。全部使ったら承知しないわよ」

はい、と真菜が返事をすると、しっ、しっ、と犬でも追い払うように、手を振った。

小さいけれど、手入れの行き届いたキッチンだった。

蛇口から出てくる水を小鍋《こなべ》に入れたとき、ふと、放射能のことが頭をかすめたが、ここでそんなことを言い出したら、千代子がどんな顔をするかわからない。今日のところは忘れよう、と真菜は心を決めた。

米を研ぎ、炊飯器にセットしたあと、パック入りのかつおぶしで、だしをとった。油揚げと葱《ねぎ》の味噌汁《みそしる》に、だし巻き卵、納豆にはしらすと万能葱、瓶詰めのなめたけを少しだけ加えて混ぜ、小鉢に盛った。

ご飯が炊《た》ける間、和室で寝ていた絵莉菜が声をあげたので、おむつを替え、授乳した。炊飯器から炊き上がりを知らせる音が聞こえる。襖を開けたまま和室に絵莉菜を寝かせ、千代子を呼んだ。

「ふーん……」

真菜の作った味噌汁を一口飲んでそう言うと、千代子は黙って口を動かし続けた。

「蛙《かえる》の子は蛙、ってやつね」

お腹をさすりながらも、千代子は二膳目《ぜんめ》をお代わりする。

「前に、晶子の家で、平原真希と何度か、仕事したことあるって、言ったでしょ」

真菜は頷く。

「リハーサルのとき、何度も何度もやり直してね。これじゃ見てる人がわからない、私の料理を作ってもらえない、ってカメラの角度までケチつけて。……自分のスタッフも、テレビ局のスタッフも叱《しか》り飛ばして。鬼みたいな顔してたわ」

千代子は頭の横に人差し指で角を作り、おどけた顔をする。

「それでも、もう一回、もう一回って。……あら、本当においしいわ。これ」

そう言いながら、千代子はまた、だし巻き卵を口に入れた。

「こう言っちゃなんだけど、あの人は、晶子みたいに主婦や母親の世界に片足突っ込んだまま仕事してる女とはぜんぜん違う」

食事を終えた千代子は立ち上がってマグカップを二つ用意し、テーブルの隅にあったインスタントコーヒーの蓋《ふた》を開け、スプーンを使わずに、カップの中に粉を振り入れた。

「まぁ……だけど、晶子だって、私たちの世代では、よくやったほうよ」

カップを持ってキッチンへ行き、ポットからお湯を注いだ。

「悪いわね。今、豆を切らしてて」

そう言いながら、湯気の立つカップを真菜の前に置く。真菜は頭を下げてカップに口をつけた。滅多に飲まないインスタントコーヒーが、なぜだか染《し》み渡るようにおいしく感じた。

「料理番組の仕事をしてたからわかるんだけど、昔の料理研究家っていうのは、今みたいに主婦に毛が生えたような素人《しろうと》じゃなくて、夫の海外赴任についてって現地の料理を学んだとか、元々、家がお金持ちで子どものころからいいもの食べ慣れてたとか、そういう、いいとこの奥様がなったもんなのよ。……だけど、あの人はそうじゃない。何にも持ってなかった。丸腰のまま、料理の腕一本で、ほんとうに真剣に仕事してた。そうじゃなきゃ、ずっと一線にいられるもんじゃないわ」

千代子はテーブルにひじをつき、コーヒーをゆっくり飲む。

この前、晶子の家にやって来た父の言葉を真菜は思い出していた。

「何の後ろ盾もないママが料理研究家として仕事をしていくのは並大抵のことじゃなかった」

何を見ているのか、窓に目をやった千代子の視線が右から左にゆっくりと移動する。

都心にいるときには耳にしたことのないような鳥の声と、木々を撫《な》でるように吹く風の音しか聞こえない。ここは本当に静かな場所だ、と真菜は思った。

「あなたに言えないような、いろんなことも、たくさん経験したと思う。……それでも戦って。昔から、男は自分たちの場を荒らされるのを嫌がるから。今の時代はまぁ、少しは変わっているのかもしれないけれど。男は女を、自分より下の立場に置いておくために、いろんな手を使うわ。あの人は、ただでさえあんなに美人なんだもの。くだらない男も寄ってくるわよ。理不尽な思いもずいぶんしたでしょう」

そう言われて、頭に浮かんだのは、高校生の頃、母がテレビ局のプロデューサーと共に写真週刊誌の巻頭ページに載ったときのことだ。あれは、母の戦いの記録だったのだろうか。

父の言葉には素直に頷けなかったが、千代子の言葉に反論する気は起こらなかった。

どこか他人事《ひとごと》のような父とは違って、千代子は、母と同じような戦いをしてきたのかもしれない、という気が強くした。


いつか晶子が言ったように、年齢を重ね、たくさんの皺《しわ》があっても、千代子の顔は整っている。千代子も、くだらない男が寄ってくる経験や嫌な思いをたくさんしたのだろうか。

「あの人は、多分、戦車みたいに、まわりにあるものを、なんでもなぎ倒して進むような、そういう力のある人なんだと思う。能力も働き方も男以上よね。私は親になった経験もないからわからないけど……でも、もしかしたら、あなたにとってはいい母親じゃなかったのかもね……」

千代子が真菜を見つめる。きっちりと輪郭をとって、内側を塗りつぶした赤い口紅が、ほんの少しだけ剝げている。

「でもね、ああいう人と真っ正面からぶつかったら、あなたが壊れるよ。……あの人とどういう関係か知らないけれど、嫌なら逃げ出せばいいんだから。あなたも大人なんだしさ」

千代子はマグカップについた口紅を、親指でぐいっと拭《ぬぐ》った。

「晶子も、いろいろおせっかいを焼くでしょう。あれは、あの人の性分よ。あなたが負担に感じるのであれば、拒否していいのよ。本人がやりたくてやってるんだから。……だから、必要以上に恩を感じることなんてないの。一回お礼を言えばそれで十分」

真菜がかすかに笑うと、それを見て、千代子も口の端をほんの少し上げた。

「誰かの面倒みたい、世話したい、って人は、あなたが思ってる以上に多いのよ。あっちの手や、こっちの手を借りて……ほら、野良猫《のらねこ》がいろんな家でごはんもらったりするじゃない。親切にしてもらっているのに、嫌になったら、ぷいっていなくなったりして。そんな感じでいいのよ。私だって、そうやって今まで生きてきたんだから」

ふと、晶子の家で聞いた言葉を思い出した。

「前に……戦後は頼れるものがなくて大変だったって、おっしゃってましたよね」

千代子が目を細めて、遠くを見るような視線を真菜に向ける。

「……父と兄を戦争で亡《な》くしてね。母も病弱で私が大学に入る前に死んだわ……。それからずっと一人よ。戦争で、何もかもなくなれば良かったのに、なんて思いながら生きてきたの。……昭和二十年の八月十五日に私の人生のどこかは終わったのよね」

千代子はそう言って、コーヒーを飲み干した。

隣の和室から泣き声が聞こえてきた。真菜は立ち上がり、ぐずっている絵莉菜を抱いて、リビングに連れてきた。昨夜、千代子が用意してくれた長座布団に寝かせ、濡れたおむつを手早く替える。絵莉菜を抱っこして、再び、千代子の前に座った。

「こんな可愛《かわい》い子に、私みたいな苦労はさせたくないねぇ」

目をぱっちり開けて、千代子のほうを見ている絵莉菜に向かって、千代子がしみじみと言った。

「……でも。この子は生まれたときから苦労続きです。父親もいないし、地震も続いているし、原発も。人生の始まりから、茨《いばら》の道を歩かせているんじゃないかと不安になります」

真菜の顔を見て、千代子が笑い出す。

「……あなた、ほんとに馬鹿だねぇ。そんなこと言ったって、今さら、この子の人生、無しにはできないじゃない」

絵莉菜が小さな口を開けて、またぐずり始める。真菜はシャツのボタンを外し、乳房を口にふくませた。

「どんなにひどい世の中だって、親がいなくたって、子どもは育っていくわよ。その子の親は、あなたしかいないんだから、あなたが育てたいように育てればいいじゃない。あの人にしてもらいたかったこと、その子にしてやればいいんじゃないの」

母にしてほしかったこと……真菜は頭の中で考えを巡らせる。母と食卓を共に囲むこと。灯りのついた家で自分を待っていてくれること。そんなことを、自分は絵莉菜にしてあげられるのか、自信がなかった。

「だけどね、あなたが正しいと思ってしてあげたことだって、この子は嫌がるかもしれないよ。いくら親が愛情だと思って、子どもに差し出したって、子どもは毒に感じることだってあるんだから。その子もいつか、母親を憎むかもしれない。……あなたみたいに」

真菜は腕の中の我が子を見る。一心不乱に乳房に吸い付き、小さな体を無抵抗で自分に預けているこの子も、私のように母と通じ合えない、と思う日が来るのだろうか。

「でも、それでいいのよ。そうやって続いていくんだから」

そのとき、携帯から緊急地震速報が鳴り響いた。何度聞いても慣れない音だ。リビングにある食器棚の扉がカタカタと音を立て始める。

「ほら、早く隠れなさい」

千代子がダイニングテーブルの下を指さした。絵莉菜を抱いたままテーブルの下に隠れた。千代子がテーブルの脚をつかんで、動かないように支えている。突き上げるような揺れのあと、かすかな横揺れが長く続き、また、引き潮のように去って行った。

「もう……だいじょうぶね」

千代子に言われて、テーブルの下を出る。

「……やれやれ、いったい、いつまで続くんだろ」

千代子は大きく伸びをしたあと、にこやかな顔で絵莉菜を見つめてこう言った。

「平原真希やあなたよりも、その子のほうが肝が据わってるかもしれないね。こんなに揺れたって、おっぱい飲むのやめないんだから」

千代子が近づき、絵莉菜の頭を、皺だらけの手でやさしく撫でた。

「私も、時々、あなたの家に行くわ」

真菜が驚いて顔を上げると、千代子が続けて言った。

「私にも、晶子みたいに、おばあちゃんの役をさせてよ。あぁ、だけど、食事作ったり、おむつを替えたり、そんなことはできないわ。……でも、この子の顔だけ、時々見せてほしいの。五分でいいのよ」

戸惑いはあったが、差し伸べられた手を拒否しようとは思わなかった。真菜が返事をする前に、お腹《なか》がいっぱいになった絵莉菜が、乳房から口を離し、大きなげっぷをひとつした。千代子が笑いながら言った。

「この子が代わりに返事したわよ。遺影も撮ってもらわないとね」

強い風が吹いて、窓にかかったカーテンを揺らした。窓の外、山の向こうに見える小さな海が光っている。

「もちろんです。撮らせてください」

心を決めて、そう答えると、千代子は腕を伸ばして、絵莉菜を抱き上げた。

「ほんとうにかわいい。こんな子に出会えるなんて思いもしなかった。人生のほとんどは悪いことばかりだったけれど、最後の最後に、こんなごほうびがあるなんて思ってもみなかったわ」

千代子は絵莉菜をぎこちなく抱いたまま、窓のそばに近づいた。絵莉菜をあやすようにやさしく体を揺らす。窓からの光に縁取られた、二人の姿を、真菜はいつまでも見つめていた。


「狐《きつね》の嫁入りねぇ」

晶子がそう言うと、しゃがんでいた遼平が顔を上げた。晶子は肩に提げたバッグの中から折り畳み傘を取り出し、遼平の頭の上に広げた。

「すぐにやむだろう」

遼平は手にした線香の束にライターで火をつける。白い煙が立ち上る。

晶子が見上げると、頬を温かい雨が濡らした。十月のはじめとはいえ、やはり東京に比べると気温が高いのか、念のために着てきた薄手のニットとハーフコートでは暑いくらいだ。

山の頂上に近いこの霊園からは、はるかかなたに、水平線が見える。晶子が子どもの頃、泳いだ外房の海だ。夏を過ごした別荘は、とうの昔になくなってしまったけれど、幼いころの思い出は今も晶子のなかに、はっきりと残っている。母が作った鰯《いわし》や鮫《さめ》のフライ。茹《ゆ》で小豆をかけた白玉。父や母や兄たちと過ごした幸福な記憶がよみがえる。一日中海で泳いで、疲れ果てて、飛び込んだ母の胸。昼寝をしている自分の頬をやさしくつつく兄たちの指。父も母も三人の兄ももうこの世にはいない。

こんなにおばあさんになってもまだ水着を着てプールで泳いでいると知ったら、母はどんな顔をするだろう。いい加減にしなさい、って怒られるわね。振り返った遼平が、晶子に線香を差し出した。遼平の隣にしゃがむと、長い階段を上がってきたせいなのか、右膝《ひざ》が重く痛む。

傘を閉じ、小さな墓石に向かって晶子は手を合わせる。生きていれば二十歳だった小さな女の子の墓に。

「もうやめようと思うの」

立ち上がった遼平に、晶子はしゃがんだままそう言った。

「何をさ」

「プール。マタニティスイミング」

「やめろ、って言われたのか」

「……そうじゃないけど」

遼平が晶子に向かって手を差し出す。その手につかまり、ゆっくりと立ち上がった。傘を差し、遼平の頭が濡れないように傾けた。秋の日差しのなか、降る雨が金糸のように光る。

「せっかく交代してやろうと思ったのに」

「交代？」

「おまえがやってきたことをさ。おまえが仕事に行く日は、料理作ったり、洗濯干したり。毎日じゃないんだ。俺にだってできるさ」

そういえば、と晶子は思った。最近、遼平は夜の料理番組を熱心に見ていることがある。知り合いがスタッフにいるのかしら、と気にも留めなかったが、そんなことを考えていたのか。

「今だから言うけれど、仕事なんか、最初は続くもんか、って心のどこかで思ってたのさ。社会に出たこともない、ただの母親にさ」

言いながら遼平は晶子から目を逸《そ》らす。

「それが今じゃ日本どころか、世界中の至るところにおまえの子どもや孫がいるじゃないか。亡くなった二人分どころじゃない。おまえはもう何人分もの人生を生きてきたんだ。そんなこと並大抵のことじゃできない。男だってできやしないさ」

雨の勢いが少しずつ強くなってきた。傘を雨が叩《たた》く音がする。晶子が手にしていた傘を持ち、遼平が晶子に傾ける。

「おまえのこと必要としている若い母親はまだたくさんいるだろ、この国に。やめろ、って言われるまでやれよ、図々《ずうずう》しくさ」

遼平が目を細め、いつもの笑顔で笑った。この笑顔をもう何度見てきたのだろうと晶子は思う。雨のせいなのか、足元から青臭い草の香りが立ち上る。

「おれはおまえを尊敬しているよ」

目の前が霞《かす》むのは年のせいね。冗談っぽくそう言いたかったが、口を開く前に、晶子の目から涙がこぼれた。

「ここを見てもらえますか？」

真菜がレンズを指さした。晶子と千代子の写真を撮ったのは、地震と原発事故から一年が経《た》った平成二十四年の三月十一日のことだった。

真菜の部屋の、リビングのソファを壁際《かべぎわ》に移動させ、晶子と千代子が並んで腰かけ、その真ん中に、もうすぐ一歳になる絵莉菜が座った。

「ほら、絵莉菜ちゃん、ママのほう、向かないとだめよ」

一瞬たりともじっとしていない絵莉菜の体をそっと押さえて、晶子がやさしく言う。

「美人に撮ってもらわないとね」

千代子が背筋を伸ばした。

ファインダーを覗《のぞ》きながら、カメラのそばで、絵莉菜が生まれたころに使っていたガラガラを鳴らした。こっちを向いた瞬間に、シャッターを押す。

何枚か撮っているうちに、ふいに部屋の時計を見て、千代子が言った。

「もうすぐ、二時四十六分よ。黙禱《もくとう》しないと」

晶子と千代子が目を瞑《つむ》り、手を合わせる。急に黙ってしまった二人を交互に見つめていた絵莉菜も、小さな手を合わせて目を閉じた。三人を見て、真菜も手を合わせる。

「私たち、一年、なんとか、生き延びたのねぇ……」

千代子がしみじみとした声で言う。

「絵莉菜ちゃんも、こんなに大きくなったんですもの。病気も怪我《けが》もしないで、本当によく育ったわ」

晶子が絵莉菜の頭を撫でた。髪の毛も伸びて、絵莉菜は随分、女の子らしくなった。足元はまだおぼつかないが、絵莉菜はソファを降りて、よちよち歩き、床にぺたんと座って、部屋の隅に転がっていた、おもちゃで遊び始めた。

「じゃ、次は遺影ね。晶子から」

そう言って、千代子がソファから立ち上がり、遊んでいる絵莉菜のそばに腰を下ろした。

「私が死んだら、熱海の家も、車も、少ししかない貯金も、みーんな絵莉菜にあげるからねぇ」

言葉の意味もわからないまま、絵莉菜が、はーいと大きな声を出し、千代子が笑う。

「一回、肩の力を抜きましょうか」

やや緊張した面持ちの晶子に声をかけながら、真菜は写真を撮り続けた。晶子はまだ、マタニティスイミングのクラスで、妊婦たちを指導している。

「あなたが二人目を産むまではやめないわよ」

真菜の顔を見るたびに、そう言う。

「じゃあ、交代しましょう」

晶子と入れ違いに千代子がソファに座った。

「晶子がいろいろおせっかいを焼くのは、あの人の性分だから」

そう言った千代子も、なんやかやと世話を焼いてくれた。東京に仕事で出て来たときには、このマンションに顔を出し、話相手になってくれた。血のつながらない二人に支えられ、真菜と絵莉菜はこの一年をなんとか生き延びた。

「お二人並んだ写真も撮りましょうか」

真菜がそう言うと、千代子の隣に晶子が座り、二人はソファの上で体を近づけた。

「二人で写真撮るのなんて、目白にいた頃以来かもしれないわね」

言いながら、晶子が千代子の髪の乱れを直す。されるがまま、千代子はポケットから手鏡を取り出して、口紅を塗り直した。

ファインダーを通して、真菜は少女時代の二人を想像する。

昭和二十年、焼夷弾《しょういだん》の降る空の下、十歳の子どもだった二人を。お腹が空《す》いて、薬をお菓子がわりにした二人を。二人が過ごしてきた時間を自分に預けられたような気がした。そして、自分が過ごした時間もいつか絵莉菜に預けるのだろうと。

そして、レンズに向かって笑いかける二人を見ながら、十代の自分がいつか撮った一枚の写真を思い出していた。赤い傷痕《きずあと》、裸の胸をさらした一人の少女を。

絵莉花、私はまだここにいるよ。美しくて、悪くて、さっさとこの世界からいなくなったあなたが大好きだった。

意地汚く、生き続けている私を、どこかで笑っていてよ。

「ほら、早く行きなさい。遅刻したら、次から仕事来ないわよ」

晶子に急《せ》かされ、慌《あわ》てて準備した。四月から絵莉菜は保育園に通い始めた。どうしても休日に仕事が入ったときは、晶子と千代子のどちらかが、絵莉菜を預かりに来てくれる。

今日は、晶子が見てくれることになっていた。

「行ってきます」

玄関先で晶子に抱かれた絵莉菜にそう言うと、笑いながら、ばいばーい、と手を振った。物怖《ものお》じも人見知りもしない強い子だ。

撮影機材を載せたカートを引っ張りながら、坂道を降り、駅に急いだ。ほこりくさい五月の生温かい空気の中、人混みをすり抜けながら、早足で歩く。

あの日から一年以上が経ったけれど、世界はまだ続いている。再び、大きな地震が高い確率でやってくると言われているし、原発事故も収束していない。

福島原発の四号機、燃料プールに入っているたくさんの使用済燃料棒が、地震で剝《む》き出しになれば、大量の放射性物質が放出されて、世界は壊滅すると、誰かが言っていた。

「究極の破滅の始まりとも言えます」

小さな画面の中で、男性が興奮して、そう話すのも見た。ヒステリックになったり、絶望したり、怒りをあらわにしたり、ふいに黙りこんだり、そんなふうにしながら、人々は毎日を何とかやり過ごしていた。

スクランブル交差点が青になるのを待つ。色と光と喧噪《けんそう》。一年前、この国のどこかで、あんな出来事が起こったことなど、まるで嘘《うそ》のような華やかさがここにはあった。

「ちょっとずつ人が死んでってさ。最終的に誰もいなくなるんじゃない」

絵莉花の声が耳をかすめたような気がした。真菜は振り返る。携帯を手にした制服姿の女子高生が弾《はじ》けたように笑っているだけだった。
信号が青に変わる。終わっていく世界を、真菜は歩き始める。

執筆にあたって、
金澤直子さん及び金澤慶助さんに大変お世話になりました。
日本女子大学成瀬記念館からは貴重な資料をご提供いただきました。
心から感謝申し上げます。

著者

参考文献

「ヤンババの出産・子育て知恵袋」金澤直子著（築地書館）
「年表　日本女子大学の１００年」（日本女子大学）
「写真が語る日本女子大学の１００年　そして21世紀をひらく」（日本女子大学）
「テレビは原発事故をどう伝えたのか」伊藤守著（平凡社）

解説

小島慶子

窪さんがこの物語を執筆していたのは、東日本大震災の翌年。単行本化されたのは、震災発生からちょうど2年が過ぎた頃だった。震災当時もその後もずっと東京で子育てをしていた私は、赤ん坊を抱えた真菜と同じような不安の中にあった。その頃に書いた書評では、慣れ親しんだ世界との決別の書としてこの物語を読んでいる。

「2011年3月、私はセシウム入りのみそ汁を作った。水道水に含まれる放射性物質はごく微量なので長期にわたって摂取しないかぎり問題はないと報じられていたが、煮干しで出汁《だし》をとりながら、この中にセシウムが入っているのだなとじっと鍋《なべ》を見た。生きるためには、食べなくてはならなかった。そうするしかないという状況の中で、生きるために料理をするのは初めてのことだった。

この物語には、3世代の女たちが登場する。75歳の現役水泳コーチの晶子《あきこ》、人気料理研究家の真希、その娘の妊婦・真菜。真菜は晶子が主宰するマタニティスイミング教室の生徒だ。

戦争を生き延びた晶子にとって、人生は何もかも失った所からのスタートだった。手に入れる喜びを存分に味わった晶子、もっともっとと渇きの止《や》まない真希、いつかは失われるだろうと虚無的に生きる真菜。日本を豊かにした世代と、その豊かさを享受した世代、そして次の幸福の物語を見失った世代、それぞれの渇きが描かれている。

3人の女は皆、淋《さび》しさを抱えている。晶子の夫は激務に追われ、家庭を顧みることはなかった。真希の夫は、人一倍承認願望の強い妻の苛立《いらだ》ちに気がつかない。真菜は母親の愛情を得られず、お腹《なか》の子どもの父親に見捨てられた。

晶子は生きがいを求めてマタニティスイミングのコーチになり、真希はテレビで有名人になり、真菜は親に隠れて男と寝た。晶子は生徒たちに健康的な料理を振る舞う。真希は瓜二《うりふた》つの娘・真菜と雑誌の写真に収まり、しゃれた料理を披露して家族愛を語る。密閉容器に詰められたそんな母の手料理を一人きりの食卓で食べて育った真菜は、コンビニ弁当を嬉々《きき》として口にする。

献身的な晶子と、自己中心的な真希と、自暴自棄の真菜は全く違う女たちのようだが、3人とも得られなかった愛の埋め合わせを探していることに変わりはない。

地震の直後、晶子は臨月の真菜を訪ねる。シングルマザーを放っておけないという生来のお節介から、血縁でもないのに、震災と原発事故の日々を一緒に生きることになった二人。それぞれの人生と、震災と原発事故という大きな出来事とが絡《から》み合って、女たちの異なる世界観が巧みに描き出される。

幼い頃に戦争を経験した晶子にとっての震災は、引き受けるべき現実だった。起きたことに対応して食べていくしかない。けれど真菜にとっては、世界は不変のものだった。家族に居場所を見出《みいだ》せなかった真菜は、その息苦しい世界が終わってくれるのを待った。1999年になっても世界が終わらなかったとき、延々と続く日常を前に真菜は行き場を失った。

311は真菜にとってついに訪れた「世界の終わり」だったのだが、直後に真菜は娘を産む。安全な世界という幻想が全て失われたとき、娘はこれから人生を始めなくてはならない。真菜は戦《おのの》く。終わりゆく世界を生きて行かなくてはならないということに。

人を蝕《むしば》むものはいくつもある。まき散らされた毒と同じくらい恐ろしいのは、孤独だ。見せかけの家庭に育った真菜の孤独は、晶子との暮らしの中で次第に和らいでいく。壊れてしまった世界と、すでに壊れていた世界とのどちらかしかなくても、どの道生きて行かなければならない。不完全な見せかけと、不完全な生身のどちらを生きるか。自ら一つの世界を終わらせることで、終わらない日常に足を踏み出す真菜の姿は清々《すがすが》しい。

310までの世界に戻りたいと夢想したことは誰しもあるだろう。世界は後戻りもしないし、終わることもない。その重苦しさに疲れた震災から2年後の春に、真菜の決断は一筋の光を見せてくれた。」（『波』2013年4月号）

あのときこの作品は私に寄り添い、肩を抱いてくれた。

それからまた、2年が経《た》った。私はいま、仕事のある東京と、家族とともにすむオーストラリアとを往復する生活を送っている。夫の退職を機に、自分が生まれた街に移り住んで1年あまり。唯一《ゆいいつ》の稼ぎ手である私は、ひと月ごとに日本に働きに行く。ひと月は家族とともに、ひと月は一人で暮らすことの繰り返しだ。東京のマンションの部屋で夜中に緊急地震速報が鳴っても、誰も頼れる人はいない。仕事に追われて机に向かい、深夜ふと窓の外を見ると、あちらにもこちらにもひとりぼっちの明かりがある。ようやくベッドに潜り込んで眼を閉じるときに、このまま目が覚めなかったら誰が最初に私の身体《からだ》を見つけるのかな、と毎晩思う。

最初に読んだときには気付かなかった。自分の稼ぎで家族を養う重責の中で闘っていた真希や、一人で仕事に生きた千代子の見ていた風景に。自分勝手で見栄《みえ》っ張りな嫌な女にしか見えない真希が、彼女なりの崖《がけ》っぷちで闘っていたことにも、娘のやったことに深く傷ついたことにも、いまは労《いたわ》りの言葉をかけたいと思う。激務に追われて家庭を顧みられなかった晶子の夫・遼平の気持ちも、少し分かる気がするのだ。では、どうすればよかったのだろう?と自問することはきっと、誰の人生にもある。

真菜は晶子に言っても仕方がないと知りながら、あなたたちが望んだものが私をこんなに苦しめたのではないか、と怒りをぶつける。豊かになって、時間が出来て、仕事も家庭もと望んだ女たちのせいで、子どもは寂しい思いをしていたんじゃないか、と。けれど彼女自身もシングルマザーとして娘を保育園に預け、いつかきっと娘に同じ思いをさせているのではないかと悩むだろう。働くことを選んだ女だけではない。かつて豊かになって時間が出来た女たちが、子育てで自分の人生の価値を高めようとし、子どもに憑依《ひょうい》して苦しめたこともあっただろう。そう言って母を責めたことが、私にはある。そして今だって、同じように親子はすれ違い、思いは伝わらないのだ。仕事を持つ女も持たない女も、必死に働く男も家族に夢を見る男も、みんな切実に幸せになりたいだけなのに、どうして一緒にいるとこんなに苦しい思いをするのだろう。

家族の温かみを知る者だけが家族を語れるはずだという思い込みが、さらに人を不自由にする。独身で子どももいない千代子は、真菜に対して無神経なものの言い方をするが、彼女の言葉を無神経と感じてしまうこと自体、すでに読者が「母子をめぐるあたたかな物語」にとらわれている証拠なのだ。いい家族で育って、いいお母さんをした人にしか、子育ては語れないでしょう？って。

千代子は、戦争で父親と兄を亡《な》くし、早くに母親も亡くして苦学した末に、男性ばかりの世界で脚本家として身を立てた。「どんなにひどい世の中だって、親がいなくたって、子どもは育っていくわよ」という言葉は、彼女の人生そのものだ。同じ言葉を親の立場で言うのと、子どもの立場で言うのとでは意味が違う。誰の親でもない千代子の言葉は、サバイバーの証言なのだ。

彼女は真菜にこうも言う。「その子の親は、あなたしかいないんだから、あなたが育てたいように育てればいいじゃない」。ああ、この言葉がいまどれほどの母親の救いになるだろう？　ベビーカーで電車に乗れば事情も知らぬ人から畳めと言われ、子どもにリードをつければ犬扱いしていると責められ、保育園育ちは可哀想《かわいそう》と言われ、シングルマザーは身勝手だと言われる。しかし、この子の親は私しかいない、私以上にこの子のことを大事に思う人も、この子を守ってくれる人もいないのだから、黙っていてくれないか？って言っていいのだ。どれほど切羽詰まった状況かを知りもしないギャラリーから「納得のいく母親像を見せろ」なんて言われても、義理立てすることはない。そんな注文の多いギャラリーたちは、母親たちがどれほど注文通りにお行儀よくしたところで、はじめから手を差し伸べるつもりなんてないのだから。母親たちを行き場のないところまで追い込んでおきながら、ほらやっぱり虐待《ぎゃくたい》したとか、家族の形が壊れていると嘆いてみせるばかりの人々は、たぶん自身も家族の不全に喘《あえ》いでいる。自分にはあるべき形が分かっている、と声高に言わずにいられない人々は、不完全で形をなさないものの中に希望を見出すことができないのだ。

「いくら親が愛情だと思って、子どもに差し出したって、子どもは毒に感じることだってあるんだから。その子もいつか、母親を憎むかもしれない。……あなたみたいに」と千代子は真菜に言う。晶子もまた「子どもがいつまでも泣きやまなかったら、殴ってやろうかなんて産後は誰でも思うんだからね」と妊婦たちに語る。彼女たちは、ヒドい女だろうか？　若い母親を脅し、呪《のろ》いをかける魔女だろうか？

　長い成長の時代がとっくに終わった頃、クリーンで安全で明るい未来の物語で飾られた箱のふたが吹き飛んで、見えない毒をまき散らす終わりのない呪いが姿を現した。美しい手料理も、絵に描いたような家族も、熱心な働き手も、完璧《かんぺき》なしあわせを約束する絶対善の物語だったはずだ。誰もが信じたその神話が足下から覆《くつがえ》って毒を浴びてもなお、私たちはそれを手放すことが許されない。あれほど信じたお話がまるきり嘘《うそ》だったなんて、自分がそれに殺されるかもしれなかったなんて、たとえ事実であったとしても、そんな酷《ひど》いこと、認めちゃいけない、と。

戦争で家族を奪われた千代子は、自力で筋書きを綴《つづ》って生きのびるしかなかった。お仕着せのお話に身体で墨塗りをした真菜は、真っ黒な世界に上書きする物語を持たなかった。二人を結びつけた晶子は、聞かれもしないのに話しかけ、頼まれもしないのに手を伸べて、いつも誰かの物語にカットインする。問題を抱えた妊婦たちを前に「どこかが大きく損なわれた子どものまま、子どもを産んで、子育てが上手くいくわけがない。子どもに伝わるのは、愛なんかじゃなく欠損だ。欠損だけが受け継がれていくのだ」と悲観しながらも、諦《あきら》めることが出来ない。「でも、それでいいのよ。そうやって続いていくんだから」と千代子は言う。正解が何かなんて誰にも分からない。自分が正解だと思ったしあわせの形が、大事な人を追い詰めることもある。それでも、生きることを祝福するのだ。

壊れてしまった神話を前に立ちすくむ私たちは、お話にもならないような奇妙な繋《つな》がりを生きながら、少しずつ何かを解体していることに、いま気付き始めている。中毒に身を任せるのか、新しい共存の形を見つけるのか、岐路に立つ震災4年後の夏にもう一度この物語を読めたことに、心から感謝する。

（二〇一五年六月、タレント、エッセイスト）

この作品は二〇一三年三月新潮社より刊行された。

窪 美澄 著	ふがいない僕は空を見た 山本周五郎賞受賞・R－18文学賞大賞受賞	秘密のセックスに耽る主婦と高校生。暴かれた二人の関係は周囲の人々を揺さぶり――。生きることの痛みを丸ごと包み込む傑作小説。
窪 美澄 著	晴天の迷いクジラ 山田風太郎賞受賞	どれほどもがいても好転しない人生に絶望し、死を願う三人がたどり着いた風景は――。命のありようを迫力の筆致で描き出す長編小説。
原田マハ・大沼紀子 千早茜・窪 美澄 柴門ふみ・三浦しをん 瀧羽麻子 著	恋の聖地 ―そこは、最後の恋に出会う場所。―	そこは、しあわせを求め彷徨う心を、そっと包み込んでくれる。「恋人の聖地」を舞台に7人の作家が紡ぐ、至福の恋愛アンソロジー。
村山由佳・加藤千恵 山本文緒・マキヒロチ 畑野智美・井上荒野 角田光代 著	あの街で二人は ― seven love stories ―	きっと見つかる、さまよえる恋の終着点――。全国の「恋人の聖地」を舞台に、7名の作家が競作！ 色とりどりの傑作アンソロジー。
阿川佐和子・角田光代 沢村凜・柴田よしき 谷村志穂・乃南アサ 松尾由美・三浦しをん 著	最後の恋 ―つまり、自分史上最高の恋。―	8人の女性作家が繰り広げる「最後の恋」をテーマにした競演。経験してきたすべての恋を肯定したくなるような珠玉のアンソロジー。
阿川佐和子・井上荒野 大島真寿美・島本理生 乃南アサ・村山由佳 森 絵都 著	最後の恋 プレミアム ―つまり、自分史上最高の恋。―	これで、最後。そう切に願っても、恋の行く末は選べない。7人の作家が「最高の恋」の終わりとその先を描く、極上のアンソロジー。

アニバーサリー

新潮文庫　く―44―3

平成二十七年八月一日発行

著者　窪《くぼ》美《み》澄《すみ》

発行者　佐藤隆信

発行所　株式会社 新潮社

郵便番号　一六二―八七一一
東京都新宿区矢来町七一
電話　編集部(〇三)三二六六―五四四〇
　　　読者係(〇三)三二六六―五一一一
http://www.shinchosha.co.jp

価格はカバーに表示してあります。

乱丁・落丁本は、ご面倒ですが小社読者係宛ご送付ください。送料小社負担にてお取替えいたします。

印刷・大日本印刷株式会社　製本・株式会社大進堂

ISBN978-4-10-139143-4 C0193